U0600027

尚册文化 | 策划出品

打开世界之页

守望平行线

Shouwang Pingxingxian

张湘涛 著

羊城晚报出版社

·广州·

图书在版编目（CIP）数据

守望平行线 / 张湘涛著 . — 广州：羊城晚报出版
社，2024.6
　ISBN 978-7-5543-1309-1

　Ⅰ.①守… Ⅱ.①张… Ⅲ.①散文集—中国—当代
Ⅳ.① I267

　中国国家版本馆 CIP 数据核字（2024）第 076739 号

守望平行线
SHOUWANG PINGXINGXIAN

责任编辑　廖文静

责任技编　张广生

装帧设计　尚册文化

责任校对　杨　群

出版发行　羊城晚报出版社
　　　　　（广州市天河区黄埔大道中 309 号羊城创意产业园 3-13B　邮编：510665）
　　　　　发行部电话：（020）87133824

出 版 人　陶　勇

经　　销　广东新华发行集团股份有限公司

印　　刷　济南精致印务有限公司

规　　格　710 毫米 × 1000 毫米　1/16　印张 15　字数 250 千字

版　　次　2024 年 6 月第 1 版　　2024 年 6 月第 1 次印刷

书　　号　ISBN 978-7-5543-1309-1

定　　价　68.00 元

序

平行线在守望中飞翔

陈志雄

据世界气象组织透露，2023 年 7 月是有记录以来最热的一个月。与此同时，熬过三年新冠疫情，铁路也迎来了史上最火爆的暑运。一个酷热难耐的晌午，我正忙得团团转，脑袋快要爆炸的时候，却突然接到一个"火上浇油"的电话。

来电者——张湘涛与我只有一面之交。前年初冬，赣深高铁即将开通之际，我们因工作结识于河源佗城，顺便聊过几句文学事，之后再无见过面。没想到这老兄至今还惦记着我，竟然要我给他的新作写篇序。在火辣辣的太阳下，我汗流浃背，握着滚烫的手机向他祝贺，作序之事却不敢答应。因为作序是德高望重者做的事，非我所能；再说，手头上的事很多，实在忙不过来。

可他却像摸准了我的心思似的，说他的作品写的都是我熟悉的事：铁路生涯、红色老区、客家乡情。这么一说，我倒有点心动了，便请他将电子书稿发给我先学习学习。随后，他就发来了个人简介和约 20 万字的散文书稿。

从酷暑到秋来，在时间的碎片里偷出些空闲，断断续续读着《守望平行线》，我的心情也随之起伏。作品内容多围绕作者在赣深高铁项目和铁路工地上的工作及生活。其中，有对铁路的热爱，有对自然风光的描绘，有对工作生活的激情咏叹，文字淳朴干净，故事有力量，作品洋溢着张湘涛对自然万物的欣赏和感悟。张湘涛老兄送来的果然是一盘合我胃口的好"菜"，让我见识增长。

张湘涛是一个铁路孩子，从小就跟随修铁路的父亲东奔西走：当年在摇篮般的火车车厢里，倾听过钢轨单调的"哐当"声；从小伴随铁路而行，上学路上蒸汽机车烟囱不断喷出乳白的烟；从铁路学校毕业并接受分配，在工地过上漂泊流浪的生活……正因为有这样难得的经历、非常特殊的印记，这部散文集《守望平行线》与其他书就有了本质上的区别。

他在繁忙的工作之外，业余生活丰富多彩。爱好摄影，擅长诗文，是中国摄影家协会会员、广东省作家协会会员、单位的高级经济师，考取了国家二级心理咨询师证。因此，他在单调的筑路生涯中，活出了与众不同的精彩。

第一辑，铁路事。从《火车，穿越的筑路人生》到《今夜无梦》进入《行吟赣深》，讲述的是作者投身铁路建设30年，"逢山开路，遇水架桥"的漂泊生活。在深深的隧道里挖掘，在高耸的桥墩上测量，在遍地的钢筋、混凝土和泥沙旁坚守，在万里之外的非洲刚果（金）森林深处援建……

虽说一段铁路一段苦，可在作者的笔下，却没有贩卖一丝筑路人的苦难，而是专注于抒发"基建狂魔"的满怀豪情，放声讴歌新时代新征程的伟大成就。他在散文中与大家分享筑路人沿着钢铁长龙，追逐诗和远方的浪漫时光，字里行间让人深切感受到作者积极向上的人生态度。

这种感觉是一个铁路作家专有的。因为，这种情感只属于作者，尤其属于对铁路有着非同寻常的深厚感情的人。铁路改变了沿线的历史发展轨迹，也寄托了所有人的美好愿望。铁路，曾让无数人怀揣梦想走出家乡；铁路，又让多少游子回到翘首期盼的母亲的怀抱。

第二辑，客家情。这是全书的重头戏，也是身为客家人的我最喜欢的一辑。逢山必有客，无客不住山。客家人大多聚集于粤闽赣三省的交会处，而且京港高铁的最南段——赣深高铁就经过赣州、梅州、河源、惠州等市。

我出生在赣州市安远县，曾在韶关市工作18年，也经常行走于赣州、梅州、河源、惠州，作者写到的地方我大多都去过。然而，对于客家文化的了解，我却远远不如这个籍贯虽然在四川，却出生和成长在湖南的作者。

张湘涛在赣深高铁工地上待了四年多，业余时间从不休息。他深入高铁建设工地、沿途山河，不论寒冬酷暑，克服重重困难，拍摄了大量精美的摄影作品，足以编辑成好多本画册。他走进《画里乡村苏家围》，在布满青苔的残垣上，发出"苏家围村正经历涅槃重生"的感慨；踏进全国罕见的《画中林寨》围屋群，他从经济社会学的角度，分析出林寨一个村之所以能建造如此杰出、数量如此之多的古代客家建筑，这与当地人"崇文重教，俊才辈出"不无关系。

他行走在东江儿女用鲜血染成的红色土地上，写下《福建会馆：凝固的红色印记》《高潭，一块红色的土地》等红色篇章，颂扬"忠诚如铁、敢为人先、不怕牺牲、一往无前"的高潭革命精神。他驻扎在古邑龙川，为古邑门、古渡头、古街巷、古楼宅、东山寺和龙川学宫等一个个"佗城远去的符号"感叹，更为龙川结束不通高速公路和高速铁路的历史，抢抓省级旅游示范区发展机遇，构建"一城一山一水"全域旅游产业布局，打造"一晚两天"的集文化、康养于一体的乡村振兴而欢呼。

第三辑，汇美食。作者的散文集里写了许多岭南瓜果、客家美食。他写瓜果时像个农艺师，将百香果、黄皮果、荔枝、龙眼的前世今生、学名俗称、生长习性、储藏方法一一道来。在《黄皮果赋》里，作者用生动的笔调勾起人们的食欲："轻轻地将诱人的果肉含入口中，这股酸酸甜甜的味道在舌尖尽情蹦跳，让人一次又一次地回味。"写到客家美食时，作者就像个民俗学者，品尝美味品出独到的见解："每个人的记忆深处，都有一碗家乡的面，它被赋予了家乡的味道、家乡的颜色和文化内涵。""中国人的乡愁，就是一碗面条。"（《客家，那一碗面》）放下《客家茶》，端起《娘酒》，咬着《月光饼》，便牵出《客粽乡愁》《酿豆腐》，茶里、酒里、饼里、菜里都有故事，放进嘴里是美食，留在心底的却是"慎终追远、勿忘根本"的客家文化火种。

第四辑，悟人生。作者从《梦居万绿湖》说起，看见《燕子筑新巢》，至收尾之作《人到中年，生命静美如秋》，他借描写"独在异乡为异客"的乡愁，来抒发人到中年的心情与思考。在充满激情、如诗一般的语言里，无不闪耀出人生哲理的光芒，诸如："依照内心的真性情去感受生活，珍惜生活……"（《王阳明与和平》）"人到中年，此刻的心，就像河滩上那一个个千百年在急流中的石头，早已被岁月打磨得圆润、通透，显得无比的厚重、深邃和有内涵。"（《人到中年，生命静美如秋》）

纵观全书，散文写景细致入微，言物浮想联翩，咏史感慨万千，叙事情理交融，文字通透，笔法娴熟。看得出来，虽然本书是围绕高铁工地上的工作生活而展开，但全书在其中却巧妙穿插客家民俗，通过探寻岭南客家风情之旅，领略客家文化的魅力和美味佳肴的诱惑，生动地讲述了高铁建设期间和开通运营后给铁路沿线带来的巨大变化，以及在这片土地上留下的属于作者自己的记忆，其用功用力用心用情，显而易见。

书中，作者通过亲自参与建设的高铁和铁路，折射出整个中国铁路建设的缩影，更蕴含和展示出铁路特有的历史文化韵味。或许，这正是作者想着重说明的，高铁的出现不仅改变了中国的交通方式，也推动了中国的现代化进程。

细读这部书里的作品，我还惊喜地发现，书中的这些"事""人"是具有顽强的生命力的。作者发挥自己的特长，用直白的方式，从细节、情感、性格直至灵魂，将自己亲历的生活呈现在读者眼前。这一篇篇、一章章、一段段，甚至每一个字、每一个标点符号都像根须一样，牢牢扎进读者的内心深处。

金无足赤，人无完人。对于整本书来说，我认为个别篇章似乎松散了些，聚焦点过多，不太注意取舍，这是我的一点浅见。当然，见仁见智，对于喜欢航拍的张湘涛来说，拍大片的感觉肯定比用手机拍局部要好。但是，不管是拍摄照片，还是静下心来写东西，他的这种专注与执着、兴奋与激情，我认为都是难能可贵的。

铁路，是一条条永不交合的平行线。我相信湘涛兄在文学这座矿藏里，在不断开采淬炼的过程中，在穿越山岭、湖泊、田野、草原、沙漠的风景里，在拍出更多摄影大片的同时，能创作出更多充满时代感的文学大作！

是为序。

2023 年 9 月 18 日于广州

（作者系中国作家协会会员、中国铁路作家协会副主席、广铁集团文联副主席兼秘书长、广州铁路博物馆专职副馆长）

目　录

第三辑　汇美食

第一辑　铁路事

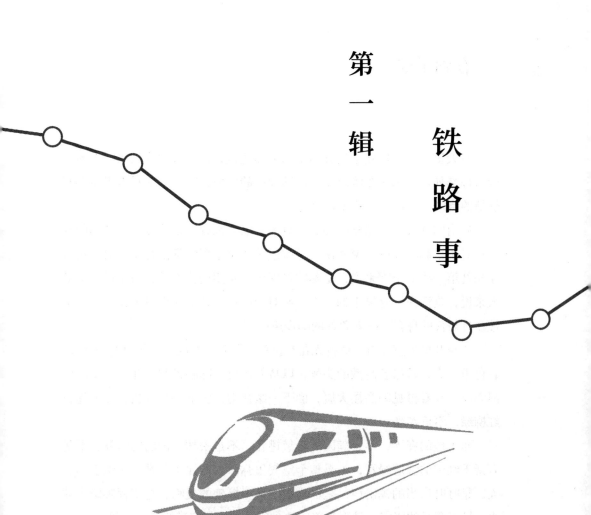

春到工地

春天里，正在修建中的赣州至深圳高速铁路，以天地为纸张，泼墨汇雨，挥毫如风，掠过浓浓绿意，以其独有的风姿，写下岭南早春里希望和热情的诗篇，在粤赣大地飞奔前行。

岭南的春天，是怎样的姿态？对于客家人来说，是吹绿东江两岸的春风；对于早起耕作的人家来说，是撒进黄土里孕育致富的种子；对于奋战在扶贫第一线的干部来说，是奏响贫困地区希望的协奏曲；对于城市里的人来说，是洗去一身风尘的春雨。而对于高铁工地的建设者来说，则是穿梭在日与夜的身影、阵阵急促的脚步声……

"花开堪折直须折，莫待无花空折枝。"春天有故事，所以万物怀春。春色里，春姑娘昂着高傲的头颅，以特有的姿态降临世间，在看不见的江河湖海，在看得见的高楼大厦，洒下一缕活力，种下一片生机，让大地花红柳绿，不负春光。

而工地的春天，不是满园的粉黛桃花，不是松林里清丽的莺歌，不是万紫千红中的红墙绿瓦，不是整个空气里弥漫着的泥土芳香。工地上的春天，是叮叮当当的锤击声，是深山里隧道里爆破的轰鸣，是工程师跋山涉水、披星戴月的坚守，是天为盖，地为庐，枯燥却充满激情的扬帆。

工地上演的是一出别致的奋进大戏，演出了凝聚着建设者汗水的点点滴滴、不可忘却的艰辛奉献时刻，展现了一根桩基、一片箱梁、一条路基、一座隧道、一座桥梁、一条钢轨，最终托举高铁巨龙风驰电掣……

赣深高铁贯穿了粤赣大地的荒芜和葱茏，越过了五岭山下的静谧，穿过了东江之侧的期盼，走过了一个时代乃至一个世纪的眺望。她贯穿了客家古邑，书写着赵佗故土曾经的传奇，歌唱着红色苏区的战旗，吻合了红色历史的轨迹，如绶带般穿越岭南的田野、河流，以及一个个村庄。这一条从虚幻变为真实的高铁，映照着过去的生活、现在的发展，以及未来的希冀。

　　建设者的豪情，不仅体现在对这一条高铁的热忱，更多的是如何以奔流的气概，贯穿人们的心房，贯穿新时代的发展动脉。

　　有一首歌唱道："有一个美丽的传说，精美的石头会唱歌。"精美的石头并不沉默寡言，它也有喜怒哀乐。因为，石头也有故事，有它的活法。就如这群平凡的建设者，朴实无华，却蕴藏着最细腻和最真挚的情感。

　　其实，在建设者的眼里，工地的生活并不单调，常人眼中的工地看着是尘土飞扬，听着是机械轰鸣，让人望而却步。但真正用心感受这里的生活和工作的人，心中会感觉无比温馨快乐。清晨，太阳还没有出来，建设者们身上放射出朝阳般的光辉；傍晚，太阳落下山来，建设者们身上洋溢着晚霞般的绚烂。虽然工作忙碌了一天，此时满身泥土，脸颊上的汗水还未干透，但静静坐在工地一角，三五个换班的工人摆着龙门阵，欢声笑语中，点燃的是对未来的希望和梦想。

　　这时，我想到了一首诗："如果，这方土地是美丽富饶的沃野，那么，你就是为人民创造财富的无名英雄；如果，这座城市是靓丽多彩的明珠，那么，你就是为城市添光增彩的辛勤志愿者。无论是城市，还是乡间，脱贫奔小康，不能缺少的是你执着坚定的筑路信仰；无论是何时，还是何处，这方土地就是美丽富饶的沃野。"或许，这就是一个高铁建设者心中最美的春光。

　　这春光映衬着向前延伸的铁路线，承载着每一个建设者的孜孜不倦。就是这么一群人，一个个身影融入春的暖流，走过春夏秋冬，感动四季芳华，在高铁工地上，将责任刻于山川，将梦想放逐足下，实现了中国高铁一次又一次的成功和超越。

　　一位诗人说："在这喧闹的凡尘，我们都需要有适合自己的地方，用来安放灵魂。"我想，对于高铁建设者来说，就是握住春天的手，不负春光，用尽笔力书写眼前的诗篇，抒发内心对春天的渴望和眷恋，对大自然深沉的热爱……

第一辑

铁路事

　　　　　　2021 年 3 月 30 日发表于《首都建设报》

漂泊，让我爱上了这座城

漂泊，让我爱上了这座城。因为高铁建设，我与河源邂逅，让我相信缘分，恋上了这座城！

四年前，我来到了客家万绿之城、美丽的城市——河源。此后，我便渐渐爱上了这座城！

因为她的山水之美，因为她的文化之美，因为她的美食之诱人，也因为她注定有故事。

一

河源的美，静中有动，动中有静。河源别号"槎城"。1988 年 1 月 7 日，经国务院批准设立河源市。河源，上古属扬州南境，战国属楚之南，与岭南其他地区一样皆为百越蛮荒之地。

东江，自北向南流经河源市区；新丰江，从西向东绕城而过。两江在河源市区东面交汇，使得整个河源市区三面环水，看起来像浮在水上的木筏，因此而得名河源，寓指河流之源。

在河源，几乎随处可见簕杜鹃——河源的市花，红的，粉的，紫的，白的，如簇簇风车一般，在河源市中心，在东江湾，在笔架山，在客家公园，在亲水步道，在路边，在居民小区门口，在写字楼的办公间，在看得见看不见的地方，自然随性地生长着，带来灿烂火热的气息。

异木棉，河源比较常见的树，在广东其他地方我也见过不少。从高空俯瞰，成片的异木棉花海尽收眼底，似乎为山林披上了一件粉色的霞衣。一树树异木棉花犹如撑开的巨型花伞，迎风摇曳，粉嫩的花朵与湛蓝的天空相映成趣，给河源的初冬增添一抹浪漫色彩。

河源的物种多样，境内主要野生植物有山竹、经济林、中草药等。除松树、杉树外，还有较为珍贵的用材林，如赤黎、山杜英等。

白鹭，万绿湖里的常客，每逢国庆前后，都会有白鹭飞回河源。在万绿湖、枫树坝库区、新丰江畔、东江湿地，河源人常常看到成群的白鹭，在美如画的青山绿水间上下翻飞，在金黄色的水稻间跳跃。

在万绿湖畔的湖光山色之间，一只只白鹭在岛上栖息、养精蓄锐，一般难以捕捉到它们的静态美。突然，在水边或许不经意间就见到，一抹靓丽白影或盈盈而立，或扑着洁白翅膀掠过水面，或在林木之间盘旋飞舞……

当然，河源还有水鹿、苏门羚、白鹇及穿山甲等国家二级保护动物。因为，河源有优美的生态环境，有青山绿水，有蓝天白云，有一流的空气质量……

河源的水，很清，很干净，也很蓝。作为一座水做的城市，河源域内河流众多。沿江之岸常年鲜花盛放，江景如画。各县山川奇秀，风物宜人，江河湖泉，遍地胜景。古往今来，文人墨客为河源山水留下了许多诗文墨宝。地处东江中上游、坐拥华南地区最大的人工湖——万绿湖，被誉为粤港澳大湾区的"后花园"。

万绿湖被绿色包围着，一年四季都是绿，都是生机勃勃的样子。万绿湖的水量很大，其最大库容目前已达 140 亿立方米，如果按我国 14 亿人口计算，人均可分到 10 吨水，水量够所有中国人喝 13 年。它肩负着保障香港、深圳、东莞、惠州等东江中下游地区 4000 多万人口饮水安全的重任。

铁
路
事

河源，每一天都很热闹。她的热闹，是美丽的面纱被远方不断涌来的游客慢慢地揭开带来的。作为中国名副其实的旅游城市，东江流域是客家人的聚居中心，尤其是万绿湖、佗城、孙屋排、苏家围、黄龙岩、霍山等著名景点，哪儿都是人头攒动的景象。

她的热闹，还有很大一部分是如我一样的外来建设者或打工人流动带来的景象。最明显的就是，河源的大地上到处都能看到施工建设大军的身影，赣深高铁、梅龙高铁、高铁新城、跨高铁枢纽大桥、高铁站进场大道等，到处都是建设的痕迹和人群，公交车、长途汽车还有高速公路口都是繁忙的人群，那印着企业标志、为河源经济建设作贡献的标语和口号在城市的房顶、小区或在工地的机械和运输车身上随处可见。

河源，迎来了历史上最伟大的一次发展期。

二

铁路人每走过一个城市，身上都会留下曾经住过的城市的气味。我走过了那么多城市，走过了那么多地方，只有河源成为我记忆里最特别的存在。

我又是因为什么，爱上了这座城？

河源，一个蕴含着客家文化的城市，有着独特的风景，有着别样的风情。这一座城市，装下了客家人几千年来的人生百态，也承载着客家人的喜怒哀乐。河源人在漫长的历史进程中，始终传承着客家民系优秀的传统美德和人文精神。

当然，食物是一个城市的符号。那是只属于这座城市的印象，是特有的一种回忆和期许，是每座城独有的"饕餮密码"。

来到河源时，除了到处游山玩水，就是逛遍大街小巷觅美食。都说铁路工人走到哪，一张嘴吃到哪。对此我是深有体会的：忘不了猪脚粉，这个河源街边的小吃，汤汁浓郁、绵柔可口；萝卜板，特色美食，味道鲜美、营养丰富；酿豆腐，客家传统美食，软韧嫩滑、鲜香可口；咸香鸡，皮脆肉滑、味道鲜香；八刀汤，鲜香可口、爽脆非常；牛筋糕，软而不烂、韧而不硬……当然，还有灰水粽、老水粉等。

虽人已中年，也没有吃夜宵的习惯，但偶尔还会撸深夜1点的串儿。来到广东，自然也少不了品尝有名的猪杂粥。难怪有人说，你来到一个城市走街串巷，不就是让你的胃装下这座城？

行走于大江南北的铁路人离不开酒，我作为"铁二代"，酒的启蒙始于作为铁路工人的父亲。行走在筑路岁月里，才明白老一辈铁路人对喝酒这件事为何乐此不疲，那酒喝在嘴里，辣得呼天抢地，却也醉在了心里。那酒里藏着修路人最深的情感和最重的思恋。

此时，我才深深地理解了喝酒之妙处，那是一个男人从弱小成长为男子汉的过程。就像这酒从浓烈到清新，从辛辣到柔和，每一个人都有属于自己的成长故事。

尝过客家黄酒才知道，只有这片土地才能酿出具有如此文化的糯米酒。如最初采用山楂树的根叶,加上高粱和狗尾粟(小米)酿造有舒筋活络、驱寒保暖之功效的酒;用制糖后的甘蔗渣酿的"滗酒";到现在仍一直保留和沿用的将糯米放入蒸笼蒸成饭,加入酒饼和红粬发酵酿成的"黄酒"。

在那些微醺的日子里,闻着黄酒的香醇气息,散漫自在,沉溺其中,我醉倒在这座城市的怀抱里。客家儿女,哪个不是吃母亲身上"娘酒煮鸡"化成的乳汁长大?谁能忘了母亲无私的付出和爱?所以当地人说,娘酒是滋养客家杰出贤儒的乳汁,是延续客家千年的血脉。

可能是因为那忘不掉的美食,还有那醇美润甜的娘酒,不知从何时起,心里开始装进这座城市,这颗深藏于绿色汪洋里的明珠。我那颗在孤独寂寞的夜晚里无处安放的心,仿佛就扎根在了这座城的晨曦里。仿佛一切无边的思念和痛苦的回忆,都在这座城市释放,让那原本孤独的心突然变得饱满,仿佛春风吹进了渴望丰盈的绿草地。

三

我在河源的工作、生活,很平淡,却有滋有味。

高铁,再寻常不过,却把我们带到了河源,一路同行,一起走过。在平凡的生活里,所有的一切,因为这座城,在我们的眼里变得意义深远、分量很重。城市里的高铁,像一根连接外面世界的触角,又直抵心灵的角落。它似无尽头,伸向我四年前的记忆深处……

铁
路
事

烈日当空,高高的桥墩上跃动着火热的影子。工地上井然有序,建设者坚守在自己的岗位上,手脚麻利,技术娴熟。从熟练的手法,就可知道建设者作为国之工匠的严谨和执着。

你瞧,一丝不苟的敬业精神,挥汗如雨的干劲,工友们如云燕一般,在高空中自由作业的姿态令人敬仰。攀爬在几十米高的桥墩上,只为迎接箱梁铺架;每天穿梭深入大地下,不断向前挖掘延伸的隧道,在白天的世界里过着夜色的生活,只为打通两地的连接线。没有特别的目的,也没有特别的缘由,只因为我们都是中国高铁的建设者,"逢山开路,遇水架桥"是我们选择的筑路人生。

轰鸣的机械声,富有节奏的哨声,组合成一首惊天动地、富有激情

的劳动交响曲。这动人心弦的交响曲，是我们立足岗位、负重前行，背井离乡、隐忍思恋，战酷暑、斗严寒的坚守。正因为，我们在烈日下挥汗如雨，用布满老茧的双手辛勤劳作，才一寸寸延伸着高铁的长度，用并不笔直的身躯，撑起了一座座大桥。

筑路人的生活，是一段"吹着号角，冲锋陷阵"的日子，是"与尔同销万古愁""暂凭杯酒长精神"觥筹交错的片段，是隧道贯通时的热泪，是大桥合龙时无以言表、喜上眉梢的兴奋，是中国大地上涌动的力量。

一座座跨越岭南大江大河的大桥，就像雨后长空中一道道绚丽的彩虹；一座座穿越客家大地的隧道，是建设者用自己的热血开拓的通往幸福的大道，是建设者用坚忍不拔的毅力化天堑为通途，是建设者用血汗劳作演奏的旷世作品，是这个大地上最动人心弦的音乐。

如今，呼啸着飞驰而过的高铁巨龙，承载着建设者的汗水和挥洒在泥土里的青春，是岭南大地上筑就的一座丰碑。这一条由北至南的高铁，贯穿了砥砺岁月，缀满了诗意的芬芳，穿行在客家大地，映照着客家人未来的希冀和正在创造的辉煌。

我知道，单靠我的言语，无法诠释一个正在高速发展的河源。但是，我可以用笔记录下四年来在河源的点点滴滴，还有我对这个城市的深切眷恋。

或许时过境迁，我们天各一方，希望岁月没有淡漠这份熟悉，不会化作明日的尘烟，消失在记忆深处。当某个黄昏，晚来风急，触景生情，我想用隽永的文字来回顾这一幕，找寻到穿越时空的钥匙。

四

海明威曾说过："如果你足够幸运，年轻时候在巴黎居住过，那么此后无论你到哪里，巴黎都将一直跟着你。"我与河源的缘分，就好像人和人之间的气味相投，也许是因为热情，也许是因为真挚，也许更是一种同化，一旦纵情深入，便很难割舍。

这是我生活了四年的地方，这是我为之书写，用洋溢着热情的文字描绘的美丽地方，写得真挚；这是我用手中的无人机拍摄的如画山水，拍得深沉；这是我倾注了青春和热血，用心铸成的高铁致富大道，融入得轰轰烈烈；这是我一生特定的记忆符号、不老的青春怀想、永久的时光印痕，所以爱得坦荡。

一晃四年。现在，这座城住进了我的心里！因为我当此处是吾乡，不需要任何理由，没有前因，无关风月。

走过熟悉的街，仿佛感受到这座城的气息，看着一张张陌生的脸，但我好似是其中的一员，不分彼此，一颦一笑，让我如沐春风。

就是这一座客家小城，这一城湖光山色，美美的姿容，高雅的气质，还有深藏在山水中的羞涩和淡然，让我心中安然。

新丰江边上的音乐喷泉，数百条粗细不一的水柱随着音乐节奏起伏不已，左右摇摆。声、光、雾、水及水雾形成的幕墙，在现代科技的掌控中，变成了赏心悦目的音乐盛宴，瞬间冲击着人的视觉和听觉。

漫步四季，我喜欢举起相机捕捉这座城的光和影，在日记本上记录岁月的斑驳痕迹和那一份沧桑厚重。就是这一座城，每一寸肌肤都成了我细心描摹的一笔，每一处风景都成了我镜头中的精彩。花开花谢，云卷云舒，这座城所有的情致都在我的心里。

爱上这座城，那一份份记忆，那一个个悲伤或欢乐的时刻都印刻储存在心里。漂泊半生，来到这座城里，遇到了热情的人、美丽的风景、可口的食物，还有与其他地方不一样的异质性，包括气候、民俗，尤其是最美的岭南客家文化，惊艳了我。

我曾经用脚和心丈量这块土地，在山水、田野、城镇的行走中领略河源的客家文化，在霍山看日出日落，在佗城体味文化的厚重与风骨，在历史的解读中用心感受着高致，在自然与人文痕迹里探寻其中的隐秘，在行走中打开这一本大书，找寻南粤大地上中原文化和当地文化的互动互融，欣赏别有特色的岭南文化的痕迹，顺着客家文化的长河，沿着古人与前辈的足迹，探寻这座城蕴含的文化芳香。

作为一个铁路建设者，我一直在犹豫着、思索着现实与曾经的梦想之间的差距。我想，可能是人到中年，对往事记忆愈发深刻，对现实更加敏感，是因为我在此拥有太多东西，还有更多的情感，在河源醉美的图画中不断发酵。

正因为我不舍，我依恋，所以才会如此伤感，不然怎会有如此多的忧郁和激情的文字在我心头萦绕不散呢？

漂泊，让我爱上了这座年轻的城，但我终究是这座城市的一个过客，

第一辑

铁
路
事

可那又如何呢?

就像徐志摩曾经说过的那样:"一生至少该有一次,为了某个人而忘记自己,不求有结果,不求同行,不求曾经拥有,甚至不求你爱我,只求在我最美的年华里,遇见你。"

2021 年 11 月 4 日于河源龙川

坐上高铁说赣深

2021年10月18日，是我终生难忘的日子，也是作为一名在赣深高铁整整坚守了四年的铁路建设者，心中无比喜悦最为激动的日子。

正处于联调联试中的赣深高铁，迎来了一批特殊的试乘者。为了营造赣深高铁广东段开通前的浓厚宣传氛围，加快推进沿线车站配套设施和市政建设的速度，让沿线地方政府工作人员观摩体验赣深高铁的高速、舒适和便捷，广铁集团开行了G55660次高铁。

我作为施工单位的代表，也荣幸地进行了一次从河源东站到定南南站的激情之旅。有幸成为乘坐赣深高铁的体验者之一，我心中有说不出的激动和自豪，特别是看着那一列列不同用途的列车从工棚前的线路上呼啸而过时，那种兴奋之情在我心中久久回荡，挥之不去。

100年前，毕业于美国耶鲁大学、修筑了"全长200多公里京张铁路"的詹天佑"抱病登上长城"浩叹："生命有长短，命运有沉升，初建路网的梦想破灭令我抱恨终天。"他何曾想过，100年后，中国高铁早已成为"中国名片"蜚声海内外。中国高铁像一条美丽的玉带，气贯长虹地穿行在中国大地，中老铁路、中泰铁路、雅万高铁等飞驰在多个国家和地区，让世界看到了真正的"基建狂魔"，为享受高铁便利的人带来了幸福与安康。

第一辑

铁路事

赣深高铁主要连通的是江西省和广东省，是国家高铁规划网络之中北京—香港高速铁路的重要组成部分。作为中国南北方向大动脉级别的高铁线路，赣深高铁对于中国大区域的交通环境的改善意义巨大。该线路将国家正在倾力打造的粤港澳大湾区和内陆地区进行了有效的紧密串联，让珠三角地带的经济辐射作用向北扩大。

我很早就来到了此行的首站河源东站。河源东站这栋银白的建筑在阳光照耀和蓝天映衬下，显得简单大气和庄重，充分体现河源东站站房的建筑风格之独特性和现代感，展现"生态河源、现代河源"的门户形象。

走进宽敞的候车室大厅，站房内顶部巨大的水波纹吊顶十分"吸睛"。据施工单位负责人介绍，站房是以"展翅高飞，扬帆起航"为切入点，横向线条如连平河、忠信河、新丰河三河之水般自由流淌，展现"客家古邑，三河之源"的核心设计思想。候车厅吊顶从万绿湖水中提取的设计元素，寓意万绿湖万顷碧波，靠幕墙两侧降低，形成两侧河堤、中心河流的空间意境。站厅中心则采用客家民居"十厅九井"造型，站厅内还有以万绿湖上木筏为设计灵感的木色点缀，处处可见精心设计的河源元素和客家元素，整个站房形成一幅独具客家特色的画里岭南。所以，河源东站被誉为"思源之站"。

大厅内，地板已经铺设完成，站名显示屏上播放着赣深高铁的宣传片，设备正在紧张地调试当中，落地玻璃正在清洗，地面正在保洁中……候车室正中间横立着一个巨大的电子屏，正在播放着赣深高铁的主题歌《党旗红赣深》："巨龙千里舞，铁军放歌声。精品线，畅京港，载真情……"优美的旋律回响在整个候车大厅里。歌曲韵律动听悦耳，节奏明快。画面显示着赣深高铁四年来，上万名铁路建设者在 430 多公里的铁路线上挥洒汗水，昼夜奋战，唱响"先行之路，精品赣深"主旋律，实现了赣粤携手发展、共同富裕的先行使命的镜头和身影。

13 点 55 分，我乘坐的 G55660 高铁列车准时驶出了河源东站，我两眼紧紧盯着车厢两端显示的列车运行速度，瞬间列车就由每小时几十公里的速度提升到了 300 多公里。我身边的一些人出现了耳鸣。漂亮的高铁乘务员解释说，高速下，很多人会出现耳鸣，"大家张张嘴，使内外气压平衡就可以了"。

让旅客们觉得奇怪的是，虽然动车组在高速运行，但看窗外觉得车速不过 60 公里 / 小时。对此，列车员解释，动车组列车的车窗玻璃不同于普通列车，用的是减速玻璃。除了速度外，动车组的设备也令旅客惊喜连连。车窗窗帘可垂直推拉，和飞机舷窗一样。在车厢行李架上方，还有一排反光玻璃镜，一抬头就可以看见自己的行李。每一排座椅靠背两端都有两个像小羊角似的一黑一白的按钮，列车员做了一番示范，大家才明白这里暗藏机关。只见她一脚踩住座位底下的一个小踏板，两手分别抓着两边的"小羊角"逆时针一拧，整排座椅就来了个 180 度的整体旋转，与后排成了面对面，大家可以面对面地攀谈和交流了。

车厢内的座位与飞机公务舱座椅基本相同，座位间距显示着舒适的宽度。舒适度与沙发不相上下，头枕、靠垫等舒缓旅途不适的小物件凸显服务的贴心。我坐在座位上，背部舒适，双腿活动空间自由度高，座位旁扶手内的小桌板可随意拉出，能放置食品或笔记本电脑，也可以当作牌桌，非常人性化。

我坐在高铁列车上，静静凝望窗外，一路的美景让我豪情满怀。这就是中国的高铁技术，这就是我和同事们四年来创造的中国速度。面对舒适温馨、装饰一新的列车，作为铁路人的我，倒比较从容淡定，但我身边试乘的地方政府的工作人员却处处感到了惊讶和好奇。试乘的人们来自深圳、东莞、惠州、河源等地，在车厢里到处来回走动，他们握着手机纷纷不停拍照，一个个美好的瞬间被定格。

虽然列车运行时速达到了每小时 350 公里，但是车厢里丝毫没有感觉到晃动和不平稳的迹象。东源县副县长和同事试着把矿泉水瓶倒立放置在窗台上，当看到矿泉水瓶稳稳立在窗沿上，她不禁竖起了大拇指，直呼："真的不会倒。"身边的人一会儿在商务座上体验，一会儿又换到一等座、二等座去感受。有的人忙着拍照留念，有的人在朋友圈里发照片，分享此时的喜悦，还有的人干脆把座位放平休息……

几位来自河源的乘客，最关心的除了坐上高铁去深圳、广州和北京旅游，他们还期待着河源的森林公园、绿色农产品依靠交通的便利火起来。来自河源市政府的张先生充满了期待："河源的交通这几年发展很快，如今赣深高铁通车后才算是真正走出来。"他忍不住感叹："以前，坐汽车到深圳或广州大概需要五个小时，高速公路通了后需要三个多小时。而如今，高铁通了，只需要一个小时。"对于出行，他更期待高铁这种"大众化"的出行方式。

"这是河源第一条高铁，这里也是广东省最后通高铁的地方。"朱先生是河源市江东新区管委会的工作人员，他说河源正迎来"天时""地利""人和"的重大发展机遇。如今开通的赣深高铁，将真正加速和放大都市经济圈的同城效应，大大缩短人流、物流、信息流的时空距离，推动江东新区融入粤港澳大湾区"一小时经济圈"。

来自和平县高铁办的张先生，四年来一直都与建设者保持密切的联系。他对赣深高铁的建设情况十分了解，对高铁的即将开通更是兴奋不已。他

第一辑

铁
路
事

说，交通基础设施建设，是和平县发展的"三大抓手"之一，赣深高铁是该县"三大交通梦"的核心内容，承载着54万和平人民的幸福。和平县把赣深高铁的开通形象地比作"山门一开，黄金万两"。开通后，老百姓肯定在一段时间内抢着坐高铁去广州、深圳或去更远的地方，赣深高铁就要实现我们客家人对美好生活的设想。

惠州的李先生对赣深高铁开通寄予厚望。他说，赣深高铁其实就是一条南北方向重要的旅游连接线，通往素有"红色摇篮"之称的江西，而广东有着厚重的革命历史和有口皆碑的英雄故事，红色资源也是可圈可点的。比如，中国共产党领导的粤赣湘边纵队东江第二支队的武装斗争史，紫金县苏区革命旧址群、惠东高潭苏维埃政府旧址、南粤庵、阮啸仙烈士陵园、罗浮山东江纵队司令部旧址及东江纵队纪念馆、惠阳叶挺将军故居、东莞大岭山抗日根据地等一批红色旅游资源，当然还有苏东坡、苏辙、赵佗、王阳明等古代名士逸事，孙中山、廖仲恺、刘光第等清末民初的名人事迹，必将吸引大批的游人，影响广泛。

东莞的郭先生更是语出惊人，他总结了五句话，"赣州的客家文化和生态精彩绝伦；河源的空气、饮用水质量全国闻名；东莞松山湖美丽宜人，鸦片战争遗迹铭记历史；惠州滨海旅游轻松惬意，海鲜美味可口；深圳年轻活力魅力四射，先行示范区再上一层"，形象地概括了高铁沿线美丽的风景和人文情怀。

面对窗外不断掠过的山峰、公路、桥梁、隧道、田野树木、房舍村庄，还有一闪而过的曲折蜿蜒的东江，我心潮起伏，思绪万千。赣深高铁就像一条巨龙，穿行在客家古邑的大地上，从南至北跨越高山、平原与大江，倾注着高铁建设者的汗水与血心，缀满了一路的诗意与芬芳。

河源是东江流域客家人的聚居中心。"百越"时期，来自江浙一带的越民散居于少数民族之中，对开化粤地起了重要作用。秦平定百越后，迁陕陇之民居粤，带来了黄河文化。此后，凡遇中原战乱，一批批移民就会进入岭南。这些南迁之民与当地土著民族相互同化，逐步形成了客家文明。

高铁来到了河源北站。河源北站位于东源县黄田镇高铁新城核心位置，是衔接赣深高铁与地方的纽带。东源县，广东省河源市辖县，地处广东省东北部，东江中上游，前身为河源市郊区，1993年11月更名为东源县，县政府驻仙塘镇，是广东省面积第二大的县。东源县于2017年10月入选第一批国家农业可持续发展试验示范区。

东源县境内的万绿湖是华南地区第一大湖，又名新丰江水库。1958年，筹建新丰江水电站时在距广东省河源市区仅6公里的新丰江下游的亚婆山峡谷修筑拦河大坝蓄水而形成，是华南最大的生态旅游名胜区，因四季皆绿、处处皆绿而得名。

万绿湖风景区集青山、碧水和客家民俗文化于一体，原始和天然是她的个性和特征。风景区以弘扬客家文化为主题，是集客家风情、田园风光、休闲娱乐于一体的多功能综合旅游景区。

著名的镜花缘风景区，位于万绿湖旅游码头西南面，占地约2000亩。《镜花缘》是清代著名小说家李汝珍的一部充满浪漫色彩的长篇小说，讲述的是被贬凡间的百花仙子的故事。该景区优美的自然风光恰恰与《镜花缘》书中描写的景致有许多不谋而合之处，为游客再现了百花仙子之故乡、"镜花水月之梦境"的美景。

桂山风景区则以生态保护、山水闲情为主题，景区共分五大功能区，其中包括十八里花溪、百果园等著名景点。游客沿着十八里花溪到花果山一线，沿途可观赏到青龙瀑、三叠泉、飞翠泉、险道、瀑布等共20多处景点。游客可乘坐中国最大的玻璃钢游船，观赏风情歌舞，参与风俗游戏，怡情于万绿湖两岸的和风、竹影、渔歌之中。自然的风光，闪着古老而迷人的光芒，不断呈现在游客的眼前。

龙川西站的设计理念为"秦汉之韵，厚德龙川"，充分汲取了佗城龙川学宫的建筑形式和设计理念。站房建筑面积2万平方米，开通运营后龙川西站将作为赣深高铁与梅龙、广河高铁的交会站，成为连接粤港澳大湾区与中原城市群、长三角地区线路上的一个高速铁路枢纽。

龙川历史悠久，有2200多年的灿烂历史文化，为秦朝古镇、汉唐名城，现遗存古迹很多。龙川完好保存了自中原汉人南迁后所形成的客家文化风俗。团结和奋进的客家精神，凝聚了客家人整体的心灵感喟，包容了客家人经历的岁月沧桑，留存人们的心里，构成漂泊他乡的客家人魂牵梦萦的呼唤。

南越国的国主赵佗，是岭南粤文化开山之祖和岭南进入文明的文化符号。他在岭南"和辑百越"，最早谱写了华夏一统"和而不同"的文明史。苏辙、葛洪、吴潜等古代名士的风骨，中央苏区的红色印记及历史文化的积淀，使龙川成为客家古邑一颗璀璨的明星。高铁飞速驶过东江两岸，金黄色的水稻镶嵌在蔚蓝色的天空下，逶迤起伏，错落相间，把东江妆扮得更加多彩。

和平北站以"入粤古郡，客韵新生"为设计理念，源自圆形围龙屋的飘逸形态和方形围龙屋的方正形态，两种形态在空间中结合形成极具识别性的客家建筑符号，充分体现了客家建筑的特色。在候车大厅内部空间的侧墙上，用现代的方式表达"高墙细窗"的美感，完美地将室外光线引入室内，形成了现代的空间、传统的神韵。

和平县是赣深高铁、京九铁路、粤赣高速公路南下入粤第一县，粤港澳大湾区向内地辐射的一个窗口。境内的山秀美，水清澈，地热温泉布满大地，令人如痴如醉。一脉相承而又别具特色的客家民居——林寨古村四角楼，是全国最大的四角楼古建筑群，悠悠 2000 多年的历史，遗存古巷、古井、古墙、古道、古寺、古亭……和平县的阳明文化生生不息，王阳明通过自己的跌宕人生顿悟出独具一格的"心学"体系，影响了我国 500 多年来的无数英豪，就连孙中山和毛泽东等伟人都对其无比敬仰。

赣深高铁线路全长 430 多公里，其中桥梁 307 座、隧道 144 座，铁路建设者顾不上欣赏身边的美景，为了早日建成通车，他们不喊苦，不喊累，以工地当家，扎根在这片热土，坚守着自己的梦想，积极打造"四季常绿，三季有花"的绿色高铁，保护了粤赣两地的生态文明，实现了铁路与沿线自然景貌的和谐统一。

"火车一响，黄金万两"，嗅觉灵敏的客家人，当然不会错过高铁开通带来的千载难逢的机遇。客家美景，不再是"大珠小珠"散落各处，呼啸而过的高铁犹如一根银色的线，将一颗颗珠子串联的同时，给当地百姓带来了方便路、振兴路、幸福路、富裕路，形成一条璀璨的项链镶嵌在华南大地，绽放出灿烂的光芒，成为粤赣大地上的黄金通道。

岭南大地云美、水清、山秀，是一幅天然的美丽画卷。高铁不断缩短城市与城市的距离，曾经很遥远的地方，突然变得触手可及。未来或许不需要专门"拼假"，我们就可以快捷地到达另一个城市。

我想，这不正是所有铁路建设者的初衷：始终不改为民族复兴筑路的初心，赓续红色血脉，担起勇做开路先锋的使命，将梦想与信念扛在肩上，不断向前，修好开往春天的高铁。

2021 年 10 月 21 日于河源龙川

穿越在赣粤大地上的风景线

一条从南至北的高铁，正贯穿粤赣大地的荒芜和葱茏，越过了五岭山下的静谧，穿过了东江之侧的期盼，走过了一个时代乃至一个世纪的眺望，穿越客家千年的沧桑。

一

一条高铁，孕育了一个梦，酝酿了100多年。

"生命有长短，命运有沉升，初建路网的梦想破灭令我抱恨终天。"铁路之父詹天佑先生"抱病登上长城"时浩叹。百年前中山先生对国家建设提出了许多构想，"四个方面"曾被世人认为是天方夜谭，但伟人绘制的《建国方略》如今已成为盛世现实。

中国高铁早已成为"中国名片"蜚声海内外，"复兴号"奔驰在祖国广袤的大地上，让流动的中国充满活力；中老铁路、中泰铁路、雅万高铁等跨越多个国家和地区，让国与国、地区与地区成为邻里。今天，辐射九州，辐射欧洲、亚洲……这是一个世纪的梦，一个民族的复兴梦。

"青山隐隐水迢迢，秋尽江南草未凋。"我静坐在靠窗的座椅上，看着窗外掠过的风景。岭南的10月，没有秋气肃杀，珍藏了粤赣大地上最美的山色，给人以宁静之美。阳光透过路边的树林，如金属的碎片撒在地面，斑斑驳驳。远处的山峦间，红色枫叶、黄色银杏、绿色松柏、暖暖的阳光、飒飒的风、薄薄的迷雾弥漫了山尖。山涧里，叮咚的清泉轻轻流淌。微风中摇曳的枝头，鸟儿们用高亢的歌声吟唱如诗如画的自然。

旅途秋色如画。赣深高铁动车组在客家山水间疾驰，窗外金色的麦浪随风飘动，村寨错落，沿途美景一闪而过，让人不禁慨叹交通如此畅达。赣州至深圳的运行时间仅需两个小时，串联了江西和广东革命老区大片原

第一辑

铁路事

生态旅游景点和客家民系，成为"中国最美的客家山区高速铁路"。

联调联试中的赣深高铁，像极了待嫁的女子，花香四溢，穿越客家千年的喧嚣俗世，从容不迫地走到这个时代。此时，山色葱茏，秋花灿烂，"和谐号"化作银白色的线条，甩下逶迤起伏的群山，跨越奔腾不息的东江水，拉响高昂的汽笛，在蜿蜒前行的轨道上呼啸而去。

一条最美的高铁，越过万绿湖，穿过东江画廊，掠过赵佗故里，追寻苏轼、苏辙兄弟的情义，感悟阳明"心学"，沿着动车组前行的方向，在一路崇山峻岭之间，逶迤而过。

一路上，我嗅闻着百香果的芬芳，品尝着鲜红的荔枝、甜甜的龙眼、爽口的火龙果，一路同行，一起走过。高铁，就像一个触角，直抵客家人的心灵角落，伸向记忆深处……

二

一条从昨天到今天的高铁，匀速前行，穿过铁路建设者四年的坚守，遁入了叙事或抒情的酸甜苦辣的岁月。

这一条从虚幻变为真实的高铁，映照着客家人的过去、现在，以及未来的希冀和幸福之路。一路向北，从深圳向北京前行，感受风的气息，感受高铁的速度、梦的速度，那是伟人画笔遒劲的指向、飞扬的思想，那是驭风而行、中国风与中国梦的传奇。我在触摸一个伟人的心路轨迹中，还原一次寻梦之旅、文化之旅。

站在岁月的枝头，我冥想入微，搜索铁路建设者曾经播种梦想、砥砺奋进的片段，长长向前延伸的高铁线路，串联着一个个如火如荼的建设工地。这条高铁线路全长430多公里，其中桥梁307座、隧道144座。在白天与黑夜里，安全帽、工作服，还有那一张张憨厚朴实的笑脸，让整个工地都洋溢着浓浓的温馨之情。

如今，在延伸前行的线路上，已经听不到曾经轰鸣的机械声、富有节奏的哨声组合成的惊天动地、富有激情的劳动交响曲。这一切已经消失在曾经的记忆里，只有用血汗书写的旷世作品，成为大地上的血脉和连通外面世界的通天大道。

真的，我多么希望这呼啸的高铁巨龙可以停下来，听一听曾经在这块土地上发生的动人故事。我知道，遇见本来就是一种缘分。能够在花开时节，恰好遇见那个最好的人，是岁月的慈悲；来到客家体验四年的岁月温情，也许就是命运的安排。

如果，世间所有的相遇都是久别重逢，那么，我们前世是否真的彼此见过？在曾经的岁月里，我们与客家山水共舞，与客家好友知己为伴，在或丰富或枯燥的工作中，感受这份宁静与美丽。一定是前世我们有过约定，才有了今生我们在此处的游历和邂逅。

一条飞驰的高铁，和客家的过去对话。

一条奔跑的高铁，和现在的客家交流。

一条从虚幻变为真实的高铁，讲述如何将一个个坚定的身影融入春的暖流，感动四季芳华。在高铁工地上，建设者将责任刻于山川，将梦想放逐足下，以奔流的气概，实现了千年的期盼。

星光不问赶路人，岁月不负有心人。京九高铁让城市群之间联结更紧密，实现了地域相连、人缘相亲、经济相融、文化相通，给人民带来了更加安全、快速、便捷、绿色的美好出行新体验，用"火车头"为老区的人民拉来了更加幸福、美好、甜蜜的新生活。

三

一条正在腾飞的高铁，正和广深港、莞惠城际、笋岗动走线、京九线，以及修建中的广汕、梅龙相交、平行、呼应或接驳。

密集而延伸的光线，沿着光图上的一个个地名画出美丽的线条，从"四纵四横"迈向"八纵八横"，将京港大通道织入早已交会成路网的密布里，绘入宏大的铁轨图卷中。中国高铁的版图不断扩大，风驰电掣的"复兴号"奔跑在广袤的大地上。

我在高速行进的列车上，张望着相交而过的京九线上驶过来的绿皮车厢，还有一个个飞快向后移动的村庄，陷入回忆之中。

1909 年 10 月，由我国自主设计、自主投资、自主施工建设的第一条铁路——京张铁路正式通车。

2019 年 12 月 30 日，中国第一条智能化高铁线路——京张高铁开通。

110 年间，两个"第一条"，中国铁路穿越时空的对话，有智慧的碰撞，

有荣光的闪耀，有发展的豪迈。

2021年12月，由广铁集团自主承建的京港高铁赣深段正式通车运营。

这一条高铁从深圳北开往江西赣州，跨越东江、五岭，以谁都无法替代的姿态，昭示了一条铁轨蕴含的重大意义。正是112年的等待，借助铁路和速度，客家人走近了梦想，走上了振兴之路，跨入了一个属于自己的高铁时代。

坐着高铁，体验舒适旅程，驶过珠江三角洲纵横交错的田野阡陌，掠过氤氲苍翠的诸山群湖，穿越绚丽多姿的繁华都市，在欣赏大好风景的同时享受新技术、高科技带来的旅行便利，体味出行满满的获得感与幸福感。

这是一条"先行"的高铁，包含在"交通强国、铁路先行"的战略目标里，拥有服务中国特色社会主义先行示范区、辐射粤港澳大湾区、助力横琴粤澳深度合作区的先行优势，肩负着带动江西和广东革命老区，实现赣粤携手发展、共同富裕的先行使命。

一条正在改变世界的高铁，一条正在书写历史的高铁，从黄河写到长江，从大海写到内陆，从中国写到世界，穿越砥砺岁月，以深情的、轻松的、欣悦的、自信的、自豪的步伐前行……

没有什么能够阻挡高铁延伸的触角，所到之处，皆是生机盎然的希望。中国高铁快速发展，是国家综合国力不断增强的缩影，是中国发展始终心系民生的充分展现。

从京张铁路到京张高铁，从京九铁路再到京九高铁，一个世纪，两个时代，中国铁路正从一个胜利走向另一个胜利。

四

一条质朴的高铁，带我体味厚重的人文之旅。

赣州有"江南宋城""客家摇篮""千里赣江第一城"等美誉，历史悠久。河源和平县的阳明文化生生不息，王阳明通过自己跌宕的人生顿悟出独具一格的"心学"体系。苏东坡贬谪惠州期间，钟情于惠州山水，留下了与罗浮山、白水山、汤泉及西湖等诸多胜景相关的诗篇。

美景顺着铁道线向外蔓延灿烂，让曾经香醇的美酒不再深藏山巷，客家人随着铁路沿线收获"高铁红利"，高铁带动旅游经济发展，助力脱贫攻坚；客家人聚居地区独特的山形地貌与历史悠久的制茶技艺，顺着高铁转化成"金山银山"，高铁为客家人搭起发展的新舞台。

河源市龙川县，带着2200多年的历史沧桑，铭写春去秋来的光阴故事，让客家人"崇文重教"的传统有了可以延续的载体。南越国国主赵佗，留下龙川县内秦时古城基和越王井、东源县的赵佗故居和南越王庙、紫金县的越王山和越王石等珍贵文化遗产。千百年来深厚而牢固的文化认同、生活习性、血缘纽带，塑造了龙川佗城这片土地上每一个人一致的认同感、归属感、荣辱感。这些传统和古迹散发着无限的魅力，激励着一代代客家人开拓奋进，承担起光荣而神圣的责任。

往事，在一首歌曲中、一部电影里，火车是最浪漫而温馨的道具，模糊的风景，模糊的青春岁月。高铁沿线红色资源丰富，江西素有"红色摇篮"之称，有着厚重的革命历史和有口皆碑的英雄故事，这里有中国革命的摇篮井冈山，有共和国的摇篮苏区政府首脑城市瑞金，有军旗升起的地方南昌，有中国工人运动的策源地安源。中央苏区革命政权染红了广东的大片土地，如粤赣湘边纵队东江第二支队的武装斗争史，还有紫金县苏区革命旧址群、惠东高潭苏维埃政府旧址、南粤庵、阮啸仙烈士陵园、罗浮山东江纵队司令部旧址及东江纵队纪念馆、惠阳叶挺将军故居、东莞大岭山抗日根据地等。沿线红色印记串珠成链，人们借此可感悟红色精神，瞻仰"红色摇篮"。

汽笛声声嘹亮，回荡在梦境里，也响彻在现实中。漫长的路途，独处的空间，既可海阔天空，也可坦诚相见。敞开心扉，说一桩陈年往事，又说一段心路历程。我们丈量着过去与现实的这段路程的距离，喜盼粤赣革命老区、中央苏区迈入"高铁时代"。

第一辑

铁
路
事

彼时，朝饮鹏城水，夕食赣州餐。放眼神州大地，不断延展的铁道线，不断密织的铁路网，不断提升的列车速度，不断升级的铁路服务质量……赣深高铁的发展成就，就是新时代中国铁路发展成就的缩影。让我们静心聆听新时代铁路发展的脉搏，发现岭南大地这条"最美铁路"。

此刻，一条助力乡村振兴的高铁，以风驰电掣的速度印证了山村的巨大变化。它如锋利的箭，进入了一条时空隧道，在耀眼的光芒里映射着客家人过去和今天的缩影，奔向人们心中的向往和渴盼。

五

一条被科技环绕的高铁，正在加速"中国智造"的发展，以高科技、高品质的崭新姿态站立在世界市场高地，同时正在改变世界的节奏。

这条飞驰在岭南大地的高铁，采用全面的 5G 网络解决方案，5G 信号全覆盖，万物互联，专业运用 BIM（建筑信息模型）设计的智能数字模型解决了岭南大地隧道数量众多、高速度场景及沿线山区地形复杂对覆盖方案、工程交付提出的难题。北斗系统的铁路信号施工定测技术、信息化仓储管理及质量追踪系统、移动通信 GSM-R 智能网络优化技术等科创成果也发挥着重要作用。

通过 5G 网络，在安全保障方面成功开发并运用铁路建设工程安全事故预警与卡控督办系统，利用信息化手段，实行监管到人、实地签认、智能提醒、强制执行等预警措施，全面规范隧道和站房工程关键高风险工序管理，筑牢施工安全保障。

轨道铺设采用 CRTS Ⅲ 型板式无砟轨道，它是我国自主研发、具有完全知识产权的无砟轨道结构，是对既有无砟轨道的优化与集成。

在通信、信号工程方面，以智能建造保障工程质量，主要采用模拟工厂、自动配线机械手、全过程可视化作业指导以及资源配置数据信息化管理等方式方法，保障建设质量。

电力、电气化工程方面，研发隧道槽道扫描检测仪，解决隧道槽道高空检测难题。采用公铁两用吊柱安装作业车进行隧道吊柱安装作业。研发接触网腕臂安装机器人，推进腕臂安装的机械化和智能化。

采用中国自主研发的北斗卫星导航系统，设计时速为 350 公里的智能化高速铁路。与北斗导航系统相连，通过对列车运行数据的收集与测算，还能提高列车的节能指标和运行舒适度，能大幅降低司机的劳动强度，增加驾驶的安全性。

这些亮点满满的智能化设计，都来自中国即将通车的智能高速铁路——赣州至深圳高速铁路。

100 多年前，当中国人决定自主建设京张铁路时，被西方国家认为是个笑话。如今，随着京张高铁的通车，中国高铁营运里程约 4 万公里，中国已经成为世界高铁大国，技术、装备、建设和运营均已达到国际先进水平，重载铁路、高原高寒技术达到世界领先水平。

如今，赣深高铁通车，百年跨越，两条京张线见证了中国人从自己设计建设第一条"争气路"，到成为开启智能高铁"先行者"的历程，中华民族在民族复兴的伟大征程上铸就新的荣光。

高铁飞驰，山岭逶迤，田畴泛绿，一条条蜿蜒的溪河旁，散落着简朴的客家围屋。晚风吹过，炊烟袅袅，树叶婆娑，溪流欢歌。映入眼帘的是绿水青山、平坦宽阔的水泥公路、坐落在东江两岸的古建筑，绿树、鲜花迎风起舞……

一条智能的精品高铁，赏心悦目，满载乘客走遍大好山河，让人们在品味"诗与远方"中读懂中国故事。难怪有人说，"复兴号"拥有隐形的翅膀。有人叫它"飞龙"，还有人叫它"金凤"。它驭着日月星辰，也承载人间希望，彰显了中国速度、中国力量、中国智慧。

赣深高铁，一条贯穿了南北的高铁，像一根闪烁的银线，将中国版图上的一颗颗"珍珠"串联起来，将昨天和过去带到了今天，正走向未来。

2022年2月发表于《中国铁路文艺》

第一辑

铁
路
事

今夜无梦

又是一年的夏天，又是一个水绿山青的季节。

傍晚，烟雨朦胧。在这个曾经被称为"秦朝古镇、汉唐名城"的客家古邑，龙川县佗城的街道两边，门前的红色灯笼在夜色的衬托下比平时更加鲜艳和喜庆。

不远处的铁路大桥上，灯火通明，一组重 60 余吨、长 500 米的钢轨从铺轨机前端送出，拖轨车的车轮碾压无砟轨道板缓慢前行，牵引着钢轨向前缓缓延伸，放置钢轨、垫板、连接加固，现场作业有条不紊……

四载风风雨雨，终于迎来了龙川段的铺轨，脑子里此时涌现出"昨日相约今生许，却将梦想追天明"的感慨。这些年，往事如零星片段，沉睡在心底，薄如蝉翼的梦见，如烟似水的回眸，在无眠的夜里苦苦追寻，却在刹那间点燃了。心中的兴奋和思绪，牵引着我走进了灯火的最深处。

一个筑路人的初衷，源于最初的美丽憧憬。小时候，长年跟着修铁路的父亲东奔西走，机车、车站、工地、工棚、隧道、桥梁、路基，还有身边的铁路氛围和气息，影响着我这个铁路子弟最终走上了父辈们一生跋涉的路。

筑路人的生活，就像一首诗里所写"天下的路有多长啊，筑路人的故事就有多长，山间的云朵，就是我们做梦的营房……"

无论是江南还是塞北，无论是沿海还是边疆，一条条铁路投入运营，我又马不停蹄奔向另一条铁路，总没有停歇的时候。每当坐在快速、舒适的火车里，看着窗外一闪而过的天空、田野、山峰、桥梁、河流、隧道……我总是思绪万千。

都说筑路人是大自然的儿子，面对流水般的岁月，记忆总是令人沉醉和回味。当火车机头呼啸冲向隧道里，那一晃而过的路灯，以及享受风驰电掣的时刻，总是让我心中涌出深深的喜悦和自豪。

6月的雨,轻轻拨动我的思绪。建设者们四处漂泊,远离家乡,风餐露宿;风雨兼程,常年与钢筋混凝土、泥沙打交道,呕心沥血;不畏艰苦,跋山涉水,披荆斩棘,无怨无悔,甘之如饴。

我们始终走在美丽的大地上,走在构筑"八纵八横"交通脊梁的路上。因为,这是一种信念,一种传承,一种精神,筑路人把青春交给铁路工地那一刻,就已秉承了钢铁般的意志和淳朴信念。

线路上汽笛声声,回响在崇山峻岭之间,像是在粤赣大地上宣告即将通车。或许,当建成通车后,坐车的人们在列车的一扇扇窗户里,能想起这些为火车飞驰而逢山开路、遇水搭桥、披星戴月的身影。

中国高铁,一直在创造着属于自己的奇迹,被冠以"基建狂魔"的称呼。但是,我们更喜欢另一个名字——筑路人。它寓意着日复一日,年复一年,扎根一线,修桥铺路,践行工匠精神,打造品质工程,精益求精,勇于创新的坚守。

正是这群平凡朴实的人,攻坚克难,哪怕奉献生命和青春岁月,也要奋勇向前。即使,我们小心守候的季节和青春,最终还是会被无情的岁月流放,但我们始终无悔和自豪。

工友们举杯庆祝铺轨的瞬间,我眼前看到的是,那些拼凑起来的零碎的记忆,曾经锁住的"心灵符号"也不由自主地从脑海跳出来,仿佛自己进入了另一个时空里,能听见和看见工友们的痛苦、伤心、喜悦、欢笑、茫然,还有对亲人深深的自责和思念。这时,尘封心底的故事,在汽笛声中苏醒,化成天上的星斗,照亮筑路人坚毅的目光、孤独的身影、虔诚的守候、空旷的思念,还有我们始终对家人的守望。

行走在春花秋月之间,筑路人心中总有一股永不熄灭的儿女情怀。双亲的安康、儿女的成长、妻子的无悔,总让他们牵肠挂肚,无法释怀。与家人视频时嘘寒问暖,电话"煲粥"时深情细语;夜深人静时,大家倾诉离别的相思,对家乡的遥望、思念、祝福和祈祷;孩子出生时,父亲与工友们在大山里举杯庆祝;当孩子叫出第一声"爸爸"时,小伙子号啕大哭,工友们无言地拥抱安慰;有多少个不眠之夜,思念的泪水打湿了蒙眬的眼睛,难舍难分之情却深深地埋藏在心底。

祖国的大江南北到处都留下我们的足迹,一段段前行的铁轨书写我们无悔的壮丽人生篇章,留下了我们奋斗的身影与风采。

今天的风里雨里，夹杂栀子花的芳香。脚踏在苏堤满是石头镶砌的小道上，刻意将思绪放到脑后，心事却始终锁在心上。

今天的夜，注定无梦。不要问我为什么，在无梦的日子里，我徘徊在雨中，诠释筑路人如许柔情，正化作娇艳妩媚的花朵，在岁月的旅程中忘我绽放。

哪怕，这绽放的是一世的泪水，也要投入火焰中涅槃。

今夜无梦，我飘荡无依的心啊，在风中穿越了岁月的轮回，赶赴那一场前世之约。

2021 年 6 月 2 日于河源龙川

当高铁牵手罗浮山

　　春暖花开，我坐上参与修建的赣深高铁，与家人一起从河源来到惠州罗浮山。

　　走进罗浮山，如进世外桃源。走近山门，只见一座雄伟的门楼敞开，两边有一副楹联：罗山万仞云中起，浮岛一峰天外来。这副门楼楹联，形象地概括了罗浮山的气势和浮山嫁罗山的神话故事。

　　葛洪是东晋时期著名的炼丹家、医学家，自23岁首次来到罗浮山，晚年一直在罗浮山修炼和著书，表达了对罗浮山的挚爱。

　　我想，当年葛洪来到罗浮山，一定是走在众多植物与野生动物的自然天堂中，沉醉于溪水淙淙的人间仙境里，与妻子鲍姑在罗浮山周边为百姓诊病发药，修行炼丹，著书讲学，达到大智若愚、大彻大悟的无我境界。

　　据地质学家考证，罗浮山是7000万年前中生代侏罗纪和白垩纪时燕山运动形成的，千姿百态，奇峰耸立，壮美风雅，素有"岭南第一山"之称。

　　罗浮山的灵气，在于水。罗浮山以山为骨，以水为脉，绘就一幅壮美的山水画卷。山中有980多道瀑布流泉，"山山瀑布，处处流泉"。巍巍群山，潺潺流水，峰峦叠翠，郁郁葱葱，秀美的山水滋养着丰饶的土地。气势恢宏、仪态万千的山峰，藏着多处洞天奇景、石室幽岩、名瀑飞泉。泉水终年不断，甘甜可口；泉瀑之处，鸟语花香，空气清新凉爽，瀑布溅起的阵阵水雾给罗浮山蒙上神秘的面纱，让游人宛若行走在诗意的画卷之中。

　　罗浮山的水丰沛清澈，因为是活水。罗浮山地处北回归线附近，属亚热带气候，雨量充沛，周边最大的水流为罗水与浮水。因而，山中植被丰富，水源众多。罗山与浮山，罗水与浮水，两山为水之魂，两水为山之灵。山使大地不再单调，水使山拥有更多的活力，透露出无限的灵气神韵，就像客家的土酒一样，天然、清亮、纯洁和醇厚。

　　罗浮山的神奇，在于云雾。罗浮山主峰飞云峰，海拔1296米，山势雄浑，

风光秀丽，四季气候宜人。飞云顶是花岗岩山体，屹立于珠江三角洲边缘。南来的海风与北来的气流常年在此交汇融合，让此地经常云雾缭绕。登高远望，这升腾的漫无边际的云雾让游人仿若置身于云海。云雾，为群山披上一层朦胧的轻纱；群山，隐藏于云雾间幻化出各种姿态；茫茫云海，漂浮在青山绿树、岩石山峰之中，到处流溢自然的芬芳与清新，似客家少女漫步其间，慢移碎步，风情无限。

罗浮山的神秘，在于山中有宝。罗浮山全年降水量充足，植物茂盛且垂直分布较为明显。山中水至美，树成荫，是暑期避暑纳凉、休闲度假的绝佳旅游地。山上植被种类繁多，被称为"天然中草药库"，较珍贵的有还魂草、灵芝等。罗浮山的特产，包括百草油、云雾甜茶、酥醪菜等。在朱明洞洗药池旁，矗立着一块"青蒿治疟之源"的石碑。科学家屠呦呦获诺贝尔奖，也说明青蒿素与罗浮山的千年渊源，使罗浮山更让人神往。

罗浮山的险，在于山崖危岩。山势险峻，常年水汽升腾，云雾缭绕。山势陡峭，为砾岩构造，具有喀斯特地貌特征，秀美壮丽，姿态万千，集雄、奇、幽、秀于一身。前往狮子峰，一路风光清静幽秀。几块巨石挡住去路，只能侧身从石缝挤过。巨石上叠放着一块大石头，人称"飞来石"。

罗浮山的奇，在于峰峦。罗浮山共有 432 座山峰，较有名的有飞云峰、铁桥峰、玉女峰、骆驼峰和上界峰等。登上狮子峰，放眼望去，峰峦座座，连绵起伏，形态各异，山势雄伟挺拔，山间云雾萦绕，仿佛人间仙境一般。驻足罗浮主峰绝顶——飞云顶，风声如天籁之音悠悠然飘来，江畔景色、纵横阡陌尽收眼底。

面对亿万年前形成的岿然和磅礴，在豁然辽阔的视觉冲击中，壮美的罗浮山就是最稳重的依靠和沉淀。

此时，我血脉偾张。那些风起云涌的情绪，最终幻化成内心的沸腾。罗浮山苍翠挺拔的松柏，漫山遍野的灌木，绿草如被的峡谷，清凉甘洌、清澈透明的溪水，以及倒映在溪水之中的蓝天白云，都在阐释罗浮山的自然之美。

鸟瞰脚下的四百峰峦，一座座山峰在云雾缭绕中忽隐忽现，让人豁然畅快，心境旷达。如果运气好，早早来顶上等待，当太阳喷薄而出，正处于地平线的时分，阳光疏朗地穿过云层，金黄色的光线在山谷间弥漫，晨雾伴着阳光游移，真是视觉的盛宴。

我突然发现，罗浮山是用来仰望的，就像散文是用来抒情的。当散文遇到罗浮山，所迸发的生命光泽，就如云雾在诸峰间缭绕，时光在苍茫大地上流转，情感在人间极致的美丽盛宴里释放。山川的神秘与巍峨、博大与宽广，让我们回归到内心的初衷与最初的情感。

回程的高铁风驰电掣，窗外飞快地掠过醒目的城市灯光，转眼就穿梭在黑夜里。

如今，建设中的广汕高铁罗浮山站，距离罗浮山景区只有不到10公里。2023年建成通车后，它将同已开通的赣深高铁交通枢纽接驳。届时，罗浮山站将成为粤港澳大湾区互联互通的重要铁道站，以及和广州地铁28号线、东莞地铁3号线等接驳的综合交通枢纽站，半小时内可达广州、深圳、东莞、河源、汕尾和香港等城市，将形成广深莞惠"半小时生活圈"。

快捷高效的高铁网络，改变人们的生活方式，拉近一个个城市的距离。昔日路途遥远、旅途疲惫等不愉悦的记忆，都将成为历史。透过苍茫的夜，天空繁星点点，星河流动，高铁就像穿梭于时光的轮回隧道，穿越在无垠的岁月旷野。作为一个高铁建设者，一种博大而豁然之美，悄然充溢我的心头……

2023年4月17日发表于《广州铁道》报

第一辑

铁
路
事

铁路人的航天梦

　　我是一名铁路建设者，从小就跟随修铁路的父亲东奔西走，走遍了祖国的山山水水。我经常一个人，坐在工棚前的水泥凳上，托着腮帮沉醉在夜色星空里——月亮、银河、闪烁的星星，还有难得一见的流星，快速地划过天边的夜空……

　　那时，看着银河里微小却若隐若现的星光，我经常在想，月亮上面是否真住着嫦娥和吴刚？外星人或平行世界是否存在？我们什么时候可以在星际间穿梭探险？……飞散的思绪总是浮想联翩，常常让我徜徉于九天之外。

　　从小，我就喜欢写作，特别喜欢听神话或科幻故事，我的梦想是成为一个作家。15岁就开始文学创作，16岁时我参加广东人民广播电台主办的"高力杯"中小学生科幻故事征文大赛，作品《神奇的台风号》获得了全省二等奖。那红彤彤的烫金荣誉证书，是我开始文学创作获得的第一个奖项，也是我一个初中生心中萌发航天梦的根源。

　　早在数千年前，我国就和航空航天科技结下了不解之缘。中国上古时已知利用气流和空气动力，在出土的4000年前仰韶文化时期的文物中，就有了石制陀螺。相传，战国时代的列子能利用上升气流的作用御风而行。到了南宋以后，出现利用火药喷气反推力的"地老鼠""起火"和应用于军事上的火箭，还有降落伞、竹蜻蜓、走马灯、松脂灯、平衡环、风扇、风车等。可以说，近代大部分航空发明，都可以从中找到渊源，甚至具有了原始的雏形。

　　其实，无论是嫦娥奔月还是鲁班做木鸟，这些神奇的神话传说、民间故事和古代科技，无不寄托着我们祖先对未知世界的探索精神，有效地推动了现代航空航天技术的萌芽与发展。当然，古代神话故事中的嫦娥、玉兔，中国早期的航空活动和航空技艺发明，那些伟大、勇敢的航天员的故事，亦在我少年时的心里埋下了种子。

2021年10月16日，"神舟十三号"载人飞船成功发射，翟志刚、王亚平、叶光富3名航天员顺利进入太空，他们不仅完成了出舱行走，还开展了"天宫课堂"，从遥远的太空送上了新年祝福。

从第一颗人造地球卫星到北斗卫星导航系统，从"嫦娥一号""天问一号"到空间站建设……"天眼"、"悟空"、"蛟龙"、高铁、大飞机……国家的进步与强大有目共睹。航天梦深深根植于每个中国人的心中，中国人用实际行动在太空写下了最壮美的诗篇。

习近平总书记说："中国梦是国家的、民族的，也是每一个中国人的。国家好、民族好，大家才会好。只有每个人都为美好梦想而奋斗，才能汇聚起实现中国梦的磅礴力量。"

中国梦，归根结底，就是人民的梦，必须紧紧依靠人民来实现。航天梦，所承载的正是伟大的中国梦。许许多多的航天成就不断鼓舞着全国人民，也不断刷新我的认知，让我为国家的日益强大而自豪和骄傲。

其实，中国铁路与中国的航天梦一直就有不解之缘。老一辈的铁路人，曾挺进茫茫戈壁，于1960年建成了全长240.4公里的清绿铁路，源源不断的物资通过这条铁路运往酒泉卫星发射基地。1962年，铁路人又开赴青海省湟源、海晏两县，为原子弹、氢弹研制基地修建二二一厂铁路专用线，保证及早开工生产"两弹"关键部件。

2021年底，酒额铁路酒泉至东风航天城段正式通车。作为"两弹一星"和航天事业的开路先锋，中国铁路人名副其实，当之无愧。中国铁路人与航天人携手，在保卫新中国和建设新中国、实现中国梦的征程中，皆立下了开拓奋进的不朽功勋。

第一辑

铁
路
事

铁路行业具有悠久历史和光荣传统，在革命战争、社会主义建设和改革开放等各个历史时期，铁路人勇当先锋、敢打硬拼、艰苦创业，具有勇于争先、敢于担当的精神和气概，激励着我们不断前行。追寻着铁路人与航天事业的足迹前行，戈壁上的铁路，温情的铁轨，仿佛穿越时空，我真切地感受到了铁路前辈们的热血和奋斗精神。

我总是在想，60多年前那一群铁路建设工地上的前辈，是以多么大的决心、多么坚强的意志和多么坚定的信仰，才能在巴丹吉林沙漠深处开辟出这样一条铁路。正因为有着深厚的渊源、深切的情感、深远的梦想，铁路精神与中国航天精神才成为奋斗者自豪的源泉、自信的基石和自觉的动力，成为实现中华民族伟大复兴的中国梦的精神支柱。

人生如船，梦想是帆。每个人都有一个属于自己的梦，每一代人都会留下属于自己的青春答卷，当我们的热情和聪明才智真正地迸发出来时，我们每个人的梦才更加真切可期。

在 30 年的铁路生涯里，从江南水乡到玉龙雪山脚下，从绿色平原到高原荒漠，都留下了我和工友们的身影。我们心中的信念只有一个，就是让铁路早日修通，让当地人民走上小康大道。有了这个信念，身为铁路人的我们，才在祖国大江南北、长城内外铸就了一条条钢铁巨龙。内昆、南昆、张唐、大丽等铁路和武广、京沪、商合杭、张呼、京张、赣深等高速铁路大动脉，为共和国的建设和发展奏响了时代的最强音。

航天技术的快速发展，实现了航天研发、制造、应用能力的整体跃升，带动了信息技术、微电子、新材料等领域一批新技术及其产业化发展，推动着经济、社会、生活多方面的进步，展示了伟大的中国精神、中国力量。而遍布全国的智能高铁，满载乘客走遍大好山河，让人们在品味"诗与远方"中读懂中国故事。

中国航天事业孕育形成的"两弹一星"精神和载人航天精神，修筑川藏、青藏公路所体现的"两路"精神、青藏铁路精神等众多精神，都是民族精神的具体体现。这也是无数航天、铁路等各条战线上的英雄默默无闻奋斗谱写的华章，更是我们无比珍贵、极其珍视的精神财富。在实现中华民族伟大复兴的历史进程中，点燃航天梦，建设和实现航天强国和交通强国，助力中国梦，这是所有奋斗者持续奏响的时代强音。

如今，在万籁俱寂的夜晚，遥望天空，"天宫一号"正展开大鹏之翼，畅游在漫无边际的星空中，积极探索天道奥秘。

航天梦，已触手可及，不再是神话，不再是缥缈的梦，太空从未像现在这样贴近现实。

航天梦和高铁梦，中国航天和中国高铁，一个在天上，一个在地下，就像一根根无形的闪烁的银线，将中国、世界、地球和星空的颗颗"珍珠"串联起来，将昨天和过去带到了今天，正走向未来光明的星辰大海。

2022 年 2 月 20 日于河源龙川

行吟赣深

粤赣大地上，最先映入眼帘的是山峰，最先触动心绪的是天上的云朵，最让人舒心的是行走于岭南大地，吟唱蜿蜒延伸的碧水，感受微风轻拂翻卷的情思，那抹江河之中的波光粼粼，还有大地上穿梭飞驰的高铁，涌动的是中国的力量。

踏上岭南的土地，你就能感受到蓝蓝的天、绿绿的水，还有白白的云朵，似乎就飘游在头顶上，你伸手就可以捧下来，轻拂岭南炙热的脸庞。客家土楼的上空常常祥云笼罩，在白云、天空，还有碧水大地之间呈现出神奇而美丽的七色彩虹，宛如一条优美的弧线，把天空的两边连接。

这是自然的力量，上天赐予客家人的福祉。

养育岭南大地人民的赣江、汀江和梅江三条大江及其众多支流的两岸，盆地星罗棋布，交织形成的便利的交通水网络，纵横交错的水系，让大地从此有了灵；赣深高铁从北方飞奔而来，贯穿了曾经的偏僻和葱茏，越过了五岭山下的静谧，穿过了东江之侧的眺望，走过了一个时代乃至一个世纪的期盼，让粤赣大地有了韵。

一条由北至南的高铁，贯穿了高铁建设者的砥砺岁月，缀满了诗意的芬芳，穿行在客家古邑，书写着赵佗故土曾经的传奇，歌唱着红色苏区的战旗，吻合了红色历史的轨迹，如缎带般融入岭南的田野、河流，以及一个个村庄。

这一条从虚幻变为真实的高铁，映照着过去的生活、现在的发展，以及未来的希冀。

这不，联调联试的高铁车轮在飞快地旋转，通车倒计时的钟声在滴答响着。车轮旋转的是一种喜悦的快感，钟表演示的是时间的流逝，这是一种催促，也是一种情感的释放，或更像是窃窃私语，向人们诉说着曾经在这片大地上发生的故事。

有人说，如今在赣州至深圳的高速铁路线上，最有仪式感、最有力量、最震撼的出场方式是高铁车轮的飞转，凌空而过，似大地闪过的一道银色的光芒。她就像一位春天的使者，拉近城市与乡村的距离，让宁静的山乡焕发生机，吟唱出心中最华丽的音节，串起高铁沿线遍地的诗章。

是的，联调联试高铁的飞驰，似琴弦叩动地球的心房，速度与激情点亮岭南大地的绿水青山，划过青葱的河谷、巍峨的山川，掠过灯火璀璨的城市与乡村。建设者凝视着离去的车影，眼里满是泪光，车影永远留在我们的记忆深处，在视觉的高处，我们在灵魂里仰视，在以后的生命里回想。

是啊，你能想象高铁建设者的付出和艰难吗？四年前，他们从北京、上海、广州、长沙，从陕西、安徽……从全国各地赶来，在赣州至深圳400多公里的线路上安营扎寨，让岭南大地上多了企盼。让红色苏区人民的生活变得丰富多彩，生活温暖富裕成了建设者心中的誓言。

天上的云可以不受时间空间的限制，自由地飘游在绿色的山水之中，可这群铁路建设者，就像列车的车轮按照固定的轨迹运行，从来到这里的那天起，就设定好了时间和路线。

工地的生活，是成堆的钢筋、深厚的沟槽、堆积如山的沙土、轰鸣的机械声、富有节奏的哨声。建设者的忠诚、信仰，在风餐露宿里，在披星戴月里，在满脸灰尘里，在沾满泥浆的工服里……

为了早日建成通车，建设者把压力和无助藏在自己的心里。你能看见的就是建设者不停地工作，不停地走在去工地的路上，把工地当家，坚守着这片热土，坚守着自己的梦想。

"妈妈，你什么时候回家，宝贝想您了。"

"爸爸，今年工地要加班，春节不回了。"

"老婆，隧道要贯通了，我走不开。"

…………

各种复杂的心情交织在一起，只有建设者自己知道其中的伤痛和苦涩滋味。

汗水和泥土成为建设者的青春注脚，他们用执着和坚持妆扮着京港大通道的容颜。穿越山川的隧道，跨越江河的大桥，呼啸飞驰而过的高铁巨龙，如同雨后长空中闪现的一道道绚丽的彩虹，这是铁路建设者们用血汗绘就的旷世作品，成为大地上最动人心弦的画卷。

这些可爱的高铁建设者，不就是粤赣大地上绽放的荣光吗？

当你一路北上，经过粤赣大地，穿过长三角，直上中原，抵达塞上江南，畅游美丽的祖国山水的时候；当你钻山过岭，涉水过河，出赣州，过河源，入惠州，走东莞，奔深圳，一路风驰电掣、呼啸前行的时候；当你欣赏阳岭国家森林公园、玉带桥、客家土楼、九曲河、万绿湖、罗浮山、大亚湾及西湖等美景，泡着温泉，享受客家美食的时候；当你以前需要开车五六个小时进行的一段风餐露宿之旅，现在坐高铁全程不到2个小时的时候；当你在这片古老的土地上，体验深厚的客家文化积淀、优良的革命传统，更加紧密地与全国各地联通的时候……

当奔跑的高铁巨龙的汽笛响彻一路的青山绿水的时候，这就是一首与天地相呼应的歌，这就是灵魂的震动和欣喜。这时你才会发现，原来自己一直飞奔在这一路最美的风景里。

也许，高铁飞驰在山川江河的时候，这些曾经忙碌的身影正在默默收拾行囊，转身离去。那高大的身影轮廓里，是逢山开路、遇水修桥、挥洒汗水、书写青春的执着与坚定，是用勤劳的双手赢得的劳动荣光。他们明白，高铁经过的轰鸣声会让山里所有的人感到温暖，就像天空上飘动的白云一样，让人感到温馨和自然。因为，高铁拉近了乡村与城市的距离，融洽了人与人之间的关系，深化了彼此的情感，成为老区人民接触外界不可或缺的生命纽带。

有人说："铁道上的砟石饱含着山海的情意，折射出太阳的光辉，承受住千斤的重荷。"我知道，建设者其实就是铁轨下的铺路石，在岁月中阐释独特的人生智慧，坚守着初衷忍受着孤独，承担起时代赋予的历史使命。

"人间四月芳菲尽，山寺桃花始盛开"，年年岁岁花相似，岁月却是不同的岁月。建设者从春天走到了冬天，从喧闹走进了宁静。山路渐行渐远，天空中的云儿也终将飘向远方，奔驰而过的高铁以粗犷豪迈的汽笛声喊醒了亿万年沉寂的荒山野岭。远去的汽笛声，似乎在告诉大家山里山外的故事。

这时，离去的车影里闪现的不仅是锃亮的车身，还有车窗口绽放的一张张幸福的笑脸。

第一辑

铁路事

2021年9月4日于河源龙川

高铁穿透栖居的灵魂

角美，九龙江边的一隅。

如今，一条穿越时空的高铁，伴随着建设者的欢歌和优美的闽南音乐前行，从福州穿过典型的河口盆地，跨过静谧的乌龙江，一路钻山峦，跨河谷，在错落的珍珠般的盆地间跳跃，先后跨越湄州湾、泉州湾、安海湾，过漳州平原，直奔九龙江，邂逅文圃山下的角美小城，往厦门驰骋，一路向前，不可阻挡，这就是我国首条跨海高铁——福厦高铁。

寒冬时节，福建大地上还是这么温馨暖人。因为工作调动，我只身一人来到了漳州，走进了厦门城市联盟的连接点——漳州台商投资区角美镇中铁六局的福厦高铁建设工地。

抵达时，正值闽南晴空高远，蔚蓝的脸庞上是轻纱般的云彩，在温和的风中悠然飘动。此时已是深冬，南方早已没有了热浪滚滚、狂躁灼人的情绪，冬天里的阳光反倒让人感到热情温暖。这也许就是上苍对这块土地格外的眷顾。

都说，生命是一种心底里的感动。乡情，那是骨子里浸润着的深情。多少年来，我作为一个铁路建设者，皆因邂逅高铁，而收获了无数的快乐与感动。工地俨然成了我的第二故乡，这段经历是充实的、美好的、难以忘怀的。这种无以言表的心情，正如我离开赣深高铁来到福厦高铁工地所在地角美镇一样，感动和留恋时时萦绕于心，深入骨髓，在血脉中流动，在眼里翻涌。

角美，汉元封元年（前110年）时属会稽郡，历经岁月的洗礼，成为中原王朝屯兵驻扎的军事重镇。这片灵秀的土地，孕育了以白礁慈济宫、天一总局、江东桥、林氏义庄、曾氏番仔楼为代表的"国保"文物，以潘振承、林尔嘉、王金平等为代表的名人文化……这些古建筑和名人文化，为我们开启了遥远而厚重的扇扇记忆大门，它们浓缩了角美人坚韧、开朗、沉着、豁达的性格，以及林平侯、林维源、林尔嘉、潘振承、郭春秧等大批海商不一般的人生和精神世界。

一个城市独特的文化积淀，决定着这个城市的气质，是她不可或缺的灵魂，犹如精气神，成为这个城市魅力的源泉。角美古镇，正如它的名字一样，有着独特的气质。

福厦高铁，这条跨越多个海湾、时速350公里的交通线，和久远的龙厦铁路、鹰厦铁路、时速250公里的厦深铁路平行或呼应，仿佛银河发出带着五彩光晕的光线，在大地上交汇绘成耀眼的铁轨彩卷。

如果你没来过漳州，你也许不会知道早在90年前，漳州就有了"轻轨铁路"。据《漳州市志》记载，1921年，漳、厦商绅集资7万银圆成立"漳程轻便铁路公司"，建设了一条起始于龙海程溪镇，途经龙海九湖镇的林下村、新塘村、后山村，进入芗城区的姜园亭路，至中山桥南面，终点站是桥南鹭洲路（原称白鹭洲）的七建砂场（九龙江沿岸流域一带）的轻轨，主要用于运输农副产品。

其实在历史上，漳厦铁路才是福建建成最早的铁路，也是清末民初福建省当时唯一的一条铁路。据悉，鸦片战争后，为促进福建交通发展，海外华侨和有识之士纷纷呼吁在福建建设铁路。1906年，清政府在福州设立官商合办的"福建全省铁路有限公司"，拟议建造福州至马尾、泉州至安海、漳州至厦门三条铁路，建造资金以招募华侨入股为主，并从田粮、食盐税中加派路捐，前后共筹集资金213万两银圆。

黄奕住，祖籍福建南安，是近代中国著名的爱国华侨、社会活动家，是厦门市现代化市政建设的推动者，是鼓浪屿黄家花园的缔造者，是中南银行的创始人。1919年，黄奕住回国后，热衷闽南的建设，他关注的重心是教育、交通、采矿与金融四项。出于对家乡、对祖国的热爱，为了避免漳厦铁路落入外人之手，他曾5次提出修建漳厦铁路。后黄奕住独资兴办漳厦铁路一事，在当时引起不小的轰动。1907年，在地势较为平坦的江东桥至嵩屿路段，漳厦铁路率先开工，并于1909年建成。

林氏府的主人林尔嘉，清末内阁学士兼礼部侍郎陈宝琛任福建铁路总理时，敦请他襄助，并聘为商部顾问，后在民国年间闽台两地颇有声望。林尔嘉终生致力于实业救国、抗日报国，曾任厦门保商局总办和厦门市政会长。为使国家富强以抗外侮，他身体力行，尽心尽力，大力推动了厦门的对外贸易，参与漳厦铁路工程的具体事务，投资电器通用公司，使厦门

第一辑

铁
路
事

037

在 20 世纪初就用上了电灯、电话，为厦门兴建近代城市和开辟马路贡献了自己的力量。特别是福建筹建铁路之初，林尔嘉慷慨解囊，经费竟有半数是其提供，他更是亲力亲为，为铁路修建劳心费力。

1911 年，漳厦铁路开始通车营运，铁路沿线设江东桥、吴宅、蔡店、后港街、通津亭、下厅、海沧和嵩屿 8 个车站，全长 28 公里。但是起点江东桥站，距离漳州还有 17 公里，终点站嵩屿站距厦门也有 3 公里的海路。因此，漳厦铁路成了"前不过海，后不过江"的"盲肠铁路"。诸多不便，因此客流稀少，亏本严重。到了 1930 年，漳厦铁路最终因不堪亏损而停止营业。抗战期间，铁轨遭拆除和盗卖，漳厦铁路至此消失。

直到新中国成立后，1955 年 2 月经中央批准，福建开建鹰厦铁路，起点是鹰潭，终点为厦门，全长 700 公里，其中隧道 46 条、桥梁 163 座、涵洞 1634 个，还有两条 5 公里多长的海堤，成为中国铁路建筑史上的一个奇迹。

其实，建设中的福厦高铁在角美没有设站，但是高铁将这个地处厦门、漳州两座城市的黄金节点的角美小城很好地联通起来，使其成了不可或缺的黄金之地。

如今，高铁之于角美，就是让这块浓缩了 2000 多年历史文化的土地，既栖居海商文化的灵魂，又在风驰电掣的时间里，在发展脉络中，拥有举足轻重的地位。

角美，随着国家级漳州台商投资区的成立，从一个镇升格为漳州市副中心城区，实现与厦门的无缝对接，主要得益于方便快捷的交通枢纽。角美，自古以来就是风水宝地，东与厦门海沧区接壤，西邻漳州龙文区，北靠漳州长泰县，南临福建第二大江九龙江。

我一个人慢慢游走在角美这座小城里，穿过古老的村庄，徜徉在其破茧成蝶的岁月中。穿过千年韶光，邂逅百年前的海商文化，一份诗意穿透栖居的灵魂，在微雨中迷离，在万家灯火中安放。最后，我按捺不住激动的心情，走上了正在建设中的福厦高铁九龙江特大桥。

全长约 278 公里的福厦高铁，是我国首条跨海高铁，设计时速 350 公里，沿线设福州南、福清西、莆田、泉港、泉州东、泉州南、厦门北、漳州 8 座客运车站。福厦高铁 98 秒就可风驰电掣跨越泉州湾，福州至厦门的通勤时间更是由原来的 1 小时 20 分缩短至 45 分钟。

九龙江特大桥全长 10.28 公里，是福厦高铁的重点控制性工程。九龙江特大桥具有墩身高、跨度长，施工工序多，组织难度大，现场作业环境狭小等诸多难点，现浇梁段最大墩高25米，梁体重达1100吨，施工难度大。

"我们用了3年时间，创新采用钢立柱和贝雷梁相结合的支架体系，实现了技术难关的突破。"陪同我参观的高级工程师李总说。原来，鹰厦铁路是中国东南沿海的重要铁路干线，行车密度大，平均每10分钟就有一列火车通过。九龙江特大桥架梁"跨铁路"施工安全风险高，作业难度大。

为确保施工顺利进行，中铁六局项目部不断优化施工工艺流程，并协同工务段、供电段、车务段等多家单位，强化安全质量监控，严格按照方案要求进行流水作业，最终顺利完成施工任务，成功跨越鹰厦铁路，成为漳州角美地区的标志性建筑物。

在"海西建设，漳州先行"的时代背景下，角美一跃成为福建省六个国家级台商投资区之一。在厦漳同城化建设进程中，拥抱高铁时代开启的幸福新征程，近在咫尺的地铁"蓄势待飞"……这里风生水起，乘势而上，转型发展成为一座交通发达、生态优美的宜居城市。

角美是造物主特殊的恩赐，九龙江带来的湿地，保持了最原始的生存形态，盛大壮美，别具风采。走在古老的村庄中，不经意间，你就能发现那百年的海商文化，还有红树林、芦苇荡、滩涂风光……一幅幅人与自然和谐共处的优美画卷优雅展开。

一个有历史、有记忆的地方，总会让人对她心生敬仰、梦生依恋。站在文圃山山顶，远眺她的倩影。清澈的水网带，一条条，平平缓缓，宽宽窄窄，犹如一幅幅蓝色的飘带，铺缀在绿色的锦缎上。蓝蓝绿绿、相间相连、绵绵长长的水道、水库与现代的铁路及公路桥梁缠绕在一起，又形成根根线条蜿蜒伸向远方。

角美，这个历史悠久的千年古镇、朝气蓬勃的现代化城市，始终秉承着特有的豪迈与自信。漳州台商投资区（角美）已成为厦漳城际融合中交集面最广的一个区域。厦漳交通提速，龙厦、鹰厦、厦深铁路在角美设站，国道324和319线、厦漳大桥、疏港大道通车，厦成高速、厦漳同城大道、城际轻轨、地铁、国道324改道，未来也都将横贯角美全城。

厦深铁路、鹰厦铁路、龙厦铁路三条铁路经过角美火车站，福厦高铁在角美身边掠过，让绿皮车与"和谐号""复兴号"高铁动车组飞速相遇，又瞬时奔赴各自的前程，在大地上绘出一道道亮丽的风景线。

角美火车站不远处，一栋栋高楼拔地而起，道路四通八达。风儿吹来，花开得如此灿烂。高楼对面是绵延不断的青山，绿树成荫，青草幽幽，车辆停放整齐。远处，奔流不息的九龙江赋予了角美这片土地旺盛的生命力，在带来丰饶的物质财富的同时，把它最富有的原始生命的绿色，悉数堆在人们的眼角眉间。

这不，你来到角美，沿途将倾听九龙江喋喋不休的絮语，她以沉静的音色，以风的形式贯穿了所有的张扬；欣赏着角美的钟灵毓秀，翻看着大地上的人杰地灵，感受着深厚的闽南历史文化底蕴，翻阅着理性的叙事或抒情的故事，聆听着角美人对故土的歌唱。

你瞧，文圃山挺起挺拔的脊梁，在玉屏讲堂、华圃书院弘唱着悠远的文脉，它铸就了角美人的风骨；在铁轨一侧的众多的祠堂家庙，铭刻着角美人重义求利、爱拼敢赢的精神，家谱传记记录着角美先祖昔日追随海上"丝绸之路"的海商文化和故事；当然，漳州平原的豁达与宽广、任劳任怨、春耕秋收，以及用炽烈的热情、辛勤的汗水铸就的辉煌，让这片土地更坦荡与和谐，让这方创业热土始终滚烫……

角美，这片气势如虹的土地，作为福建省重点侨乡和台胞祖籍地，人杰地灵，风华荟萃，其深厚的历史文化底蕴历千年而不衰。早在明初就有大批乡民移台或出洋定居，与海外侨胞、台湾同胞之间有着同根同源、血脉相亲的紧密联系，旅外人数多，贡献大，社会影响深远。据悉，角美的侨胞、台胞达 4 万多人，分布于印度尼西亚、菲律宾、新加坡和中国港澳台等 21 个国家和地区。

徜徉在角美，分布于每一村、每一社星星点点的祠、宫、宅、墓、街、坊、树等，都蕴含着丰富的侨台信息，绕不开角美人拼搏奋斗，那从骨子里流淌，格外有着一种激情、兴奋和深邃感，一种特别的豪放、坚韧、雄壮的个性和品质。

经过 10 年的发展，一个新的浓墨重彩的角美，似一幅全新的画卷徐徐展开。如今，万益广场、万星嘉和时代、万达广场等城市综合体建成开业；富雅国际、中骏四季阳光城、联发欣悦华庭、泰禾红树湾等楼盘如雨后春笋般拔地而起；漳州第五医院综合大楼、角美第二污水处理厂陆续投用……角美的城市化建设进入全新发展时期。

角美是一个宁静、坦荡、和谐的地方。社区隐蔽在茂盛的庄稼和树林里，周边是一排排高大、挺秀、生机勃发的棕榈树，组成一道绿色的墙垣。高挑的树冠伸向蓝天，浓密的枝叶聚集成一条绵长的绿色飘带，迎风招展，灵动多姿。偶尔经过三五成群的青年男女，留下一串串银铃般的欢笑声后，又蹦蹦跳跳地走了，为宁静的小城注入一股温馨和鲜活的灵气，融进人们心里。

如今，漳州台商投资区以打造海峡两岸知名文化旅游胜地为目标，高起点、高品位、高标准编制旅游产业发展规划，突出"对台、人文、生态"三大特色，以特色吸引游客，以旅游带动第三产业发展。随着福厦高铁、地铁等现代交通以厦漳同城大道为轴线，把沿线 10 余个国家级、省级文物保护单位，以及山、水、绿等自然生态元素有机串联起来，角美成为厦漳之间最具特色的旅游观光、休闲生活走廊，游客将得到"同城快速路、都市慢生活"的享受。

走在角美，我仿佛走进了一段海商年代的时光隧道，历史的动人场景一一扑面而来，在感受到时光流逝、岁月如歌的同时，又为过去角美人艰苦奋斗的精神所感染。走进历史，重温历史，铭记历史，正是为了让过往的精神得以世代传承，以创建出一个更加辉煌美好的未来。这就是角美，一个现代城镇化的绿色社区品牌，这是角美人努力创造的世界，体现了角美的拼搏精神。

诗人艾青有一句诗这样说道："为什么我的眼里常含着泪水，因为我对这片土地爱得深沉。"邂逅角美这座古城镇，高铁已经为角美的经济发展摁下"快进键"。站在新起点，放眼望去，距离角美镇 20 多公里的新漳州站建设正酣，福厦高铁即将完工。触摸着这片土地，我将心中的敬意寄予这飞驰的高铁。

福厦高铁，这一条从虚幻变为真实的高铁，就像绿的旋律、绿的风韵、绿的芬芳，以奔流的气概，流淌在闽南每一寸田园山水间，浓浓稠稠地汇聚成连接远天的绿海。

如今，方便快捷的高铁正为角美古镇插上腾飞的翅膀，穿越在角美的每一条经纬、每一道血管，成为这个新时代全国文明村镇最靓丽的风景线，成为镶嵌在九龙江上璀璨的明珠。

角美，这座千年的古镇，这个新时代里成长的城市，与福厦跨海高铁的邂逅，令人期待。

2023 年 1 月 12 日于福建漳州

一座又名"鹏城"的城市

深圳又称"鹏城"。

深圳的初冬，树木花草茂盛，花儿开得也很美丽。走在街上，不要说寒冷冬天的影子，就连秋天的萧条也难以寻觅。

最初感受这个城市的温度，是因为 2017 年赣州至深圳高铁的修建，广铁集团深圳建设指挥部设在罗湖区深圳火车站附近。当时，我因为工作协调经常来深圳。

深圳的冬天里，亦是这样温暖。北方的城市此时刚下过一场雪，北方许多朋友在圈里正"晒"着冬天里的第一场雪。北方的大雪，下得干脆爽利，漫天的雪片飞舞，悄悄落在头顶、肩膀上。雪片儿，既像柳絮或羽毛，又似一个个小精灵，在空中轻盈地跳着舞步。

虽然身处岭南，难得有机会看到雪的飞舞，感受雪落在手掌上随着体温消融，但岭南的冬天里，绽放的花儿争奇斗艳，比如深圳街道上随处可见的簕杜鹃，难道不如北方的雪美丽动人？

精神，是一座城市的灵魂。深圳这座年轻的城市，也是一座具有独特灵魂的城市。新时代的深圳精神塑造的独特城市气质，成为这个城市最重要的思想单元。"敢闯敢试、开放包容、务实尚法、追求卓越"，这 16 个字简短有力，朗朗上口，既是 40 多年来深圳人共同的精神标识，也承载着崭新的时代内涵。

提到深圳，你最先想到的肯定是高楼林立、光怪陆离的摩天都市，创新科技、新兴产业的集聚地，"中国硅谷""深圳速度"，当然还始终忘不了"曾经有一位老人，在中国的南海边画了一个圈"的故事。40 多年来的涵养发展，深圳作为这方土地的政治、经济、文化中心，在原来一个小小渔村一隅，凭借得天独厚的地理优势，凭借济济人才的大量涌入，开启了一段叱咤风云、令人津津乐道的奋斗征程。

历史文化是城市的灵魂，是城市永不磨灭的记忆。深圳的历史可以追溯将近 1700 年。秦朝时期，深圳就被列入大秦帝国的版图中，当时的深圳被称为"南越部族"，秦始皇把它归入了广东省境内，方便实行郡县制。

宋朝时期，商品经济的活跃发展，使南方经济不断进步，而当时的深圳正好是海港，自然备受关注，因为水运要靠它。它是南海贸易的重要枢纽，商人都十分关注之地。

深圳又名鹏城，源于深圳市东部大鹏湾畔的大鹏古城。古城位于龙岗区大鹏街道鹏城村，是明代为抗击倭寇而设立的"大鹏守御千户所城"，始建于明洪武二十七年（1394 年），距今 600 多年。在明清两代，"大鹏所城"是中国南部海防军事要塞，多次抵御和抗击倭寇、葡萄牙和英国殖民主义者的入侵。金戈铁甲，物换星移。人杰地灵，古城依旧。如今，大鹏所城是深圳唯一的国家级文物保护单位，其历史文化地位可见一斑。

"新安县"是今深圳、香港的旧称，当时辖区范围广泛，往北包含东莞县、归善县（今天的惠州惠阳区），往南包含香港。1573 年，明朝政府建立新安县，县治设在南头城。据史料记载，南头古城是岭南沿海地区跨越 2000 年的行政中心，是海防军事重镇、江海交通要塞和对外贸易集散地。

1979 年 3 月，国务院撤宝安县设立深圳市，市政府驻深圳镇。1979 年 8 月撤深圳镇，"深圳"一名由深圳市名沿用下来。1980 年正式确立广州、深圳、厦门、珠海、汕头五处为通商口岸。深圳自立门户，独立成市。

40 余年间，深圳由当初的小渔村建设发展成为今天的大都市，那些传统的客家村落和文化也逐渐融入深圳的建设与发展中，而那些留存下来的古村落形成了一道独特的风景线。

深圳的一街一巷，都刻满了新时代的印迹，曾经奋斗拼搏的历史与当下创新发展的活力深入其中。一砖一瓦，高耸的大厦，还有纵横其间的城市道路，都蕴藏斑斓的故事，塑造着这座城市的灵魂，润物无声。

深圳拥有世界著名的"世界之窗""大游乐园"和"迷人海岛"等景点，是一个可以感受各种文化气息的人间乐园。在这片土地上，不但保存着中国的传统文明，而且有着很多其他国家的习俗。比如，"侨乡"就是深圳的一个融合了中国传统和异域风情的城市称谓。在深圳很多地方都可以感受到不同的人文气息，比如光明新区、龙华新区。

深圳还是喜欢享受自然和海洋气息的人们的理想去处，仍保留有其独

铁
路
事

特的生态田园和人文景致、独特的乡村风情与民俗，地处广东省东海岸，拥有得天独厚的海岸环境等，集成了深圳璀璨的文化精髓的人文生态景区巧妙串联起来，在空间上形成了一个成熟的"文旅圈"。作为诸多传统文化和市井文化的集中缩影，深圳不断吸引着人们前去深度旅游，在传承创新文化的同时，释放出巨大的叠加效应。

正是得益于深厚的特区文化底蕴和城市建设丰硕成果，深圳展现了极强的文化张力，在塑造城市文化空间，凝聚城市文化认同方面不断耕耘。深圳在不动声色，在极具包容性，在吸纳其他城市的特点的同时，充满着年轻、时尚、朝气蓬勃、追逐梦想、飞速发展的生机和力量。

正因为深圳这一座城市有了一段厚重不凡的历史，才最终涵养了深厚的城市底蕴；抑或，有了厚重的城市底蕴，深圳才有了独特的文化，有了独特的灵魂，有了欣欣向荣、生机盎然的生命力。

作为一座山水相依、冬阳暖照、日子宁静悠闲，且具有使命感的超大城市，这里必然有一群热爱她的人。他们的存在，让这座城市镀上繁荣的金边，有了人文温度，有了亲和力，进而跻身世界一流的大城市之列。这座梦幻的城市，在纯洁的年华与人们邂逅，把灵魂深藏在那繁花似锦的白天里，隐藏在梦一样五彩斑斓的夜色中。

簕杜鹃，是深圳市的市花。开花的时候，花团锦簇，给人一种热情奔放的感受，象征着充满活力和风采照人的深圳。在深圳市道路街巷的两侧，均能看见簕杜鹃沿街绽放。

一个人走在晨曦里，静坐在斜阳下，看着经过的人们流连驻足，美女们拿出手机先来一个美美的自拍，或三五个摆着各种姿势来上几张。你瞧，那个穿着白色连衣裙的美女，抬着自拍杆，手拉裙摆美美地自拍，宛如白衣仙子般美丽。可能是完全陶醉了，她浑然不知自己已经成为那几位男士镜头下的明星了。蓝蓝的天，红红的花，与美女帅哥相互映衬，与背景里的高楼大厦相互呼应，成为深圳这个城市独有的美丽。

簕杜鹃玫红色的花朵，一朵挨着一朵，形成了一条条浪漫的飘带，绵延不断。当城市里的车辆、行人，还有飞过深圳河的鸟儿，闯入这些"乱花渐欲迷人眼"的无尽的"花路"，仿佛置身于浪漫灿烂、万紫千红点缀的热情世界里，形成一幅充盈着生机活力的绚丽多彩的图画。

这时，我倒是想起了高铁工地上的工棚，四周就插种了不少簕杜鹃。

一簇簇簕杜鹃，悄然开满驻地周围。簕杜鹃似树、似藤，开花如火焰热烈，像红绸舞动，似朝霞燃烧。

罗湖区是深圳市的中心城区之一，也是深圳金融机构数量最多、分布最为密集的金融聚集区。我下榻的酒店，位于罗湖区嘉宾路与宝安路交界处，华润集团购物中心万象城就在对面。这里聚集了东门老街、书城、荔枝公园等购物消费休闲区域。不远处，就是深圳河重要的支流布吉河。每天闲余之时，我就在周边散散步，遛一遛。

深圳不仅有蓝天白云大海、绿树红花异草，还有蜿蜒在深圳全境的河流碧道，这就是一道道流动的"深圳绿"。深圳依山临海，有大小河流160余条，而且深圳的名字本就自带河流属性。"圳"是指田边的水沟，"深圳"顾名思义就是田边的深水沟，因为深圳到处都是河流。河流是城市的血脉，众多的河流宛如一条条美丽的绿色飘带，装点着深圳，形成别样的城市风光。

一条河流，在千百年来水流的激荡里，蕴藏着一座城市亘古的故事，安放着两岸老百姓日常平凡的生活。河流，不仅是一座城市的符号，还寄存着这个城市全部的历史文化精华与人文情怀。正因为有了深圳河，鹏城这一座城，这一个个村庄，甚至那一片片森林和湿地，才有了不凡的灵气和神韵，让这块大地从此有了活力和希望，让原来平淡的岁月也因此滋润起来。

"水光潋滟晴方好，山色空蒙雨亦奇。"深圳，水泽密布，青山绿水融为一体，湖光山色秀美如画。水，是深圳这座日益腾飞的城市的灵魂，更是这座城市的点睛之笔，孕育着文化和生命。河流与城市的相遇，是自然秘境和繁华人间的融合。人们一提到珠江就想到广州，一提到深圳河就想到深圳。

深圳河，干流上游为沙湾河，发源于牛尾岭，上游支流莲塘河发源于梧桐山。我散步的绿道边上的这条河，叫布吉河，属于深圳河上游，全长21公里。布吉河上游穿越深圳东站，下游流经深圳站，最终在渔民村汇入深圳河。

中游自北向南流经洪湖公园和人民公园。整个河床平整干净，河中的野生白鸟在水中觅食，两岸"慢行景观"的走廊鲜花盛开，沿河两岸林立着高楼大厦。

第一辑

铁
路
事

下游贯穿罗湖最繁华的商业中心地带，河流由北至南穿越罗湖区，为罗湖区内主要的人文水系及生态廊道。

两岸的公园、绿地、商业中心承载了罗湖的历史记忆，记录着罗湖的历史故事。在纪录片《风味人间》里，有这么一句话："如果说早餐是一座城市的良心，那么夜宵就是一座城市的灵魂。"深圳的灵魂，就藏在罗湖的夜里。

在深圳，罗湖是香港元素最多的一个区。或许，是因为罗湖区的对面就是香港，仅一河之隔，山水相连，人文相亲。又或许，是因为罗湖区是深港重要的口岸城区和交通枢纽，夜宵文化也早早浸染了罗湖的大街小巷。

夜色下，一个人慢慢地走行在沿街的大排档之间。这里开始变得喧闹，烟火也在烧烤摊前逐渐升腾。虽然还是在疫情期间，扫场所码，看行程，是进入大排档的必要程序，但并不影响工作了一天的人们，卸下一天的疲惫，在朦胧的夜色里或坐下来，或打个包带回，就着一顿热气腾腾的夜宵，舒舒服服享受难得的安宁。

看着韭菜在炉火上翻转，羊肉串的油在炉火里跳跃闪着火花，茄子被反复刷料后呈现出诱人的色泽，还有红色鲜明、白色浓厚的大虾，油炸的鱿鱼，都让人垂涎欲滴……

自然，来到这里的人都不需要有那么多讲究，只要有一张塑料凳，一张油腻的小木桌，就能大快朵颐。这口里的快感，还有心里的幸福感，就在刹那间被释放出来，让人陶醉在食物的幸福密码里不能自拔。

据说，罗湖区有将近 4.3 万名常住港籍居民，更有不少常年在深港两地通勤的港人。所以，罗湖遍布大街小巷的港式茶餐厅、大排档，都有着浓浓的港味元素。

40 多年来，深圳从一个小渔村发展成为国际化大都市，成为粤港澳大湾区建设的核心引擎城市和中国特色社会主义先行示范区。深圳披荆斩棘，从中国改革开放的先锋到探索城市精细化管理的引领者。在这个峥嵘历程中，我这个铁路建设者也成为"深圳速度"和"深圳奇迹"的深度见证者和参与者。

其实，深圳是中国高铁梦开始的地方，这也是我作为一名铁路建设者引以为豪的一件事。广深铁路最早可以追溯到 1911 年，当时称为广九铁路。1911 年 10 月 8 日，由詹天佑担任总顾问修建的广九铁路正式通车，其中广州至深圳段铁路称为广深铁路，长147.3公里。一个售票窗口，两股轨道，四条长凳的深圳站，作为连接香港的中间站，第一次出现在铁路运行图上。

1983年7月25日，国务院批准成立广九铁路公司，负责对广深铁路的电气化复线改造和经营管理。次年1月1日，广深铁路总公司正式运营，成为全国第一家实行全面经济承包的新型铁路运输企业，拉开了对广深线的改造序幕。3年后，广深线复线完工通车，运输能力提高70%，成为当时广东省第一条复线铁路。

1991年，深圳站新站房投入运营。2011年12月，深圳北站正式发车，进入高铁时代。2015年12月30日，亚洲当时最大的地下火车站——福田站开通运营，广深港进入高铁新时代。深圳火车站建站百年来，见证了中国铁路的发展，也见证了深圳经济特区的兴旺。

高铁的发展，大大拉近了深圳与周边城市的距离。2013年，伴随着厦深高铁通车运营，从惠州南站到深圳北站只要30分钟。2021年12月10日，从惠州坐上赣深高铁，到深圳只需要20多分钟。40多年来，从中国第一条城际客运专线广深线开始，铁路见证了珠三角的繁荣，见证了深圳、广州两大都市的成长与成熟，见证了粤港两地比翼齐飞的辉煌。

如今的深圳正在逐步建成国家级高铁枢纽城市。深圳在实现与香港高速铁路互通，在建成赣深客运专线的基础上，正在推动深茂铁路深圳至江门段规划建设，开展深茂铁路东延至坪山站、深圳至汕尾、深圳至肇庆、深圳至长三角的高速铁路新通道规划，从而形成"东西贯通、南北终到、互联互通"的铁路布局。

如今，深圳山河人文相互倚重，具有历史人文价值的建筑在深圳人文发展中熠熠生辉，深圳精神经时光流转，在时间刻痕中赓续传承。异彩纷呈的深圳文化成就了大美深圳，重塑了深圳人的精神面貌，滋润了深圳人的生活。

一个拥有了灵魂的城市，就拥有了发展的根本；一个拥有了灵魂的城市，也必将拥有美好的未来。

深圳湾的迷蒙细雨，深圳河畔的千朵万朵繁花，夜色里城市的舌尖温情，广府、客家、潮汕等粤系文化，以及桂系、琼系文化等培育的丰厚土壤，再加上中国特色社会主义先行示范区的助力，让鹏城深圳正成为一个色香韵味俱全的美丽城市，成为人们心中的"诗和远方"，成为人们魂牵梦萦的向往。

　　新时代的深圳，正以她温暖宽广的胸襟、独特的灵魂，优雅地拥抱着每一个慕名前来的人，正强劲地续写着春天里新的故事。

　　　　　　　　　　　　　　2022 年 11 月 27 日于深圳罗湖

守望平行线

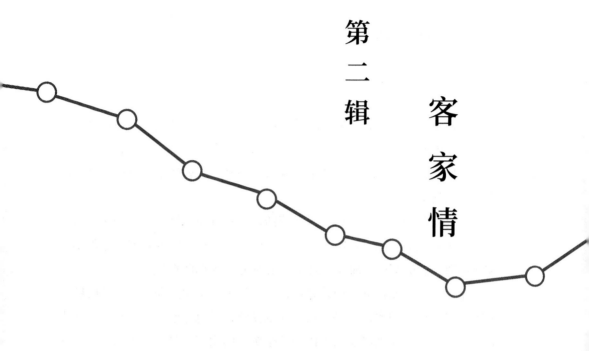

第二辑　　客家情

嶅山溪谷踏春风

　　走进嶅山溪谷，感觉一下子就暖融融起来。春风掠过，就像走进了一幅风光无限的十里画屏。那绿叶、红花、山间翠绿的森林，还有潺潺溪水，媚了的阳光，醒了的生灵，醉了的春风……坐拥一处溪谷，足以窥视岭南大地春天的足迹。

　　我喜欢嶅山的春天。那空气芬芳涌动，将县城与城市相隔开来，自然成为一个独立的空间，让山外的喧嚣和繁杂，与山谷间的自然、宁静形成鲜明的对比。山脚边，成片的果园和花圃充满春天的张力。

　　嶅山，位于龙川县佗城镇附近，气候温和，山川灵秀。方圆蜿蜒数十平方公里，奇峰秀水，气势雄伟，苍翠欲滴，景色绝佳。亿万年来，在大自然的塑造下，庞大深邃的山体，巍峨雄奇的山峦，林木遮天的森林，还有那日夜南下的东江，演化出如今生机勃勃的灵动世界。田畴村野，路如蛛网，民居星罗棋布。蜿蜒的东江，峭拔的山峰，滚滚的松涛。如果运气再好点的话，可以见到弥漫的云海、起伏的山峦，宛若徜徉在人间仙境。

　　"嶅"，本意指山上的许多小石，"嶅山"用作山名表示多石头的山。溪谷，位于嶅山南面、龙川县和东源县交界处，海拔 1175 米，景区面积 2.5 平方公里，生态覆盖面达 98%，属原始森林，是水源涵养区。

　　山谷里有条溪流，不够宽阔也称不上逶迤，甚至有点拙朴。不知道它从哪里来，裸露的山石和荆棘将它曲折地从山上引向山下。山岭上的野草野花，旁若无人地塞满溪水两边。有了这山谷，有了这溪流，这里便多了一个洋气的名字——嶅山溪谷。

　　山间未经人工雕饰的溪流，一片荒草丛生的山坡，几处古朴的园林，让周围充满旷世的悠长气息。随着上山坡度增加，路面渐渐变得窄小，正在拼命生长的绿草野花将本来就不宽的路覆盖住。更有遮天蔽日的灌木丛挡住了猛烈的阳光，让四周突然安静下来。阳光从树间投下来，就像一只只眼睛，从高高的树尖悄悄窥视着我们。

溪谷，是鸟类的天堂、兽虫的福地。不知什么时候，眼前掠过一只羽色斑斓的鸟，待你去追觅时，它已隐入无边无际的深深绿海中，清越的鸣声犹在耳畔萦绕。那翘着毛茸茸大尾巴的小松鼠，在树枝间上蹿下跳，发现人来，并不立即逃匿，而是箕踞枝上，观察你下一步的动作。倘若你继续走近，它便一闪身，几个腾跃，就消失得无影无踪了。继续往上走，静谧的山林里，溪水的声音越来越大，掩盖了无数鸟鸣。

登山前行，有好几处都没有路。景区用木板在几块大石上架了一座座小桥，桥栏上拴了铁链，溪水在桥下缓缓而去。道路两旁的山稔果树随风摇摆，枝头正在绽放新芽。可惜此时是春天，要是秋天，那就有可能尝到这美味的野果了。

山中的黄精、血风子、土茯苓、五指毛桃等珍贵药材，我是认不出来，但身边的康老师她们却是熟识的。野百合迎来了春天，在溪谷两边怒放，兰花，包括几棵杜鹃正伸展枝叶，漫山遍野的金樱子、数不尽的菖蒲给泉水增添了绿色的春韵。那溪谷的瀑布之上，伫立着唐僧师徒的塑像，让我想起了《西游记》里的水帘洞。可惜，此处没有那群可爱的小猴子，要不就非常应景了。

为了弥补没有登上山顶的遗憾，我把无人机升上天空。鏊山山顶，海拔1088米，能俯瞰东源、龙川、五华等多个县区，山壑四季云雾缭绕。此时，整个天地峰峦叠翠。蜿蜒前行的碧绿的东江，镶嵌在宁静的山川之间。黛青的远山如兽脊，蜿蜒逶迤于天际。

据说，溪谷发源于鏊山的天厨峰。山间青翠，孕育了泉水，汲取了这片静谧旷野中山林的精华，潺潺而出，在山壑间不断汇集，形成溪流，蜿蜒曲折地流淌。

如此旖旎的风光，难怪会吸引来历代的文人墨客竞相游赏。南越王赵佗"和辑百越"，元朝陈友谅避难鏊山，诗人苏东坡吟诵"鏊顶峰高积雪多"等，在历史的行进中，给这片天地留下了一串串文明的足迹。客家人几千年来南迁至此，深深地烙下了先人智慧的印记。

山中的鏊山茶，非常有名。苏轼、苏辙兄弟俩就经常在此山中喝茶吟诗。当地种茶历史延续了1000多年，所产的茶叶，用这里的溪水冲泡，茶香醇厚。正因为倾心于灵山秀水，常栖居此地，陶性怡情，从而挥洒出

第二辑

客
家
情

美丽的辞章。这浓浓的茶香，在春风里发酵，醉了过去，醉了今天。

　　嶅山的密林深处，还曾是东纵游击队的营地。在春风的抚摸下，我仿佛还能听见龙川县苏维埃革命的第一声枪响。无数铁骨铮铮的汉子，举着铁锤和镰刀披荆斩棘，在历史深处阔步前行。虽然时光渐行渐远，但铿锵的声音却依然温暖人心。

　　嶅山，风和日丽的湛蓝天空，山谷奔腾的溪水，绿的山、红的花、黄的土地，交相辉映，构成了一幅美丽的斑斓图景。那丰富的历史文化内涵、悠久的文化传奇，让我们发思古之幽情，流连忘返，沉浸在春天芬芳的梦乡里。

　　　　　　　　　　　　2022 年 4 月 11 日发表于《河源日报》

碉楼，一段客家人的故事

黄岭古村，是岭南客家一个普通的山村，位于龙川县丰稔镇西部，始建于明朝，兴于晚清民初。村落四周全是山岭，有很多条小溪，稻田旁边，竹林掩映处，古民居傍水而建，若隐若现，随处可见，在广阔的大地上描绘了一幅美丽的田园山水画……这就是此行目的地——黄岭村。

据说，黄岭古村当初林木稀少，触目之处皆是大片黄土地，因此被人称为"黄岭"。黄岭古村还流传着一句俗语："黄岭秀才多过狗。"黄岭古村，神秘而静谧，质朴而韵味十足，有500多年的历史。

碉楼作为客家文化符号、客家精神的重要载体和物化表现，赋予此地沉甸甸的内涵和厚重的底蕴，让我这个外乡人对这个小小的村子充满了好奇，抑制不住渴望前往感受她久远、沧桑的客家文化精髓。

《叶氏族谱》详细记载了黄岭叶氏家族的世系繁衍及重要人物事迹。黄岭村开基之祖为兄弟二人：叶茂富、叶茂贵。明正德年间，他们自龙川通衢迁至黄岭山下开荒，繁衍生息继以世代，遂成人丁兴旺的叶氏家族。

岭南地区由于地理、历史、社会和风俗等因素影响，人口聚居是一种最直接的文化景观。客家山区地形多样，河谷平原与山间盆地错杂，聚居的建筑和村落各有不同，大致可分为组团状、长条形、阶梯状、丁字形、弧形和自由状。许多客家大聚居的村落基本是按照组团状修建，有几十户、几百户或上千户聚住。屋宇相依团居，四周筑以高墙或土圩，便于守望和相依扶助，保障村寨安全。

秦始皇三十三年（前214年）置龙川县，河源为古龙川之境，于1988年建市，是岭南文化发祥地之一和客家先民祖居地之一。古遗址、古墓葬、石刻、古道、古城墙、古宗祠、故居等独特的历史文化和自然文化遗产十分丰富。这里是名副其实的岭南文化发源地，也是南越王赵佗的兴王之地，记录着古龙川2200余年的春秋岁月，铭记着客家先民大迁徙成为"客家人"

第二辑

客
家
情

的发展历程和岁月变迁。境内的古代建筑和遗迹，从不同角度和深度反映了龙川厚重和独特的文化底蕴，记录着龙川的文明史。

黄岭古村位于平原地区，村中间为山间盆地，碉楼立于其间，因形状似碉堡而得名。走进黄岭碉楼内，首先映入眼帘的是一口天井，沿楼梯缓缓步行而上，整个黄岭村的美景尽收眼底。虽然历经几百年的历史沧桑，黄岭古村至今仍然保存着许多文物古迹，其中以古民居为多，这得益于明清时期的门第经济，村中 100 多座古民居尽显古风古韵，错落有致。在全国第三次文物普查中，村内 24 座古建筑被认定为保护文物，为龙川县村级文物之最。2019 年 6 月，黄岭古村被列入第五批中国传统村落名录。

黄岭古村，自古以来就是一个崇文重教的地方，读书蔚然成风。村内有两个最突出的特点：一个是古建筑以客家传统的堂横屋为主，建筑规模相对比较大，里面有让人感到惊喜的木刻、石雕、砖雕，保护得很好，也很完整；另一个是崇文重教的传统，从前不仅有进士，还有众多的秀才、举人和国子监学生。

据说，仅在明清时期就有进士叶铭熙、举人叶鸿仪、岁贡生 10 人和秀才 180 多位。曾有"进士秀才连三代，一屋考出十秀才""嘉庆院试惠州府，黄岭一榜五秀才"等科举史上的佳话。现存于北京孔庙和国子监博物馆的 198 块"进士题名碑"，记载着元明清三代 51624 名进士的姓名、籍贯，其中一块题名碑上记载着"叶铭熙，广东龙川县人"。"黄岭秀才多过狗"一句话也由此而来。

黄岭古村叶姓文人辈出。据不完全统计，明清时期共出秀才以上功名人物 240 多人。其中，功名最为卓著者为清嘉庆七年（1802 年）壬戌科进士及第的叶铭熙，而黄岭也因此而誉满东江，成为龙川远近闻名的"秀才村"。封建时期，孕育了众多读书人和官吏的黄岭古村，自然而然成为文化之地，经济发达，曾富甲一方。

清朝嘉庆七年（1802 年），黄岭人叶铭熙在壬戌科会试中第 214 名，殿试中三甲进士第 100 名。那一年，叶铭熙刚刚 20 岁，想必他一定春风得意，意气风发。叶铭熙从小勤奋好学、聪慧过人，据说他 5 岁能诵诗，10 岁观四书，15 岁就已通五经。在高中进士之后，叶铭熙被朝廷授为正六品，开始了宦海沉浮的一生。

也许，生命之中许多事就是这样的凑巧。叶铭熙上任的第一站，就是到直隶省顺德府巨鹿县任县令。历史上的巨鹿县真定，也就是今天的河北正定县，是南越王赵佗的故乡。"以诗礼化其民"，施政治邑开岭南风化的南越王赵佗，肯定没有想到，后辈之人会有一天回到他的家乡做父母官。对叶铭熙来说，这可能就是上天早已安排好的一次寻亲之旅。

客家人的血脉中蕴藏有叶落归根的情结。功成名就的商贾、贤达不管走得有多远，都会在光宗耀祖、功成名就之后回到家乡。他们捐资助学、购置田地、建造房子。为了生存发展，从清代开始至民国时期，不少客家人背井离乡，到东南亚等地谋生，在海外积累了一定资金之后就开始返乡。面对战祸与土匪，回到家乡的不少人开始出资修建碉楼保护家产。

碉楼，或全村集资共建，或几户出钱修建，或独家投资建设。碉楼按建筑材料可以分为石楼、夯土楼、青砖楼、混凝土楼四种。其显著特色是中西合璧，有古希腊、古罗马及伊斯兰等风格多种。

中国近代史上有三次人口大迁徙，闯关东、走西口、下南洋，三次人口迁徙都是国运不济、灾乱连年导致。许多长期生活在外地或异域他乡的客家人，一定程度上接受了别处的建筑风格特点。回乡建造碉楼时，也多多少少带来了异域的建筑元素，将其与岭南建筑风格交融在一块，甚至有不少碉楼是完全根据华侨从外国带回的图纸所建。这就不难理解，为什么我们今天所看到的不少碉楼体现了中西合璧的建筑风格。

如今，广东开平碉楼林立，大大小小的就有1833座，是中国乡土建筑的一个特殊类型，是集防卫、居住和中西建筑艺术于一体的多层塔楼式建筑，成为中国华侨文化的纪念丰碑。一座座欧式古典风格的小楼与中国南方农村的传统土屋交错在一起，形成了绝无仅有的乡间景色。

第二辑

客家情

当然，黄岭古村的碉楼也是极具特色的，历经百年依然屹立不倒。村中位于黄岭西北部的碉楼，名水谦楼，建于清代同治十三年（1874年），独立院式布局，楼高14米，共五层，建筑面积达到了420平方米，距今已经140多年。与我同行的妮子，是一位土生土长的客家女子，是当地小学的教师，也是河源市作家协会的会员，她对当地碉楼颇有研究。据她说，水谦楼的墙体所用材料特别讲究，是用泥、沙、石灰混合而成的三合土夯筑而成的。为了使墙体坚固，人们运用了一个令现代人也为之啧啧称奇的神秘方法——把糖水和糯米饭掺入三合土中，通过化学作用，使墙体变得似铜墙铁壁一般坚固。

碉楼的顶层盖瓦，底层中间有天井。采光主要依靠中央的天井，天井从一楼直通房顶。东西两侧有木楼梯，可通到五楼，每层有两厅二十间房，可以容纳几百人。不管谁站在木楼梯上，都会与水谦楼完美融合，形成一幅美不胜收的画面。那古色古香的气息在空气中氤氲开来，让每一个来碉楼的人都能够感受到此楼的历史韵味。碉楼里面有一口水井，清冽的泉水为村民们提供了维持生命的基本保障，即使遭遇外敌围攻，也暂时威胁不了村民的生命。

碉楼还有一个作用，就是防卫。我用无人机拍摄时，发现整座碉楼的外墙上四周都分布有瞭望的炮眼。走进房间里才发现，楼里每个房间都有一个炮眼，既能采光、瞭望，又可以及时进行反击和防御。这些炮眼是由整块的麻石穿凿而成，它们的形状由两部分组成，上面是一个长约20厘米、宽约4厘米的长方形，下面是一个直径约5厘米的圆形。密密的炮眼，让整座碉楼显得神圣威严。可以想象，昔日客家人站在楼上，通过炮眼窥尽一切活动，誓死抵抗敌人的情景。

一番耳闻目睹，我深深感受到碉楼背后凝聚的辛酸往事，感受到一个多世纪以来客家人的不屈不挠与风雨沧桑。据说，黄岭古村也有练武的传统，民国时，在黄埔军校读书然后做军官的也有不少人。其实不管是崇文，还是尚武，抑或经商，追求的目标都一样，他们都认为是光宗耀祖。在时局不稳的时代，碉楼的建设，不仅反映了客家人团结一致的智慧和胸怀，也反映了客家人坚贞、刚强、富有反抗精神。

中国作家协会会员、龙川县文联主席王受庆，作协主席罗洪安，作家邹海林等一大批当地作家，对黄岭村深厚的历史文化投以巨大的热情。特别是作家邹海林退休后，一直从事客家乡土文化挖掘整理，已过古稀之年的他，多次深入黄岭实地采访，并整理、辑录成展现黄岭村人文风采的纪实著作《人文黄岭》，揭开了这个客家古村落的神秘面纱。

他在《人文黄岭》中对黄岭村古建筑总体特色的描述，让我十分推崇和喜欢。文章中写道："飘来中原的云，吹来黄河的风。黄岭古屋基本保持着中原民居的建筑特点，客家围龙屋、四方围屋古朴典雅，行走在幽幽的古屋间，古朴厚重的气息扑面而来，坚实高大的墙体，黑白相伴的瓦檐，深邃复杂的庭院，天人合一的布局，处处体现着华夏文明，更体现出客家人坚忍不拔、团结合作、崇文重教的精神。"的确，黄岭村不愧是龙川的一块宝地，古民居的特点非常突出，展现了黄岭客家文化独特的一面。

一座碉楼，就像图腾和保护神，一直在庇护着来到岭南的客家人，慷慨地敞开自己的怀抱，像一叶方舟接纳了避难的人们，这不仅是客家人自强不息、顽强生存的见证，更是客家精神的重要载体和物化表现，承载着客家人的文化记忆，成为客家人忘不了的乡愁。

如今，山清水秀的黄岭古村，历经岁月的风霜而愈显厚重，彰显着传统与现代的融合，成为龙川的一块风水宝地、一方净土。这栋百年碉楼重现新颜，不仅彰显黄岭人的志气、品格和成就，更记载着客家人在历史长河中的沧桑岁月和跋涉旅程，见证了客家古邑在美丽乡村建设中致富奔跑。

2021 年 4 月 11 日于河源龙川

第二辑

客
家
情

渡口，佗城一个远去的符号

这是一个让人一遍遍发呆的渡口。这是龙川县佗城镇的一个渡口，一个已远去的符号。

岁月悠悠，江水依旧，曾经的秦军水道、商贾要地，如今都已归于沉寂，只有那南门渡口码头似乎还能再现昔日的繁忙景象，见证 2200 多年来时代的变迁。如果说岭南的开疆历史是由佗城开始的，那么，要了解佗城的历史，则绕不开佗城的渡口。佗城东江渡口位于佗城镇南门，已废弃几十年。什么时候开始建的渡口？已无法考证。

佗城，原称龙川城，是秦朝岭南四大古邑唯一保存完整的古城，也是岭南历史上建制最早的一个县。2200 多年的时光，让佗城人文蔚起，文化灿若星辰，积淀了深厚的历史文化。

不知道从什么时候开始，小小的佗城渡口迎来了最繁忙的最值得书写的辉煌时刻。如今，行走在古邑佗城，徜徉在护城河堤，回望南越古城墙，抚摸旧时码头前的古树，品读过往云烟，感受着岁月的变迁，犹如翻开一本千年史书。

正所谓"逢山必有客，无客不住山"。几千年来，客家先民先后进行了五次大的南迁。在迁移的过程中，一般选择山区作为落脚点。正是在这天然屏障的心脏里，孕育出赣江、汀江和梅江三条大江。而佗城处在一个河川聚集的区域中，龙川县境内有两道水系——东江和韩江水系，其中又以东江水系为主，东江水南北向穿过龙川，似在绿色的龙川身上系了一条玉带，让此地有了灵气。

自古以来，岭南与中原地区因有越城、都庞、萌渚、骑田、大庾五岭相隔，严重影响两地人民的交通与往来。和北方以陆路为主的交通格局不一样，当时岭南交通首选水路。交织形成的便利交通水网络，纵横交错的珠江水系，使南越大地水路交通具备方便快捷的良好条件，也让佗城在当时成为客家先民理想的落脚点。

赵佗在岭南推行以民为本，"和辑百越"，构建汉越民族一家亲的和谐社会，被尊为岭南人文的始祖。他屯垦开荒，辟新道，大力发展内河航运和海上贸易，以佗城为中心，凿山通道、开辟航运，打通岭南与中原地区的交通脉络。

当时，水路交通通过整个东江流域，直达南海郡番禺。再加上韩江流经此地，赵佗利用水路到达古龙川县所辖的绝大部分地区。对于秦王朝来讲，控制好龙川，就等于控制了今闽粤赣接壤地区东西南北方向的要道。向南，可稳定已控制的南越地区；向东，则盯住闽越；西可至梅关；北可出江西通往中原。

俗话说，靠山吃山，靠水吃水。居住在东江岸边和江上的人，靠着这条水路，渡口由此而生。在水陆交通不发达的年代，东江水路是东江流域人们出行的首选。水路的挺进延伸，实现了珠江水系与长江水系的贯通，自然也催发了渡口码头的发展和繁荣。

佗城是粤东北当时的政治权力中心，渡口成为东江流域最重要的码头和货物集散地。因而，在东江及其支流诞生了客家文化中少有的水文化元素。正是源于东江水路的优势以及整个地域的山水格局，龙川形成了水陆联运、水运为主的交通特征，才有了各种壮阔的历史事件的发生。《东江水路歌》曰："老隆行上是板塘，浮石鞍山水路长。四都黄沙水品好，上进出有秀才娘。伯公伯婆来保佑，陈村大坝东水江……"

边地岭南历来被统治者视为流放贬谪之所，一大批宦游岭南的饱学正直之士在佗城寓居或走过。可以说在这条江上，既有赵佗从秦时龙川县城走向南海郡治番禺开始王图霸业，又有苏轼、苏辙两兄弟结伴泛舟东江，宋朝名相吴潜在龙川开书院讲学，更有茅盾、胡风、邹韬奋等大批文化人与民主人士，在太平洋战争爆发后从香港逆流而上，逃难至龙川，并以此为据点转移到大后方。他们在佗城诗书唱和，讲学授业，推进当地的文化教育，使这一片土地文光熠熠。也恰恰得益于这一脉东江水，许多客家人远渡重洋，在海外开花结果。

从古至今，诸多名人与佗城邂逅，如一部深邃隽永的典籍，凸显的是这块土地的沉重与风骨，让人从心里对前人生出敬重和缅怀。赵佗对岭南的"和辑百越"治理，吴潜在佗城的研经讲学，苏轼和苏辙为佗城点染的

清新雅致的人文色彩，还有众多名士名人对岭南山水本色的描述，让我们至今还能聆听到优美雄壮的诗篇，领略龙川大地的高致风骨。

龙川这块大地上，还孕育了广东青年运动的杰出领导和先驱黄居仁。他与早期工人运动杰出的组织者和领导者刘尔崧、人民审计制度的创建者和奠基者阮啸仙并称"东江三杰"。黄居仁是广东龙川人，正是在刘尔崧、阮啸仙的影响下，他走上了职业革命者的道路。1928年秋，黄居仁与妻子张雪英在广州被捕遭杀害，时年24岁。

龙川是原中央苏区县，曾有"十万挑夫上赣南"支援苏区。中央苏区红军长征后，龙川苏区仍然坚持长期的游击战争，全县有近千名民众在战争中牺牲。可见，曾经从佗城的渡口走出了多少英豪，他们的血染在救国救民的道路上。

岁月变迁，龙川县交通飞速发展，汕昆高速、河惠莞高速陆续建成；老京九铁路、梅汕铁路、赣深高铁（京九）、双龙高铁经过龙川，高速铁路、高速公路建到家门口；双车道的水泥路通往各镇，公交车、班车直达各镇；东江上的大桥一座连着一座，地域之间的时空距离一下子被拉近，"城市动脉"四通八达，一张承东启西、贯通南北的交通网络加速成型，激活了龙川发展的内生动力。

以前，龙川县城靠渡船载摩托车和单车过河的时代，一去不返了。自然，原来繁忙的东江渡口渐渐冷清起来。如今，东江佗城渡口几千年的繁华，终是被现代文明所超越，却愈发成为客家人乡愁里最重最深的印记。

我知道，作为一个外乡人，一个只在佗城生活了近五年的高铁建设者，自是无法真正融入佗城这个小镇里，真正懂得客家人千年来的喜与悲、苦与乐。但是，佗城渡口的包容，孕育的前尘往事，却让我的乡愁油然而生。

如果说渡口就是故乡的港口，那么我就是河滩上那株不起眼的小草，无论漂泊何处，我的根永远扎在故乡的渡口上。

2021年9月10发表于《河源乡情报》

佛印龙台山

　　龙川有个龙台寺，寺庙背倚一座突兀的大石山，这就是龙台山。山上的金红"佛"字，在阳光的照射下闪闪发光。

　　夕阳时分，一个人走走停停，停停走走，往龙台寺而去。下午5点钟的阳光，就像神奇的画笔，将龙台山周围的峰峦染成亮丽的色彩，天地间五彩雾气氤氲。龙台寺的身影出现在山下的雾气中，一缕佛光拂照在龙台山，让古寺呈现出奇异的光芒。

　　龙台寺位于莲南村的北边。因石山似龙，山前的开阔地被称为"龙台"。龙台寺就修建在石山下的岩洞里，建成后遂称"龙台寺"。

　　龙台寺后山顶上有两块自然形成的石头，相依相偎，就像热恋中的客家情侣，彼此含情脉脉，千百年来，安静地看着对方，或悄悄说着情话，或各自仰望天空。不管外面的世界有多精彩，彼此默默守候日月，笑迎春夏秋冬四季，静静相依相守，从无怨言。

　　龙台寺距今已有1300多年历史，是古龙川"旧八景"之一。据史料记载，龙台寺始建于唐朝。宋绍兴十九年（1149年）二月，"循守韩京劝农于此""宾僚张亮辈二十同集朝阳袁焕题名（龙台寺）"——有石刻为证。曾任户部侍郎的苏辙，被贬为化州别驾，后再被贬循州治所（现龙川），经过长途跋涉，到达龙川。其间，他曾在龙台寺居住并掘有一池，池水终年洁净清澈，后人称"苏辙池"。苏轼被贬到惠州，来龙川看望其弟弟，游览龙川期间，在龙川合溪泡过温泉后，诗兴大发，写下了：

客
家
情

　　鳌湖湖水漾金波，鳌顶峰高积雪多。
　　太乙仙岩吹铁笛，东山暮鼓诵弥陀。
　　龙潭飞瀑悬千尺，梅村舟横客众过。
　　纵步龙台闲眺望，合溪温水汇长河。

这就是充满赞美之情的《龙川八景总揽》。清朝康熙年间,因年久失修,龙台寺瓦面发生坍塌。雍正时期,乡人将寺庙进行了重建,在新中国成立后又重新进行了修缮。

我走进龙台寺,发现寺内建筑刚刚进行了一次翻修。红色的墙,青灰的瓦,雕梁画栋,飞檐翘角,显得十分雄伟壮观。大雄宝殿的后面,是一个天然的红砂岩山洞,山洞被龙台山环绕轻抱,洞口面对东江,周围绿树成荫。岩洞不大,只有几平方米,一个石门自然天成。里面的石壁光溜平滑,岩洞干燥清爽。据说,龙台寺的鼻祖曾在此修行,专注诵经念佛,心无旁骛,潜心修炼。

重修后的龙台寺不大,不一会儿我就走出了寺门,从寺旁左边的小路往龙台山顶攀爬。此时,黄昏将至,斜阳轻照,风儿悄悄,让天地变得更加温馨与轻柔。温暖的阳光,映照着龙台山上每一寸泥土。

据当地人说,龙台寺还有一段光荣的革命历史。1938年10月,黄慈宽、刘春乾等8位中共党员在寺内召开会议,决定发展党组织,建立民族统一战线。从此,龙川青年有了"红色指南针",掀起了一次可歌可泣的抗日救亡浪潮。淞沪抗日爱国名将、十九路军参谋长黄强将军,幼年就曾在寺内私塾念书,师从清朝秀才黄渲鉴。

爬上山顶,放眼远眺,屋舍俨然,阡陌交通,一一尽收眼底。西沉的太阳在远处的山顶上发出耀眼的光芒。美丽的客家母亲河东江,滔滔之水从北而来,从龙川县城穿城而过,缓缓折南而去,宛如一条玉带缠在大地的腰上。

京九铁路、广梅汕铁路、赣深高铁、梅龙高铁环绕周围,当地人称之为"四龙耀天"。县城的东江双桥、梅河高速、205国道、佗城新塔与老塔、佗城学宫,还有刚开通运营的龙川西站,翠绿环抱,田垄环绕,尽收眼底。

水是清澈的,清澈得如万里无云的碧蓝天空;水是恬静的,恬静得似娇羞而纯朴的客家少女。江面上金光闪闪,微波粼粼,灵动如一条条细小的琴弦,闪现出刺眼的光芒。流水、古镇、龙台山、嶅山、南山等,恰到好处地融合成风景画。东江水清静而深邃,灵秀的村庄逐水而建,朴实的村民环山而栖,这是汇集了山水之灵气,汲取了天地之精华的风水宝地。

夕阳染红了山岭,染红了东江。我坐在龙台山上的一块大石上,心绪莫名地翻腾着,说不清是对远处山峦的崇敬与膜拜,还是与山脉浩瀚的心胸产生了共鸣。山顶上微风轻拂，清新的气息让惬意的感觉流遍全身。我顿生"会当凌绝顶，一览众山小"的俯视名山大川的快感和惬意。

龙台山，没有名山的高远与壮阔，但寄寓了龙川厚重的历史文化、高傲的风骨和深重的意蕴。龙川是一座诗意之城，南越王赵佗的兴王之地，历经了千年风雨的洗礼，聚集了古今的文脉才气。山有诗晨夕，水有书春秋。千百年里，无数名家纷至沓来，流连忘返，让毓秀的龙川山水在薪火相传中，孕育出无数的杰出人才并活跃各方。龙川历经2200多年的沧桑岁月，集风景、历史和文化于一身，让昔日为粤东北政治、文化、经济中心的古城，显示出不同的韵味和历史荣光。

生于龙川的大作家萧殷，一生文学成果丰硕，对培养青年作家不遗余力。1985年获广东省首届文学评论奖，1986年获第二届鲁迅文学特别奖。出版的著作主要有《月夜》《与习作者谈写作》《给文学爱好者》《谈写作》《鳞爪集》《萧殷自选集》等评论集和小说散文集。

龙川县的福建会馆，是震惊中外的"香港文化大营救"的指挥部之一。1941年，龙川人接纳了因香港沦陷被抢救出来的300多位文化名人，如柳亚子、茅盾、邹韬奋、何香凝、夏衍、胡绳等。当然，从龙川走出的活跃在各界的名家大师更是不胜枚举，有文学家谢逢松，书法家陈荣琚，钢琴家巫漪丽，美术家叶绿野、陈建中等，他们为人文龙川的传承奠定了坚实基础。

著名作家王克楠说过："黄土是会说话的。夜深人静时，遍地都是嗟嗟切切的声音。"坐在龙台山上，我抚摸着这脚下的泥土，凝视着山下龙台寺在阳光下闪烁的青砖琉璃瓦，呈现出金碧辉煌的景观。此时，天地的一切，给人以空前的震撼。

见识龙台寺前，我曾看过河源作家妮子写过的一篇文章："走在这里，我其实真的好想目睹她描绘的美丽场景。可惜此时已是深冬，美丽的场景看来只能换个时间来寻找了。"倒是山上的树、身边的叶、脚下的草碧绿，恍惚间还以为到了春天。夕阳，终于收起了光亮。倒是晚归的鸟儿，在"唧唧啾啾"婉转歌唱，蛙声从山间陆续响起，草丛间的小虫和鸣着，仿佛奏出了一首动人的乐曲。如果，在这里真能看到花儿和蝶儿，也许就像妮子所说，真能结下千年之缘，那倒是一种美丽的邂逅。

王克楠曾经写道："我一直认为文化精神，藏在每个人的心里，转化

客
家
情

为我们的血肉，让我们无法割舍，乃至决定着我们今天的人生态度。"怀着敬慕的心情，凝眸望着晚霞映红的天空，聆听着潜藏在地底的浑厚声音，我无比的虔诚，试着和古代的英雄与大师们进行跨时空对话、相拥。

在这迷人的霞光中，我似聆听到历史老人的沉重呼吸，将士们捍卫热土的刀剑拼杀的铿锵之声、进军的号角声和战马嘶鸣响彻大地。

或许，2200多年的沧桑风雨，对于龙川这座古城来说，只不过是一场小寐。但是在古佗城的城墙遗址上，曾经站立着无数鲜活的生命。虽然，他们的肉体早已成了尘埃，但是其精神和意志却成为文化的精粹，在龙川这座古城里蔓延、成长和继承。

我看着远处灯火辉煌的县城，塞满心中的只有一句话：相见恨晚，大美龙川！

2022年1月17日于河源龙川

福建会馆：凝固的红色印记

走进龙川县老隆镇福建会馆，如同穿越一条时空隧道。这段时光在历史长河里，也许并不起眼，但在追根溯源的过程中，我触摸到了凝固的红色印记，揭开了那段跌宕起伏、惊心动魄的红色历史。

老隆街华新路，在鳞次栉比的商铺民居之中，一座清代闽籍商人同乡会修建的古朴肃穆的建筑静静矗立，门上"福建会馆"四个大字显示了它的特殊身份。这座土木结构三进院落式建筑，设计精巧，结构奇特新颖，始建于清同治年间，占地面积560平方米，分上、中、下三个大殿。原是福建籍王氏商人筹建的同乡会会址，名字"福建会馆"由此而来。

龙川历史悠远，公元前214年秦朝始置县，是秦朝南征百越50万大军的聚居地和衍播四海的出发地，客家先民的重要发源地和岭南客家族群的祖地，中华姓氏源流的朝宗圣地之一。龙川县位于广东省东北部的东江和韩江上游，东连梅州、汕头，西靠韶关，北接江西，南邻珠江三角洲。

龙川县府所在地老隆镇，声显四野。2200多年前，年轻的赵佗就来到这里。他随秦始皇平定岭南的千军万马而来。立老隆寨顶，极目四望，远山如兽，近水若带……老隆，遂成南海郡龙川令赵佗的防御要塞，也从此处开始了他的王图霸业。

据《中共龙川地方党史》记载，福建会馆曾是我党早期革命活动的重要活动场所之一。第一次国内革命战争时期，福建会馆曾作为东征军的临时指挥部，陈炯明、蒋介石、程潜和林伯渠等先后驻扎于此。

1923年春至1925年秋，大革命时期我党的著名农民运动领袖之一彭湃，曾两驻福建会馆，宣传革命思想，播下农民运动的火种。抗战期间，在中共中央指挥部署、东江人民抗日游击队（东江纵队前身）主导下，震惊中外的"香港文化名人大营救指挥部"就在福建会馆。1949年6月1日，龙川县人民政府在龙川福建会馆正式宣告成立。

第二辑

客家情

步入福建会馆，天井内栽种有攀枝花木，四周雕龙画凤，红墙绿瓦，古色古香。整座建筑给人以幽静、典雅、壮观之感。有三尊铜像格外引人注目，分别是邹韬奋、柳亚子和茅盾。1941 年 12 月 7 日，太平洋战争爆发，香港、澳门相继沦陷。就在战争爆发的当天，中共中央、周恩来分别发出特急电报，指示八路军驻香港办事处负责人廖承志、连贯等迅速应变，不惜代价抢救出困留在港的文化精英，转移到后方安全地区。此时，广九和粤汉铁路南段已被日军控制，从惠州向大后方转移，只能先走水路。

经过一番周折，1942 年元旦营救工作拉开序幕。沿着东江人民抗日游击队打通的秘密交通线，廖承志、连贯和乔冠华三人先行突围离港。他们一路检查和布置接待、转送工作，仔细研究从香港九龙到东江抗日根据地的路线、警戒等情况，最终确定了撤退营救工作分水陆两路同时进行。福建会馆展厅内的资料显示，当时共有 5 条撤离路线，除少数人取道五邑、广州这两条西线撤离外，大部分都是通过 3、4、5 号线经龙川中转，然后被护送至大后方。

1941 年除夕，第一批文化名人茅盾夫妇、廖沫沙、韩幽桐等抵惠州。之后，陆续有大批人员到来。紧接着，我党地下工作者便将他们从惠州经东江水路护送至老隆。文化人士抵达老隆后，设了两条转移线路，一线是老隆—兴梅—大埔—闽西南，胡一声（驻兴梅）负责沿途随行等工作；另一线是老隆—曲江（韶关）—衡阳—桂林（后往重庆），由乔冠华（驻韶关）运筹安排，两线均由连贯（驻老隆）负总责。

老隆至韶关这一线，主要是根据抗日民族统一战线原则，以"争取中间势力"为目的而建立起来的商行所发展的社会关系，秘密组织掩护而完成接送任务。《茅盾自传》中曾描写道：在逃亡时，茅盾化名孙家禄，在东江人民抗日游击队的安排下，挤上一条大木船，沿东江逆流而上，于元宵节到达老隆。第二天，茅盾等人以"义侨"身份搭上一辆去曲江的军用卡车，途经忠信，历经两个月终于到达桂林。

张友渔、夏衍等人曾联名赋诗赞叹道："当年受命拯精英，虎穴深藏绝险情。筹策偏多凭妙算，奇谋未少借神兵。何惊狂寇张罗网，尽救文豪出贼城。生死身同天下士，念公谁不为心倾。"茅盾的《脱险杂记》、戈宝权的《忆从香港脱险到东江的日子》、廖沫沙的《东江历险长留念》也生动记录了大营救中的感人细节。历时半年多的大营救，最终实现"无一人牺牲、无一人被捕"的目标，为中华民族、为新中国保护了一大批文化精英，对促进抗日民族统一战线的发展意义深远，在中国革命史上留下了浓墨重彩的一笔。

40多年后，作家廖沫沙回首这段经历，还不禁感慨："这不但是我们党的一项伟大的功绩，而且在历史上也是空前未有的一次严峻、艰巨的大撤退。"

当然，龙川人风雨同舟肝胆相照，保护文化名人的举动，也成为时空里的一段红色印记，载入光辉史册。历史的硝烟早已散尽，震惊中外的"香港文化名人大营救指挥部"福建会馆，成了全国重点文物保护单位，这也是国家对龙川这座红色小城的弘彰及文化礼赞。

近年来，为做好珍贵的红色遗址的保护，龙川县不断加大对历史文化遗产和红色革命旧址的保护和修缮工作。境内的五兴龙县苏维埃政府旧址、龙母战斗指挥部旧址、香港文化名人大营救指挥部旧址（老隆福建会馆）等红色革命遗址吸引了不少游客及党员前往参观，成为当地开展革命传统教育的重要基地和红色旅游的新名片。

从福建会馆迈步而出，那一件件饱经沧桑的革命文物、记录的一段段惊心动魄的红色故事、还原的继往开来的历史瞬间，始终在我的脑海里翻腾。细细体味逝去的岁月，那段遥远而模糊的历史突然被拉近，记忆赫然变得鲜活清晰。

这些曾经发生的故事，这段红色的历史，不正是我们党取得革命的伟大胜利，到迈向民族的伟大复兴，披荆斩棘、砥砺奋进的最好见证吗？

此刻，我细细品味，感受其中的红色文化魅力，这是人生中的一次时光漫步，更是一次牢记初心使命的教育之旅。

第二辑

客家情

2021年8月8日于河源龙川

高潭，一块红色的土地

若没有红色的印记，高潭镇也会像全国大多数山区小镇一样鲜为人知；若没有百年前那群有着坚定信仰的共产党人，高潭不会被世人所歌颂；若没有东江儿女激情燃烧的战斗岁月，用鲜血铺就红色土地，高潭不会成为东江地区的红色圣地。

今年4月，沿着红色的足迹，我们这群修建赣深高铁的建设者走进了被誉为"东江红都""广东井冈山""中国历史上第一个苏维埃区政府"的红色圣地——高潭镇。广东省东江干部学院就坐落于此。

东江干部学院是一座现代化的干部培训基地，整体结构是一座崭新的传统民居院落风格的建筑，党徽熠熠生辉，高悬在大门的横梁。踏入正门，"实事求是"四个大字映入眼帘。学院在巍巍群山之中，宛如一颗璀璨的珍珠，镶嵌在粤东莲花山脉深处，显得格外耀眼。

其实，我一直不太明白广东省东江干部学院为什么要建在一个没有城市气息、偏僻落后的小镇里，直到与东江干部学院的毛文林老师攀谈，我才明白了其中的原委。

东江精神薪火相传，红色资源弥足珍贵。他说，东江流域哺育了廖仲恺、邓演达、阮啸仙、叶挺、高恬波、曾生等灿若群星的优秀儿女，留下了可歌可泣的革命故事，用鲜血和生命谱写了波澜壮阔的革命历史篇章。在惠州，全市累计有466处红色遗址，高潭镇就有40多处，这里诞生了我国首个区级苏维埃政权。为把红色资源利用好，把红色传统发扬好，把红色基因传承好，广东省东江干部学院选址在高潭镇。

"从农民运动到土地革命，从抗日战争到解放战争，东江流域都是重要的革命根据地。高潭镇建立了红军早期的兵工厂、被服厂、医院，'八一'南昌起义军余部在中洞进行了有名的'中洞改编'……高潭，因此被誉为'东江红都'。"毛文林老师郑重地对我说。

"忠诚如铁、敢为人先、不怕牺牲、一往无前"的高潭革命精神，是惠州红色文化的亮点和重要组成部分。百年前，也是这样的时节，一个伟人，沿着另一条蜿蜒的山路，从海丰来到了高潭。他就是被毛泽东同志称为"农民运动大王"的彭湃，他看中了这里是海、陆、惠、紫四县边的中心地带，他要到这里来撒播农运的火种，他要到这里来开辟海陆丰革命根据地的后方基地。

　　1922年深秋，彭湃在这里点燃了农民运动的烈火，播下了革命的火种。彭湃在《七绝·雄才怒展傲中华》中写道："雄才怒展傲中华，天下功名未足夸。蔓草他年收拾净，江山栽遍自由花。"我在心里默诵着，沿着他当年在高潭的足迹，跋涉在苍莽的山水间，探寻红色历史的纵深之路。中洞村，位于高潭镇东北部的莲花山脉深处，这里山高林密，谷深洞多，地势险要，是易守难攻的天然屏障。

　　百庆楼，是一座建于清代光绪年间的典型的客家民居，6个厅，4处连廊，26间房。1927年5月，它成为领导东江地区工农武装斗争的指挥中心，是当时中共东江特委、东江革命委员会、中国工农革命军第二师师部的驻扎地。革命的烈火，迅速燃遍了粤东八县，苏维埃政府所辖人口达到了200多万。那时这里"隆隆"的炮声，见证了中国革命进程中一个重要的历史节点，革命史诗里一个永远跳动的响亮音符。

　　看着昔日的革命文物，我百感交集。1927年10月中旬，南昌起义部队1000多人开到广东中洞整编为红二师。经过改编，中国共产党所领导的一支拥有自己番号的正规军——中国工农革命军第二师在此诞生。"中洞改编"明确了工农革命军的性质、任务以及共产党在军队中的领导地位等重大原则问题，为人民军队的创建作出了具有划时代意义的贡献，特别是在确立"党指挥枪"这个重大原则上与"三湾改编"不谋而合。这一切，就像电影胶片一样，把往事一幕幕浮现……

　　高潭这一座英雄的城镇，在第一、第二次国内革命战争时期，被杀害的烈士多达2868人，绝户412户。当年随着中洞的失守，海陆惠紫根据地基本丧失……革命烈士在这里流尽了最后的一滴血，染红了这座小镇。难怪这里的土地那么赤红，这里的山崖如英雄般悲壮而凝重。

　　初心的力量、信仰的光芒，随着一个个隽永的红色故事流淌而出，激荡在我们每一个人的心里。高潭的五谷杂粮饭、红军茶孕育了革命，让红军迸发出无穷的生命力。高潭的红色，让山河与之同辉，构成了独特的红色魅力，成为东江大地上最极致的人间大美之色。

"真香，风味特别地道！"百庆楼旧址前有一家红军咸茶馆，学员们正在学习制作并品尝独特的红军茶。红军茶又叫"擂茶"或"咸茶"，是高潭的特产，革命战争年代，当地群众常用来招待红军。革命胜利后，为纪念这段历史，便将"咸茶"改名为"红军茶"。经营红军咸茶馆的张大姐高兴地对我说："现在我再也不用到外地打工了。"几年前，张大姐在深圳打工，高潭镇距深圳300多公里，由于交通不便，她每年才回来一次。

如今，战争的硝烟早已散去，高潭也迎来新的发展机遇。高潭的交通大变样了。全长10公里，双向四车道的潮惠高速公路连接线、中洞革命纪念广场至公梅段柏油路相继通车。S242线旅游高速连接线的修建，把高潭到惠东乃至惠州的时间缩短至半小时以内。赣深高铁于2021年年底通车运营，广汕高铁将于2023年建成通车，深汕高铁即将动工建设。

交通方便了，惠州以"红色＋绿色"构建全域旅游新格局，不断丰富当地的旅游业态。高潭的红军茶、五谷杂粮饭深受游客喜爱。张大姐希望更多的人来高潭，让"东江红都"真正走出大山，走向全国。高潭这块曾经历血与火考验的土地，将搭上"交通强国"这辆高速列车迎来巨变，焕发出春天般的生机与活力。

落日的余晖，映照在高潭镇中洞革命纪念广场上，"中洞改编"雕塑在余晖下愈加鲜红。看着高潭人洋溢着幸福的脸庞，我不禁浮想联翩，昔日的烽火岁月又一次涌上心头。

高潭，这块红色的土地，将带着厚重的历史感，深深地烙印在我们每一个人的心里。

2022年3月2日于河源龙川

画里乡村苏家围

　　来到河源，听得最多的是万绿湖，说得最多的是龙川佗城，还有热水镇里热雾萦绕的温泉，以至听说苏家围的时候，我心里一直都认为不过是苏东坡他老人家的后辈子孙生活的一个地方罢了。

　　可是，当来到这座深藏于东江之畔的苏家围，我却沉醉其中，流连忘返。这个具有500多年历史的客家古村，呈现在眼前的是一幅人间的美丽画卷，天然的古韵，纯粹的自然风景，还有其中蕴藏的一个个故事，让我看到了中国画里的客家村庄。

　　接待我们一行的是义合镇的一个小伙子，刚刚从广州回来考取了家乡的公务员职务，此行由他全程陪同。小伙子姓苏，是义合镇地地道道的当地人。他告诉我们，义合镇苏家围村是苏东坡的十一世孙苏天荣之玄孙苏秀弘在明朝洪武十四年（1381年）始建，历经百载，才基本形成，是典型的客家民居之一，属于明清特色的府第式方形围屋。

　　苏家围全村共有18座围屋，其中有5座建于明朝。现存建筑中最古老的东山苏公祠始建于明成化十七年（1481年）。如今，苏家围村的东江边上，绿竹茂密，浓翠欲滴。苏洵、苏轼、苏辙，还有传说中的苏小妹的四尊塑像立于竹林映衬的地坪上。苏家围村人尊崇共同的远祖，给他们铸了像，并种上了苏东坡一生喜爱的竹子。

　　看来苏轼所说的"宁可食无肉，不可居无竹"的观念一直渗透于后人的心中，苏家围沿江两岸亦有竹林围绕，就是最好的证明。如今，苏家围村被列为广东省三大扶贫旅游示范点之一，也是国家农业旅游示范点。

　　苏家围村居住的大部分都是苏轼的后裔，为何选择在河源定居落户，究其根源是与苏家人受贬有关的。

　　苏轼，是四川眉山人，曾在杭州、颍州和扬州等地为官，后来受贬到过黄州、惠州和儋州。苏轼在惠州、儋州时已是晚年，身边有小妾，但儿子们出于孝顺，也携家带口迁至广东、江西等地靠近他。

宋徽宗建中靖国元年（1101年）7月28日，苏东坡病逝时，三个儿子都在他的跟前为他送终。苏东坡生有四子：长子苏迈、次子苏迨、三子苏过，四子早夭。

苏天荣是苏东坡第八代裔孙，元仁宗皇庆元年（1312年），苏天荣从江西庐陵乘船沿东江南下，赴任番禺教谕，曾夜泊东江，梦见五位仙人飘然而至，向其暗示此处是隐居休养生息的福地。苏天荣骤然梦醒。第二天，苏天荣一个人循着梦中仙人的指示来到此处。果然，此处两江相夹，是一块绝佳的风水宝地。义合原称"贰合"，原意是指久社河与东江两水在此地汇合。明洪武年间，苏、缪、马三姓人定居此地，团结互助、情义相投，将"贰合"改为"义合"。

苏秀弘是苏东坡第十二代裔孙，时年32岁的他任东莞京山巡检时，为圆曾祖父之夙愿，任满后迁居河源义合镇立基。

严格来说，苏家围的古民居并不是正统意义上的围屋，而是在承袭了中原府第式风格的基础上，融合了客家围屋的建筑元素。设计沿袭了古代中原汉民族建筑工艺中最先进的梁柱式与穿斗式结合的施工技艺。

建筑大都坐北向南，以南北子午线为中轴，二轴对称，前低后高，主次秩序分明，布局规整合理，有着中原建筑的古朴遗风的同时，又结合粤东北山区的地理环境和气候条件作了合理的调整，体现了苏家围人对生态环境和生存环境的理解和尊重。

东山苏公祠，建于明成化十七年（1481年），为苏东坡第十五世孙苏东山所建，是苏家围现存最古老的祠堂，亦叫永思堂，保存完整。坐落于苏家围村中央，以正中央的地理位置彰显宗族血脉的权威与荣耀。

古代官宅的建筑式样和规模大小是很讲究的，苏东山曾任广西桂林府推官，永思堂是根据他的官职按朱元璋颁布的官宅府第式建筑要求规格而建。围屋主体为三进式结构。上堂为祭厅，设有苏氏先人牌位，横额挂有"永思堂"木牌匾。在上、中厅堂间，设有天井用以采光和排水，可见其设计的合理性。

头门前有五级花岗岩石阶，头门轩廊的两侧有红砂岩柱础、柱承重檩条，砂砾岩门框、门枕。门框镶有大理石阳刻对联，上联为"汉室忠臣第"，下联为"宋朝学士家"，横额为"东山苏公祠"。中厅为"六柱官厅"，公祠正门前的天井由鹅卵石铺就，暗含九龙，俗称"九龙戏水"，据说是效仿先祖苏天荣故居——江西庐陵九曲水寓意而铺。

在苏家围村的历史上，这里虽然没有出现过如同苏轼一般的文坛大家，但也传承了崇文重教的人文气韵。苏家围村至今仍流传一首儿歌："祠堂左右好书房，西园侧古兼容光；茂林闻跃居前后，唯有淑湄别一方。步园懿斋并梧冈，汪亭秀阁写文章；先生教我勤学练，达标高中状元郎。"清道光年间，在河源县的一次生员会考中，全县选取 24 名秀才，东山学堂就占 12 人。从此，苏家围村便有了"苏半县"的美誉。

数百年过去，苏家围村的许多地方仅剩散落在地的砖瓦、布满青苔的残垣断壁和幽深的小巷，几棵几百年不倒的古树见证了这里的沧桑。完整屹立的老房子已经不多，大多数只剩下房基被野草层层掩盖。青砖墙上的苔藓，垂落的屋檐，倾斜而带着脱落的灰黑色泥浆的墙，暗示了这里的古老和曾经的辉煌。

久社河，还是如前从村前缓缓流过，右有大东江日夜奔流，后方左侧高山环抱，两岸竹林翠绿，此美妙的自然环境与保存完好的府第式人文建筑相互映衬，使这里没有其他古镇的繁华和嘈杂。

如今，赣深高铁已全线开通运营。河源北站距离苏家围村不到 20 公里，也是这条高铁在广东境内海拔最高的一个站点。

伴随赣深高铁的开通，义合镇乡村振兴和山区经济的发展进入了快车道。依托独特的区位优势，东源县以"融湾"为纲要、"融深"为牵引，借助其作为交通枢纽的优势，依托苏家围、万绿湖等重点景区，深入挖掘历史文化资源，讲好历史文化故事，打响文化旅游品牌，将其建设成为粤港澳大湾区的"绿色后花园"。

第二辑

客
家
情

或许，这正是我看不够道不尽的原因所在。就如我在东江画廊的引渡下，从此岸到彼岸，从今天到昔日，走进一条历史幽径，拾一路花香鸟语，在追觅憧憬已久的芳迹里，感受奋斗过程中的波澜壮阔。

苏家围村正经历涅槃重生。

2022 年 3 月 11 日于河源龙川

画中林寨

　　赣深高铁工地附近有一个具有千年历史的林寨古村落。当地有这样一句话，"没有到过林寨古村，就不算到林寨"。

　　夕阳时分，利用工休的时间，我一个人朝古村走去。褪去了白天的热烈，太阳的光线已经变得柔和。走进古村，正好邂逅一场天边的晚霞，将整个天地笼罩在色彩里，与四角楼交相辉映，形成独特、优美的视觉效果。

　　村落、青砖石路、牌坊、石街、小桥、竹林、门前潺潺流水……构成了林寨古村极具东江客家特色的田园古堡风光。行走在这样的风景里，我的心如在放牧，轻慢、自由、安静、纯粹……

　　林寨，建制于秦朝。公元前214年，秦始皇派大军南下时，南越王赵佗为了防御来犯之敌，派林姓将军在这里筑寨守关。官府便用他的姓，命名为林寨。

　　林寨关隘有着重要的军事意义，因为它扼守在赣粤古驿道"水陆联运"的交汇处。这条古驿道是古代中原进入岭南最便捷的线路之一，如今的赣粤高速、京九铁路两条国家大动脉，也沿着这条古驿道平行而过。镇内县道206线从村旁路过，和平县二级旅游公路亦从村后经过，赣深高铁从村边依山穿行。贯穿林寨全境的浰江，自西向东流，后汇入东江。

　　林寨自古以来就是东江上游小有名气的客家水乡，水上运输较为发达，船艇可通东江。兴井村民就是凭借土地的肥沃和浰江水运之利，务农经商，富甲一方。自元朝以来，尤其是清代至民国期间，兴井村富裕人家建造了一座座高大的房屋，形成颇具规模的古民居群。

　　客家围屋，见证了客家人在无尽的岁月中，迁徙南越大地那段落地生根、繁衍发展的历史。四角楼，是中国乡土建筑的一个特殊类型，是集防洪、防卫、居住、仓储和中西建筑艺术于一体的田园古堡。林寨古村古民居群规模之大、数量之多、艺术之精湛、文化底蕴之厚重，在全国实属罕见。

林寨崇文重教，俊才辈出。走在这个颇有点遗世独立味道的古村落，就能发现清嘉庆庚辰科状元陈继昌，清光绪两广巡抚陈琼润等名士在这里生活的踪影和故事，据说在附近的严村，还是国父孙中山先生先祖入粤的始居地。

林寨古村现存古建筑 280 多栋、四角楼宅第 24 栋，独特的客家民居建筑群是古村的核心旅游资源。2016 年，林寨古村因其独特的风格和秀美的景色，入选美国邮票，成为国内首个登上美国邮票的古村。

著名的漫画大师宫崎骏也为其着墨，将林寨古村的风貌绘制进画册《天空之城》里。中国民族优秀建筑文化遗产名村、全国特色景观旅游名村、广东十大最美古村落，皆是它的美誉。

四角楼，以"大夫第"命名，据说源于清咸丰年间陈鸿鉴受封朝议大夫。古村中最负盛名的客家民居要数谦光楼。谦光楼，建于民国九年（1920年），是屋主陈云亭被母亲用激将法逼成的。其时，村中众多叔侄都已建有四角楼，而他们家仍住在老屋，其母亲常常唠叨："做屋的人已经死了（指其夫），能做屋的又没有出生（指孙辈）。"无奈之下，云亭只好放下生意，在家筹划建房。

谦光楼，占地面积 5000 平方米，正面有 4 栋骑楼，造型独特，蔚为壮观，两旁各有两栋侧屋，整幢屋层层可以相通，屋内有 11 个天井采光，有 18 个厅堂，每层有 86 个房间，全楼 3 层共有 258 间房，楼阁为 4 层结构。此外还有丰翔第、宣仪第、洋楼、薰南楼、永贞楼等具有代表性的建筑。每一座楼都各有特点，堪称绝妙。

客
家
情

如今，当年"笃笃"打更声，早已消失在岁月里。那一栋栋古建筑，今天仍矗立在青山绿水中，静立，无声。在历史的烟尘里，那些老宅，有的老了，有的残了，有的失火，有的坍塌，消失在爬满荒草青苔的断垣残壁里。倒是在"文革"时期遗留下的一个个"墨宝"，墙壁上，大门上，清晰扎眼，让人还能想起那个不一样的年代。

可能是外面的世界更精彩，如今古村的新一代人早已搬离了这里。有的在不远的镇上居住，有的去了和平县，还有的去了广州、深圳或更远的地方。如今，村中居住的大多是老人。

我走在村巷里，炊烟在小巷中的一角升起。身边的这个古老的庭院依然保持着完好的风貌。一位老婆婆守着整座院落，正在屋子里蒸煮什么。

我和老人攀谈起来，老人告诉我，她在蒸糯米，准备做娘酒，给坐月子的小女儿吃。我知道当地所说的娘酒就是黄酒，客家的新生儿一出生，产房里就弥漫着酒香奶香，坐月子的"娘"，都要喝上不少客家娘酒。

在蒸煮糯米的香气中，我读出了老人的沉默、隐忍和坚守。在充满历史痕迹的古屋，充满烟火气息的人家里，我仿佛看到了外出劳作的丈夫从地里归来，孩子在庭院里与伙伴们追逐嬉戏，屋内妻子在烧火做饭，爷爷奶奶在说着家常，其乐融融。这里，有着他们曾经的家，与家人相处的难忘岁月。

林寨古村至今保存着典型的河源客家特有的东江水上民俗文化，保留着粤剧、赛龙舟、舞龙舞狮、席床生日节等习俗。乌石村民世代靠种植淡水草，从事打席维持生计。相传，乌石村开基祖鉴兴公于元末明初迁至此地，就地取材，发展打席手工业，其次子景贵创席拳棍术传授给族人。后人感恩祖辈传授打席技艺带来的稳定、美好生活，于每年农历九月廿九日共庆"席床生日"，举办以家宴、手工打席竞技、吟诵歌谣、演练席拳棍术等为内容的传统岁时风俗。

近年来，林寨镇着力打造乡村振兴亮丽名片，适时宣传推广红色文化和客家民俗，用产业活力留住乡愁，带动了乡村振兴，做活做强了旅游文化经济，带动当地百姓脱贫致富，不仅丰富村民文化生活，更将历史文化推广出去，产生经济效益。

此时还是初春时节，原野间还没有繁忙耕种。宁静中，那一块块绿油油的油菜花、地里的青菜、村里的小桥流水、九曲回廊，在夕阳最后一抹色彩的点缀下，呈现出一派朦朦胧胧、轻轻薄薄的山水画面。

我想，或许是村落的宁静，才会使得村前这汪湖水没有一丝涟漪泛起，静得出奇，淡淡的，轻轻的，体现了人与自然的亲近、和谐。只有不时从村旁风驰电掣而过的赣深高铁，让这天人合一、融入自然的村落顿时灵动起来。那悠远的历史、深厚的文化、客家人的热情都在夜色里荡漾。

2022 年 2 月 27 日于河源龙川

康禾之恋

作为河源市作家采风团的一员,我有幸受邀前往东源县康禾古镇采风。

康禾,作为令人惊艳的国家级森林小镇,具有仙坑村八角楼、四角楼、曲龙村、温泉天地等著名人文景点,底蕴深厚,文化悠久,着实让我这个经常行走在岭南大地的铁路建设者心中十分期待。

驱车进入康禾镇,蓝天白云,绿水青山,仿佛置身于一座童话般的森林小镇。群山被茂密的森林覆盖着,清澈的康禾河自南向北穿镇而过,岭南冬季里自然的风光,山里温润的世界,总是这样引人注目,令人眷恋。

康禾河,是珠江水系东江支流组成部分。这条源自森林的生命活水,孕育在青山深谷里,从树根石缝中渗出,源源不断,最终在弯弯曲曲的河溪里流淌,滋润着一个个村庄,滋养着山谷间的生灵。她宛如一个美丽任性的客家女子,时而娇媚温柔,时而豪放大方,蜿蜒前行在群山里,把沿岸人民的希望与梦想,带向更远的地方。

我们此行的第一站,来到了曲龙村。曲龙村是大革命时期河源县首个党支部诞生地,亦是如今一个以红色为底蕴、绿色为支撑,红色文旅的民宿特色示范村。行走在曲龙村,我们深入杨氏祠堂,倾听过去的红色故事,那是一种信仰,也是一种伟大的精神,引领曲龙村的乡村振兴不断加速。

第二辑

客
家
情

仙坑古村,位于康禾河畔,坐落在群山环抱、近乎圆形的盆地中,整个村落呈锅形,山峦如一扇扇美丽的屏风。河流溪水,则交叉在"锅底"里流淌。条条丝线般的道路纵横其间,晚稻收割后留下的黄色田野和星罗棋布的屋舍,在阳光的衬托下,显得安宁和静谧。流溢而出的浓郁的历史文化韵味,让我们仿佛在多种时空里交错穿越,迷失其中。

古村始建于明朝,距今有 400 多年的历史。村内保存着许多典型的代表性古建筑——客家方形围龙屋。围龙屋多为悬山式瓦顶砖木结构,客家围屋式布局,木雕、石雕丰富多彩,巷道和建筑的设计布局协调,建筑空

间变化灵活，风格朴实中又见雅致，具有浓郁的河源客家特色。据统计，主体保存完整的古民居有 20 多幢，古街道街巷有 7.5 公里。其中，就有 200 多年历史的八角楼和四角楼。

八角楼，是一座布局独特的客家建筑，这也是我们此行最希望看到的。清乾隆三十五年（1770 年），仙坑村的叶氏先祖叶本菘出资，历时十余年建成八角楼，是仙坑村最古老的建筑。八角楼初建时为四角楼，太平天国时期，为应对匪患和日益严峻的治安环境，主体建筑外侧又用花岗岩石条砌筑了高 10 米、宽 1.5 米的高大石墙，石墙四角各建一个碉楼，八角楼因此得名。

我轻轻地走在青石板上，抚摸着那斑驳的石墙，有时还撩拨一下从墙缝里冒出来的青草。八角楼占地面积 3600 多平方米，依山面水，正门前面还建有一个 600 多平方米的半圆形池塘，池塘形如拱月，抱揽全舍。八角楼城墙用条形麻石砌成，里面机关暗道繁多，楼上设有炮楼和走马廊，围墙和护墙设有多处射击孔，把住宅保卫得严严实实，大有"一夫当关，万夫莫开"之势。

我慢悠悠走在幽深的屋子里，爬上那发出声响的木制楼梯来到了楼上。从远处看，八角楼就像一座城堡，是集客家特色和军事特色于一体的岭南古代建筑，是一座名副其实的防御堡垒，为叶氏族人一次次遮风挡雨。

徜徉在八角楼里，仿佛步入了一个由无数个大厅和天井组成的，在屋与屋、房与房之间形成的巨大迷宫。窗花木雕，飞檐翘角，雕梁画栋，门匾古楹，檐下诗画，门廊上叫人赞叹的书法联句，闪现出古村独有的古风古韵。

从八角楼出来，穿过小广场来到了四角楼。从外观看，整幢建筑分为四幢（正座）、四杠（横屋），呈左右、上下对称的建筑风格。其正门堂内挂有"聚星一门"牌匾，匾上"七星"暗喻屋主叶景亭育有七子，并有告诫子孙后代互相支持、团结一致之意。石楼前面有一口半圆形的池塘，与整幢房屋构成一个大的椭圆形。

仙坑村，素有"书香之梓"的美誉。著名的登云书院，曾经学子莘莘、书声琅琅，留下了"松涛四壁月三更，楼上银灯几点明。夜半忽闻天籁响，万山围住读书声"的优美诗篇。

除了仙坑村，康禾还珍藏着一颗绿色明珠，这就是广东康禾温泉国家森林公园，森林覆盖率达 92.17%。爬上海拔 889.4 米的最高峰柏树嶂，在主峰眺望森林公园，薄雾浮云，如丝如缕，风吹雾移，气象万千，如同一幅写意的山水画卷。常绿阔叶林宛如绿衣，包裹着万象变迁的自然生物宝库，成为具有世界意义和国家意义的重要科学保护价值的生态系统，让这里与众不同。

康禾贡茶，距今已有 1000 多年的历史；山岭沟壑所产的青梅、早李、南华李等，清甜爽脆；久负盛名的地热资源，日出温泉量达 10000 立方米，富含氡、砷等十多种有益于健康的微量元素；遍布于古镇的温泉度假山庄，绝对让人流连忘返，乐在其中。

康禾，碧水蓝天、绿浪如海、风光绮丽，古建筑风貌独特、错落有致，民风淳朴。房檐屋瓦之间，青砖卵石之上，乡村振兴的奋斗足迹犹如一部令人百读不厌的大书。其间呈现的客家人的智慧、创业精神，还有亲和自然的人生态度，就像一杯苦丁茶，令人意犹未尽。

在美丽的夕阳辉映下，康禾的绿水青山更加迷人和宁静。我忽然发现，康禾古镇就是一幅乡村振兴的美丽画卷，更是生态文明建设和绿色发展的壮丽景观。在当下时代的巨变里，康禾人正在深化美丽乡村建设，积极推动乡村振兴战略实施，正在书写最美的诗篇。

难怪，这淳朴的民风、亲和的客家人、数不清的老宅幽巷，让我体会到了虽在远乡却如回家的感觉，这是一种淡淡的却又浓浓的乡愁和思恋。

2021 年 12 月 28 日于河源龙川

第二辑

客
家
情

暮鼓东山寺

对于一个名寺，每一个人的感受是不同的。

东山寺，坐落于龙川佗城镇东瑶村，面向鳌山与东江，背靠东山岭，因此取名为"东山寺"。它始建于隋朝大业七年（611年），是一座历史悠久的古寺。

龙川县置县之初，也是秦王朝统治岭南的开始。公元前214年，秦始皇在岭南设立桂林、象郡、南海三郡。而龙川县治的建立比南海郡的建立还要早14天，因此龙川县被称为"广东第一古县"，县名沿用至今，这在全国也不多见。

当然，龙川的魅力在于历史的久远、南北文化的融合，更得益于独特的地理优势与山水资源。龙川，地处东江上游，沿江顺流而下，即到达广州，到香港，到东南亚，到世界更远的地方。

其实，五年前作为高铁建设者的我，第一次来到东山寺，却对此感觉十分平淡，主要在于此时的东山寺依偎在宝龙东江特大桥的一侧，全无"唐宋八大家"之一苏轼被贬谪惠州到龙川游玩，在尽兴游览东山寺后写下的那首七言绝句所描绘的气象，寺庙更多的是落寞、寂寥之景。

寺庙不大，是一个三进院落四合院，建筑为硬山顶式，面积达500多平方米。大门正对着东江，"山壮秀色迎宾客，寺院钟鼓念弥陀"——一副金色对联雕刻在大门两旁。沿门而进，寺内种植的柳树、松柏，还有一些不知名的花草等植物，给寺院带来了绿色与清新之气。

两根粗而稳重的门柱，将三宝殿、观音殿两个拜殿分开。三宝殿上摆放有如来佛祖、弥勒佛祖等五个栩栩如生的神像；观音殿中间，则摆着一个观世音塑像，旁边也有近20个神态各异、活灵活现的神仙塑像。

清康熙三十年（1691年），时任龙川县知县王英撰写了《东山暮鼓诗》"群山翠色远重重，中有楼如是梵宫。树影依微留晚照，钟声杳霭度天风。

残烟渺渺连深谷，飞鸟翩翩入远空。此际余音尤可听，寥寥半在暮云中"，将东山寺的壮观景象表现得淋漓尽致，给我们生动地描绘了东山寺被列入龙川八景之一"东山暮鼓诵弥陀"的情景。

多年以前，在观音殿的前方摆放着一个洪钟与暮鼓，后来不知什么时候遗失。据说，昔时每当早晨敲钟、傍晚击鼓之际，方圆十里均可闻得晨钟、暮鼓之声。难怪，住在离东山寺不远处的工地宿舍的我，并没有听见晨钟、暮鼓之声。看来，苏大学士眼中"首营古寺在东山，底事钟鸣向暮间。一百八声声响后，僧人从此锁禅关"的禅意，我是没有福气领悟了。

苏轼当年为何溯东江而上？

原来，继苏大学士被贬为宁远军节度副使，在惠州安置后，宋元符元年（1098年），其弟苏辙也被谪为化州别驾，雷州安置移循州（今龙川佗城），受地方官员暗中监管。

来到龙川后，龙川父老不但不歧视他，反而相访过从，苏辙感动之余，竟然忘却了家在万里之外的乡愁，有诗为证："获罪清时世共憎，龙川父老尚相寻。直须便作乡关看，莫起天涯万里心。"

一天，苏东坡从惠州坐船沿东江逆流而上到达龙川佗城。弟弟苏辙甚喜，于是陪兄长游览了龙川的霍山等八个景点，苏东坡还写下了《龙川八景》"鳌湖湖水漾金波，鳌顶峰高积雪多。太乙仙岩吹铁笛，东山暮鼓诵弥陀。龙潭飞瀑悬千尺，梅村横舟客家过。纵步龙台闲眺望，合溪温水汇成河"，一直流传至今。

苏辙在龙川住了17个月，曾居于东山寺内，后又居鳌湖白云桥西闭门著述，追惟平昔，使其子苏远书之于纸，凡四十事十卷，命之曰《龙川略志》。同时，苏辙还在鳌湖东率众筑堤抗旱。后人为纪念他，将他所筑的堤命名为"苏堤"。千百年后，"苏堤"已难寻踪迹，只能在历代史志中找到一鳞半爪。但自筑堤堵水灌田，佗城从此年年旱涝保收。

"去年秋，今年秋，湖上人家乐复忧。西湖依旧流。吴循州，贾循州，十五年前一转头。人生放下休。"这首南宋无名氏所作的《长相思》，里面提及的吴、贾两个"循州"，正是南宋理宗时的丞相、词人吴潜与恶贯满盈的大奸臣、丞相贾似道。这一忠一奸，相隔15年，先后被贬循州（今广东龙川）。吴潜到龙川后在东山寺开院讲学致力于百姓造福，受到当地百姓爱戴；而贾似道在贬谪龙川途中，受到各地群众驱逐，狼狈不堪，被

第二辑

客
家
情

逼自杀不从，还没到达龙川就被押送者捶死。这真是天道昭彰，报应不爽。

由于高铁工地离东江近，我经常在离东山寺不远的田野里漫步，领略这里的一派田园风光。春天，万物复苏，草木萌发，鸟儿停留在刚萌发嫩芽的枝头上，处处布满了绿意，充满了生机，让人感受到生命的勃发。秋天，稻田里一片金黄，如油画般，让人领略到丰收的喜悦。不管是炎热的夏天，还是寒冷的冬天，也无论是晴天还是雨天，随时随处可见到客家人在田地里辛勤劳作，或耕田，或播种，或开辟菜畦，或莳弄蔬菜，一切都那么纯朴、宁静、恬淡、自然。

在东山寺僧人虔诚的弥陀声里，我似乎还可以倾听到，先贤们吟咏那一首首千古名诗。屹立的红漆柱，破碎的琉璃瓦，向我们诉说着一个个诗人名士的千古风流。

东山寺，秦砖汉瓦的沧桑之容，暮鼓晨钟的浩然之气，文人骚客的酣醉之意，兄弟手足的相思之情，在这迷离的烟雨中、晃动的烛影中，化为一首令人齿颊留香、回味无穷的诗，走向远方。

2021 年 7 月 31 日于河源龙川

南门码头

河源，在大地构造运动中蜕变成一块色彩斑斓的宝石。

穿过悠悠的时空隧道，在远古的岁月里，赣南孕育出寻乌水和定南水，过粤东北，汇集成东江水，一路穿越连绵不断的林海，流进龙川县境，来到了一个名叫佗城的古镇。

夕阳的余晖，静静洒落在佗城南门码头。江面波光粼粼，岸边的水草，随着缓缓的水流，在码头的台阶上微微摇摆。熟悉而美丽的画面，深深印刻在佗城人的心里。对于土生土长的佗城人而言，南门码头是一个值得夸耀的地方。

东江，是河源人的母亲河，灌溉了河源的土地。河源人便依江而居，渔猎、躬耕，开启了最初的文明。东江流域孕育和发展起来的东江文明，是岭南文明的主要组成部分，几千年来，积淀了深厚的文化底蕴。

千百年来，东江水蜿蜒来到佗城，分流成小股水系穿城而过。那片水急浪高的沙滩，那一大片开阔的卵石滩，人工修筑的护城河堤和城墙，还有码头前耸立的商会遗址……一点点品读这个小城的过往云烟，感受着岁月的变迁，犹如翻开一本千年史书。它们是人类生活的见证，蕴藏着独特的地域人文基因。

俗话说，"靠山吃山，靠水吃水"。居住在东江边的人和江上的人，靠着这条水路，发展了东江航运。一水兴百业，造就了河源、老隆等东江重镇，也铸就了东江两岸人民求真务实、重义轻利、崇文重教、勤劳包容的性格。

如果说，东江水南北向穿过龙川，在绿色龙川的身上系了一条玉带，那么佗城就是玉带上的宝石，将东江点缀得更有灵气。

正是因为东江的水路优势以及整个地域的山水格局，龙川形成了"水陆联运，水运为主"的交通特征。岭南地区独特的地理与交通优势，让小

第二辑

客
家
情

小的码头见证了秦征岭南、"和辑百越"、龙川建县、客家民系形成、文人及名士客寓岭南……一段段、一件件改变龙川乃至岭南历史的事件，在古老的山水之间不断拉开帷幕。

自古以来，岭南与中原地区因有越城、都庞、萌渚、骑田、大庾五岭相隔，严重影响两地人民的交通与往来。和北方以陆路为主的交通格局不一样，当时岭南交通的开拓首在水路。交织形成的便利的交通水网络，纵横交错的珠江水系，使得南越大地水路交通具备方便快捷的良好条件，也让佗城（古龙川）成为当时客家先民理想的落脚点。

公元前214年，秦始皇统一六国后，派任嚣与赵佗率几十万大军南征岭南地区，并在龙川建立岭南的第一个县制行政机构，治所就设在今天的佗城，时称龙川城。佗城镇，既是当时南越王赵佗的兴王发迹之地，又是秦代中原文化南下与百越文化交流的结合地，也是千百年来东江中上游地区的政治、经济、文化和军事重镇，五代南汉至明初循州治所。

龙川，傍江而生，靠水而存，水上运输极其重要。当时粤东北一带，佗城南门码头知名度很高。历史上的东江地区，幅员辽阔，纵横千里，东倚梅州、潮汕以至闽南，西邻珠江三角洲，与香港、澳门毗邻，北靠赣闽边境，南临浩瀚大海。这使得东江一方面成为岭南地区沟通赣、闽乃至中原的必经之路；另一方面，北方的中原文化、南方的海洋文化也通过东江源源不断输入龙川地区。

不知道从什么时候开始，小小的南门码头，开始了最繁忙的最值得书写的辉煌时刻。在水陆交通不发达的年代，东江水路是东江流域人们出行的首选。东江浩浩荡荡500多公里，时而平缓，时而险急，到了佗城这一片，就十分平缓。

东江进入龙川后，江面越来越宽，江水越来越深，航道功能也越来越健全。

20世纪七八十年代，当时的老隆船闸日夜通航，盛极一时，船只过闸都需要排队。老隆船闸位于东江上游老隆枕头寨，1971年建成并投入使用。那个年代，江西的船只、竹排从东江顺流而下，到达珠三角地区。

值得一提的是，那时广东省的大部分用煤均通过东江航道龙川段调拨下发。广东省兴梅地区是煤、铁矿的主要产地，一般兴梅地区的煤和铁矿都会通过梅隆铁路运到老隆港码头装船，再通过老隆船闸运到广州等珠三角城市。东江，因此也被称为粤东北的"黄金水道"。

由于南门码头是东江岸边的一个重要港口，上游的赣州等地的旅客和物资都在这里集散。南门口岸边的生意人很多，商家都云集于此。佗城街两边有饭馆、旅馆、百货店和各种名特小吃，如被誉为"佗城三宝"的豆腐丸、卷春、香信，见证粤菜源头的佗饼、娘酒蒸蛋、八宝鱼生脍、车田豆腐、钵仔猪肉汤等，让食客大饱口福。

佗城有赵佗故居、越王庙、越王井、考棚、正相塔、孔庙、姓氏祠堂遗址等历史文物，境内风景优美，旅游景点多，"龙川八景"中的五景都在佗城，引得过往客商旅人都要在这里玩上几天。

据老一辈人回忆，那时渡船、货船等各种船只穿梭于东江之上，好不热闹。吆喝声、荡桨声、喧嚣声交织在一起，仿佛一首交响乐曲，久久回荡在南门码头上空。船只多的时候，它们便排成队倚着码头，成了一道独特的风景。每每船只停泊在此，船工也闲不下来，他们要忙着装卸货物。因此，水运的发达催生了一大批搬运工并滋润了他们的生活。夜幕降临，船工们三五成群在船上喝酒、下象棋、打牌……

"可惜啊，现在再也看不到这种场景了。"叶旭芳是佗城小学的老师，从小就生活在这里，她对佗城的一草一木都有着很深的感情。据她家里长辈讲，佗城不仅有南门码头，还有西门码头。其实，根据史料记载及其地理位置推断，现在的南门码头离古时候的码头略有距离。龙川商会会馆前那一片，应该才是古代通航的南门码头，也是当地水陆交通的接合点。

她说，小时候走进故乡，或离开故乡，第一步都是从码头开始，故乡的码头存放着她的渴望和眷恋。曾经在以船代步的水乡，佗城人的生活离不开码头，但凡离乡便要坐船，而船就停泊在码头，码头便成了他们的"车站"。

那时的人与码头、东江结下了不解之缘，吃喝住行都与江河紧密相连。那时候，夏天傍晚，来河里洗澡的人黑压压的一大片，水声和嬉戏声此起彼伏，十分热闹。每天早上，三五成群的女人在河边洗衣服，棒槌敲得衣服"啪啪"响。女人们的家长里短、婆媳纠纷都可以在这里听到。改革开放后，南门码头进入了一个全新的繁荣阶段。

然而，"黄金水道"仅持续了20多年，此后便因广梅汕铁路的开通逐渐萧条。20世纪90年代中期，广梅汕铁路通车，梅隆铁路停开，经梅

隆铁路中转至老隆港码头的煤、铁等物资自此转由广梅汕铁路运输。县城的老隆港码头开始逐渐衰落，荒废。直至老隆港码头被填平，取而代之的是建成的现代化的龙川文化公园。慢慢地，距老隆港七八公里的佗城码头也渐渐地失去了人气，南门码头也慢慢陷入沉寂了。

岁月悠悠，江水依旧，如今，南门码头渐渐淡出人们的视线。对于南门码头的变化，摆渡人朱师傅对这里发生的一切最有发言权。他不知不觉已经在此度过了几十个春秋。

朱师傅，佗城本地人，一生在南门码头做着摆渡的活计，经历过新中国成立前的黑暗，参加过新中国的建设。他 14 岁小学肄业，26 岁加入佗城南门码头船队，开始了他 40 多年的摆渡人生活。

他说，当时在码头摆渡吃的是储备粮，每月的工资 32 元，另加 45 斤粮食、4 两油、1.5 斤肉。粮食不够吃的时候，还可找公社书记批点玉米、番薯等杂粮补充。"这在当时已经是非常好的社会主义生活了！"朱师傅说这句话时嘴角上扬。

当时，龙川至四甲的公路还没开通，佗城到东瑶、亨渡、坪田、四甲和东源的叶潭、黄田等地只能从南门码头过渡。话说是船队，其实就只有两条木船、四个船夫，船还是最原始的用桨划的那种。一条船能坐 20 人，每条船由两个人划。

1979 年换成机动船，船重 13 吨多，能装载 40 吨货物。有时后面还要挂三条拖船，运载石英砂到东莞虎门、石龙，广州，江门等地。直到 1990 年佗城通了铁路，货物开始用火车运输，才结束了朱师傅用机动船作长途运输的历程。

据了解，东江航道原本可以连通江西和广东的航运，船只可以直下珠三角地区，但由于枫树坝水库在建设时没有建船闸，导致上下游不能通航，江西的船只无法通过东江直下珠三角。特别是近些年，东江上陆续建起了电站，一方面是利用水资源发电，另一方面是为了调节东江的水量，但由于部分早期建成的电站没有很好考虑东江航道的通航功能，也致使部分航道断层，通航受到了限制。

近几年，随着龙川旅游业不断欣欣向荣，来佗城旅游观光的人越来越多。佗城镇以镇村升级改造工程示范区项目建设为抓手，用"微改造"的绣花功夫，对历史文化街区、古建筑等进行升级改造。于是，南门码头也迎来了换装，昔日"荒芜之地"，摇身变为"网红打卡点"。

如今走进南门码头，映入眼帘的是干净宽阔的沥青道路、整齐的路灯、古朴的城墙……让人不由自主沉醉其中。新建的灰青色城墙，仿佛在无声道出千百年前的繁华与沧桑。别致的小花园里，鲜艳的花朵带来清新的气息，格外引人注目，让人流连其中。走在新修的码头，处处都能感受到古码头重新焕发的生机活力。不少村民、游客拖家带口，或三五成群，在新建成的小广场、小花园里参观游玩。

"还是党的政策好哦！"70多岁的佗城村村民陈维清的房子就坐落在南门码头边上。在这个地方生活了大半辈子的他，见证了南门码头从"荒芜之地"到"美景"的蝶变。他说："以前南门码头是荒地，有不少村民在这里种菜，道路也没有硬底化，大家没事也不愿到这里来。现在经过升级改造，码头变漂亮、干净了，新修建的码头吸引很多村民来跳舞。为党和政府点赞。"他和老友们现在每天只要有空就要到码头上走走，在自家屋里喝茶，聊聊佗城的变化。老百姓的幸福感、获得感更足了。

近年来，随着长深、汕昆、河惠莞等高速公路陆续建成，赣深高铁正式通车，彻底结束了龙川县不通高速公路和高速铁路的历史。"城市动脉"四通八达，一张承东启西、贯通南北的交通网络加速成形，激活了龙川发展的内生动力。

目前，龙川县正抢抓省级旅游示范区发展机遇，整合全县旅游资源，着力构建"一城一山一水"全域旅游产业布局，重点打造"一晚两天"的集文化、康养于一体的旅游经典线路，吸引海内外游客来龙川旅游休闲，为逐渐成为粤港澳大湾区旅游度假的后花园，为乡村振兴注入源源不断的动力。

今天，走在新建的南门码头上，再也看不到江面往来船只繁忙的景象，零星船只去往的再也不是赣州或广州。曾经那些渔户、渔船和靠撑船载客为生的当地人，早已走上了陆地，住进了宽敞的楼房，曾经的一切已成为历史记忆。

欣赏着沿岸灯光璀璨、人声鼎沸的景象，我知道那些储存在大脑内的关于南门码头的故事碎片，蕴藏着客家人的基因密码。也许，我永远都无法破译它，但被其勾起的浓浓的乡愁、对南门码头异样的情感让我意识到，龙川佗城这座闻名遐迩的古城，将重放奇光异彩。

第二辑

客
家
情

　　这时，我有些恍惚了，我仿佛来到了古时的南门码头，上了一条小舟，穿过那一条条整整齐齐停放在护城河畔的各种泊船，掠过长长的垂柳，携上那一丝春风，侧坐在春光拂过的船的顶棚。船在荡漾的碧波中，向着远方悠悠地驶去，很缓，很慢。

　　我有理由相信，蕴含着岭南文化基因的龙川，会像她的名字一样，如巨龙腾飞，一飞冲天！

2022 年 5 月 29 日于河源龙川

悠悠东江萦佗城

　　岭南的景色在广东，广东客家的景色在粤东北。

　　进入粤东北，途中有一条东江。这江水流进龙川县境，到了一个名叫佗城的古镇。佗城便是由赵佗所建立的城，也是他的兴王之地，后人为了记住赵佗，记住他在这里的时光，便以他的名字命名这座小城。

　　佗城，一切都在静谧中孕育，在喧哗中诞生。

　　鳌山在蔚蓝的天穹下，静静地注视着这条千年不息的河流。镇南边东江两岸的小山上，分别耸立两座古塔，隔江相望，当地人将它们分别称作"新塔"与"老塔"。老塔是正相塔，表面看起来很新；而新塔看起来很老。这两座塔同在东江边上，直线距离只有约2公里，数百年来坐镇在东江岸上，守望着佗城。

　　正相塔修建于唐朝开元三年（715年）。塔高32.2米，共7层，是以火砖拌黄泥浆砌成的砖塔，全塔用砖27.5万多块，每块砖长35厘米，宽15厘米，厚5.5厘米。塔身如楼阁，人若登上去，正可把这个秦时筑起的方形老城中的一切看尽。远眺，佗城的古邑门、街巷、客家楼宅、南门渡口……全在一江烟波里。

　　身边的东江就像一位客家村姑，扭动纤细的腰肢，袅袅婷婷、从从容容地走来。她从赣南的千沟万壑的山涧飞泻而出，一路欢畅，一路呼朋唤友，汇无数清泉小溪成汹涌河流，浩浩荡荡，悠悠南流至此。

　　佗城古镇的美，美于古朴高致。

　　早在秦始皇三十三年（前214年），佗城便建立在广东的土地上。不过，那个时候不叫佗城，而叫龙川城，龙川城即龙川县县治所在地。不仅如此，龙川城还是当时广东最早创建的县，就连地名也完整地传承延续到今天。

　　2200多年的历史里，佗城始终见证着岭南的嬗变；四角楼、围龙屋，见证了赵佗"和辑百越"的历史；蜿蜒而过、奔流于千山万壑之间的东江，

蕴藏着诸多名人贤士流落佗城的沧桑；更有老城墙上，布满了岁月风刀刻下的痕迹，记载着一段段金戈铁马的传奇故事。

可以想象，昔日这条江上曾有秦军十万逆江而上，赵佗挺立船头，旌旗猎猎，战鼓轰鸣，中原大兵与东江涛声共同演奏了一曲平定南越、镇守边关的雄浑乐章。

《史记》对古佗城作过这样的描述："屠睢将楼船之士南攻百越，使监禄凿渠运粮，深入越，越人遁逃。旷日持久，粮食绝乏，越人击之，秦兵大败。秦乃使尉佗将卒以戍越。"由于年代久远，这场规模巨大的征战的细节已无从知晓，但可以肯定的是，南越最终被平定，广东由此正式划入中原王朝的版图。

佗城古镇的美，美在天生丽质。

东江吟唱着豪迈的山歌，穿过悠悠的亘古岁月，一直延伸到江边上的围龙屋，见证了客家人的迁徙岁月，孕育了客家文化的特质和风格。

倒映在江面的正相塔，悬挂在苏堤前的落日，升腾在屋檐前、宅窗后的袅袅炊烟，从山坡上涌出的汩汩溪泉，南山古寺传来的暮鼓晨钟之声，在清晨与黄昏里慢悠悠走上古街的老人，古渡口大榕树下歇息的人闲话祖上随南越王赵佗屯戍岭南的轶事，古墙、古巷、古宅、古渡口……全在这江水萦绕的天地里，构成了一幅绝妙的山水画。

2200多年过去了，在旧渡口前，在河的两岸还能约略看见一些旧时的痕印，依稀可见灰沙夯筑的城墙、红砂岩条石铺砌的台阶、装卸货物的梯形平台。可惜曾经的繁荣码头已全然没有了往日的模样。倒是立在渡口不远处建于清朝时期的佗城商会，在数百年中阅尽风雨。

昔日，各地商人携带各种货物自陆路、水路来到佗城，又从佗城经东江、韩江流域的各个市县、城镇，联通珠江，走向广州，进入珠三角。同样，外埠的商品大多经水路又到达佗城。

难怪，近世蕉岭诗人丘逢甲在《凤凰道中》一诗中有"瀑布穿岩石，梯田播晚秋"之句，展示了客家山水独特的气韵和美丽。

佗城的生命源头与灵气在东江。

东江上的朵朵浪花，都在诉说着曾经远去的故事；东江的每一块石头或每一粒沙子，都在沉淀着一种执着、顽强和不屈的精神；东江的每一棵水草，都摇曳着客家人的炽热情怀，闪现着客家人跳跃的万千思绪。

据了解，佗城镇内有大大小小共 18 条河流，主要河流是东江，其余为小河小溪，均汇注于东江。东江由东北至西南流入佗城，从学堂、石马，流至东源县，在佗城镇的水路约 15 公里。作为东江流域最早的城池，佗城扼水路要冲，一直以来就是相当繁荣的商埠。到了唐宋时，闽、赣、兴梅、潮汕、惠广等地的物资在此集散，佗城因此成为东江上游的经济中心和水路交通要冲。

东江，是粤东北的母亲河，她养育着这片神奇的土地，大度接纳了大批外来的名贤之士。他们中有驰骋沙场的铁血将军，也有活跃在政坛和文坛的政要和大师。其中，杰出的代表有"和辑百越"的赵佗；有著《抱朴子》、潜心修功炼丹的葛洪，传中国医学文化于海内外；有被贬惠州来龙川探亲的苏轼和著书修堤的苏辙，催生了蕴含岭南秀色的诗词歌赋；有状元宰相吴潜，倡设三沙书院传播南宋理学；有大革命时期第一次东征，在东江的激流中忠贞不屈的革命者；有蹚过这条江，与东江儿女同仇敌忾，共同谱写了抗击倭寇的壮丽诗篇的东纵战士……

正是这一位母亲，始终慈祥而宽厚，智慧而平静，养育数以千万计的客家儿女，培养了萧殷、叶绿野、陈建中、巫漪丽等众多具有高致风骨的杰出儿女。

萧殷，龙川人，曾担任《文艺报》《作品》的主编，发表了一批有创意的作品，并坚持自己的原则，顶住压力，培养了一批优秀的年轻作者。画家陈建中，在法国努力为中西文化的交流做了许多工作。他还经常回到家乡，指点后辈，为家乡的绘画人才的培养做出了贡献。祖籍龙川的第一代钢琴家巫漪丽，擅长演奏西洋古典及浪漫派音乐，用西洋乐器创新性地演奏中华民族的音乐。她是著名的《梁山伯与祝英台》小提琴协奏曲钢琴部分的首创及首演者，而她改编的广东音乐《娱乐升平》更是广为流传。

入夜，走在清辉如水的夜色里，沿着东江边散步，你总能听见江边传来的山歌声，胡琴、笛子和其他乐器组成的伴奏声也在江边飘荡。嘹亮、婉转、轻灵的山歌，像一股山泉，让人耳目一新："雾茫茫，水茫茫，好似银河从天降。七个仙女来相送，送我两姐妹来上江，水路山歌代代传。歌满河来歌满田，河源唱到省城转，都说船家是歌仙……"

老人唱的是《东江水路歌》。500 多公里的东江流传着多个版本的水路歌。东江支流新丰江、和平县的浰江，都有属于自己的水路歌。这些船上或木排上的人，嘴里唱着水路歌，顺江而下或逆流而上。古往今来，广东河源的客家人喜欢用山歌这种淳朴而又独特的方式来赞美家乡、歌颂生活、抒发情感和激励斗志。

客家山歌，道出了佗城曾经的繁华，我仿佛看见了江边的围屋土楼里升腾的袅袅炊烟；谛听东江的涛声，我仿佛看见了江西赣州十八弯的河道上、江边竹林里飘动弥散的雾与氤氲的江水合成的烟波渔舟；还有东江船夫的号子、阡陌的鸡犬、晚归的牧童，都汇编成客家人的田园歌谣。难怪此刻，看着眼前的苏堤，我仿佛听到了古代散文大家苏辙的声音在江边回荡："尉佗城下两重阳，白酒黄鸡意自长。卯饮下床虚已散，老年不似少年忙。"

在龙川谪居的苏辙，处于日常生活最困苦、政治生活最黑暗时期，这是他一生的低谷。让他感到欣慰的是，龙川当地的老百姓并没有把他当作来自京师的"贬官"，以博大的胸怀接纳了他。也许在宦海的沉浮中，他悟得了其中的禅意吧。他在后半生，把大部分精力投入《龙川略志》和《龙川别志》的撰写当中。

所以，细细读来，苏辙那简朴而意蕴绵长的诗句，哪一首不是信手拈来、文气脉脉？哪一首不是苏东坡所说的有"一唱三叹"之韵？他为中国古代文学史，留下了一座让人仰视的丰碑。难怪昔日的苏堤能成为今天佗城人心中的圣地，那是过往时光的一道辙印，总旋绕在佗城人的记忆里不肯消隐。

也许，这就是灵魂的一种守望，东江流淌到龙川，流淌到这个叫佗城的地方，虽然一路蜿蜒，一路迂回，一路波涛，一路喧哗，但始终守望着曾经的繁华，韬养着客家儿女的豪气。

2021 年 9 月 26 日于河源龙川

仙女石

　　仙女石，海拔 830 米，不高，可它的山崖，远看就像一个亭亭玉立的少女，近看却似一幅油画。悬崖峭壁，如刀削斧劈，直指蓝天。

　　仙女石峰下，有古庙、清泉、岩洞。深山密林之中，云雾缭绕，气势磅礴。登高远眺，数十里风光尽收眼底，约 20 公里外的和平县城一览无遗。冬日里有阳光的下午，在翠绿的山色中，我们一行人匆匆地赶往她的身边。

　　均通村，是仙女石峰下的一个小村落，曾用名"均石村"。1960 年，因村民希望能"人通、路通、财通，村运亨通"而取名"均通村"。均通村，东邻优胜镇秀溪村，南邻谢洞村，西邻均上村，北邻大坝镇龙狮村。乡道 Y180 与均通村相接，经穿枫树下、王屋、大坪，终点至仙女石峰，全长近 8.6 公里。

　　虽然，整段公路蜿蜒曲折，爬升坡度大，但该公路按三级公路标准建设，双向二车道，采用水泥混凝土路面，一路上还是比较好走。

　　"瞧，那就是仙女石！"越野车刚爬上半山腰，随行的朋友指着窗外远处一个硕大朦胧的身影，口气中透出神秘。我们一行人表情中凝聚着庄重，目光中掺着迷惘和莫名的兴奋。

　　楚楚动人的身姿，豁然出现在大家的眼前。路过的人，不约而同地都会把目光落在她的身上——是的，她只是一个普通的山峰，又是不一般的山峰。面对眼前的仙女石，我禁不住瞠目惊叹，也禁不住诗意迸发。这哪里是石头，分明就是一尊妆成石头的旷世美女峰。

　　作为一个浪迹天涯的铁路工人，走过了大江南北，灵山妙石看过不少，但如此逼真酷似的，却是第一次见到。倘若不是来到粤东修建赣深高铁，哪有机会来到这崖陡谷幽的高大石山上，目睹峥嵘峭壁上欲飘欲飞的楚楚仙女？

　　是呵，仙女石站在这里，穿越千年风雨，承受万年雷电，屹立在这山

客家情

谷之间。千百年来，在每一个经过她身边的人的眼里，她总是闲逸眺望，凝神寄情。

你是在品风赏景，还是在默默地深情等候？

我知道，任何一个美丽的山岭峰峦，都会有一个美丽动人的传说。眼前的仙女石，当然也拥有自己的美丽传说。

"你认为会有一个怎样的故事呢？"我问同行的广东省摄影家协会的朋友。

"你认为呢？"他看着急切想知道缘由的我，微微思索，就把这个话题原封不动地踢回来，微笑着反问我。

其实，朋友是知道这个故事的。他说："为什么叫仙女石？"相传从前有一位仙女，受了天上玉皇大帝的派使，要在人间做皇帝，京都设在广东境内。仙人受命后，于一夜间肩挑一担大石，以仙人之法驱赶许多小石头，滚滚往南行。当行至广东境内，忽听雄鸡喔喔啼，仙人以为天亮，将肩挑的一担石头放下，一头掉在和平东面变成了仙女石，一头掉在和平县上陵镇，变成羊石，仙人也瘫在那里走不动了。

千百年来，仙女在这高山上，四顾无亲，变成了灵石，但她失意不失志，在山上觅得洞，聊以安身。她在山上修炼，早已超凡脱俗，享受香火。每逢久旱不雨时，附近百姓备上"三牲五味"，前往仙女石祈祷下雨。须臾，天上就兴云化雨，非常灵验。故此，有"仙女灵石"之称。

后来，灵石仙女与山下均通村的读书人结婚，生下五男三女。家族中先后有人与廖屋的、钟屋的、谢屋的、陈屋的、张屋的、刘屋的、李屋的通婚，大家亲戚之间，和谐相处，共享太平。正是由于仙女福德无量，乡人们将每年10月18日定为仙女诞辰之期。沿仙女石顶而下，有一条崎岖的小道，在石山半腰处有一小庙，名为仙女石庙，内有地母神位。

说到仙女石峰下的均通村，就不能不提山下的和平县城。提到和平县城，就不能不说到一个人，这就是圣人王阳明。他出生于公元1472年，是明代著名的思想家、军事家、书法家、教育家、文学家。

他出身书香世家，少年就立志"做圣人"，他创立了心学，与孔孟的儒学、朱熹的理学并称，被世人称为孔、孟、朱、王，成为中国历史上无可争议的"立德、立言、立功"的不朽圣人。

古时候，仙女石峰方圆几十里，并不曾有一座辉煌的城池。追溯到秦朝，现今和平县辖区属秦始皇三十三年（前214年）所设的龙川县。后来，这些地方分属龙川、忠信、河源等县。

据史料记载，明正德年间，南中地带盗贼四起，暴乱不断，44岁的王阳明就任南赣巡抚，掌管一方军政大权。他先后负责江西南安、赣州与福建汀州、漳州的剿匪。每消灭一处土匪，他就在土匪滋生处建立官府，和平县等多个地区就在这个时候建立。

500多年前，王阳明奏请朝廷设置和平县，这个奏章题为《添设和平县治疏》。可以说正因为王阳明的奏设，仙女石见证了和平县真正意义上的建设与发展之路。自从王阳明过化之后，仙女石就成了和平"八景"之一。

我们一行人，从山脚往山顶慢慢爬行，穿越沟壑纵横的悬崖峭壁，终于站在仙女石峰顶。仙女石峰顶上并不是很大，目之所及，能看到远处的林海、起伏的山丘峰峦，形成浓浓浅浅的绿色世界。

"唉，可惜我们不是有云雾或日出的时候来，要不可是一场难得的视觉盛宴。"其中一位朋友不无遗憾地说。好友是当地有名的摄影家，经常在河源大地美丽的风景中穿行。

他说，有一次专程在早上来到仙女石峰旁等候。当时，太阳从山峦间缓缓升起，周围慢慢开始有了色彩。云雾在乡村田野间流淌、变幻，与霞光交相辉映，如同画卷。雾气在风中跃动起来了，好像是仙女的衣袖。当仙女挥舞衣袖，美丽的纱衣渐渐消散之际，整个大地也一分分地显露出来。

万道金光似箭一样，从东方的地平线升起。瞬间，金光红彤彤亮闪闪的，太阳似打足了气的红球，鼓着圆圆的红脸，突然一下子就从地平线跳到了天空上。仙女石峰周边，满目青山顷刻变成金色的海洋，蓝天白云都披上了鲜艳夺目的霞彩。

朋友还沉浸在那次摄影美好的回忆当中。而我则浏览着山腰上的茶场、山下的均通村、公路两边的农家新楼、路边的纤细花草、菜田里扛锄劳作的农人、远处的和平县城……

"没关系，我们一会儿可以欣赏夕阳下的盛景，那也是不虚此行的！"我安慰着身边正喃喃自语、略带有遗憾的友人。

"其实，你知道吗，在仙女石峰上不仅能看到美丽的日出和夕阳，还有冰凌！"朋友神秘地说。原来，每年冬天特别冷的时候，仙女石周边，冰凌与花草、树木相互衬托，会把仙女石山装点成一个美丽的冰雪王国。

一个个冰凌，冻结在山野，或树梢，或路旁。放眼望去，山林间银装素裹，恰似一幅铺展在天地间的冰雪画卷。的确，满山冰花冰凌晶莹剔透，山路间雪雾缭绕，宛如白色的珊瑚盛开，这就是大自然的神奇魅力。

"噢，朋友原来遗憾的不仅是没有看到仙女石美丽的旭日，还有玲珑可爱的冰凌。"我站在峰顶的石面上，迎着山下吹来的风，看着好友回忆着那美丽的瞬间，极其享受的模样，我深受感染，不禁对仙女石峰的夕阳也充满了期待。

仙女石峰是这一带最高峰，也是最佳的观景处。粤东的冬日，天高气爽，仙女石顶被西边的斜阳晒得暖烘烘的。眼前的天，是那么湛蓝，山峦在阳光的照射下，就像披上了金色的盛装。一道道金光穿云破雾，直泻在人间。

碧蓝的天空中，随着夕阳西下，天边的云彩似羞红了脸。其中，几朵彩云就像调皮女孩嬉戏打闹，彼此一路追赶着太阳。从山顶俯瞰，彩霞的一抹残红在天空的边际处慢慢地晕染开来。

借助无人机的视角，我看见淡淡的红色中带着点明亮的黄色，就连天边的峰峦、云朵也被镀上了一道金边。连绵的山体，被金色渗透，让整个轮廓沐浴在金光中。峰峦周围的一切更加清晰，层次更分明，给人以大气稳重的感觉。太阳烧红了天边的云霞，慢慢地仙女石躲藏在苍茫暮色里，远山看上去更加朦胧。我们惊喜地看着眼前的美丽景色，一个个坐在山顶上不说话，害怕错过眼前美丽的画面。

从仙女石峰顶下来，夕阳的光线逐渐暗淡了下来，不一会儿就将仙女石峰笼罩在黑色夜幕里。看着这个躲藏在黑夜里的美丽身影，我的心情像暮色一样苍茫而复杂。

站在仙女石峰面前，我猜测这位美丽的仙女肯定是看中了岭南这块洞天福地，要不，这位美丽的仙女为何如一道金光，穿云破雾落在人间，站立在无比美好的岭南之巅，温柔地凝望着东江之水？

这个时候，心中早已酝酿的诗不禁脱口而出：

美哉，仙女石。

你从天界下凡到人间，

只因思慕多情的山水。

彩云肆意卷舒，

溪泉在山涧弹琴吟诗。

你行云播雨会心的微笑，

让仙鹤跳起欢快的舞蹈，

天籁的声音伴着快乐心情。

你迈着幸福轻盈的碎步，

凝望袅袅炊烟满眼温柔。

你可看见众人千百次的仰慕？

那是谁在千万年前将你塑像，

我深情仰望你惊艳的芳姿。

我这双泪眼盈盈的眸子呵，

是梦境深处对你声声的低唤。

在春潮般涌动的咏叹调里，

你可看见我对你的一往情深？

那绵延在山脚下的嫣红，

是我跪献给你的猩红玫瑰。

美哉，仙女石！

作为一名铁路建设者，能为当地百姓修建致富的高铁路，本身就是一种责任和自豪。和平县位于广东省东北部、东江上游、粤赣边境的九连山区，是京九铁路、粤赣高速公路南下入粤第一县。2021年12月，京港大通道赣州至深圳高速铁路建成通车。和平县借助交通快速大通道的东风，全力跑出了经济产业发展的"加速度"，大大缩短了城乡差距，推动了经济的快速发展。一座历史文化深厚、城河相依、产城融合、山水辉映、田园秀丽、宜居宜业宜游的智慧生态现代新城正在粤东崛起。

如今，仙女石峰下的均通村，有山花，有野果，有农家佳酿，有石磨豆腐；山上有香菇、木耳、蝉花、茶叶、柿子和茶油；山脚处有农家土菜馆、半山客栈和农家民宿，还有田里四季瓜果和山地放养鸡，让美丽的仙女石峰增添了更加靓丽的乡村色彩。

美哉，仙女石。是啊，秀美雄奇、鬼斧神工的仙女石，是大地之母缔造的最灵动、最杰出的一部作品，是最神奇的天然造化，凝聚着震撼人心的力量。

对于大自然，我们每个人都要有敬畏之心，避免人为地过度开发和破坏，保护好绿水青山，呵护好大自然的原生态。

依依不舍地，我们在黑色的夜幕下离开了。在回程的越野车里，我不停地翻看她亭亭玉立的倩影，一张又一张……

壮哉，仙女石哺育下的人民！

2022 年 11 月 13 日于河源龙川

一座桥的故事

在作家的眼中，桥不仅仅是一座桥，也不仅仅是一段路，更是一种情怀，一段历史。在河源大地的秀丽山水间行走，如在岭南的历史脉络里徜徉。

鲁迅说："世上本没有路，走的人多了，也就成了路。"大江桥，一座很不起眼的桥，却穿越了历史，从战火的硝烟中走来，守护着龙川人的祥和。大江桥连接了东西，轻轻地诉说过去的故事。有历史、有故事、有文化、有信仰的大江桥就有了永恒的生命力，成为南来北往的龙川人心中的一座丰碑。

龙川，古称循州。龙川县地处东江上游，是人文荟萃的岭南古邑，也是新时代蓬勃发展的热土。这里激荡着南越王"和辑百越"的南北文化交融，书写着"秦朝古邑，汉唐名城"的故事，就像这东江两岸上的桥，把一切融进了诗里，铸进了唐诗宋词元曲里，或喜悦，或悲伤，在岁月的行走中探寻客家人那一路的芳香和风骨，从而让一切都是那么让人流连忘返。

对于大江桥的关注，源于一次无人机升空后的邂逅。我所在的铁路建设指挥部驻扎在龙川县佗城镇大江村，正在建设中的赣州至深圳高铁的工地离此不远。工休之余，我经常到村里散步，到了大江桥这段就过不去了，村里人说是以前的老桥，宝龙东江大桥建好后就不让过了。

客
家
情

当时，对于这座大江桥，我不以为意，认为不过是当地一座旧桥，时代久远成了危桥就不使用了。当无人机飞上高空，看见那一座大桥横亘在东江两岸，附近的房屋、树林和不知名的绿草，还有这蓝绿而清澈的东江水与其融为一体，早已分不清曾经的国道模样，但依稀可见昔日大桥的风姿的时候，我的心被触动了……

大江村是一个气质独特的小村，与诗意的梅村、"暮鼓诵弥陀"的东山寺、佗城东江渡口都相距不远。古时候，佗城镇东江两岸农舍栉比，人烟稠密，大江村是佗城镇通往老隆镇的必经之路。南北两岸载客渡江的小

舟数十艘，满江帆影。

从前梅村一带，河边遍植梅花，故名梅村。苏东坡来到龙川后，曾写有"梅村渡口看横舟，水自清清江中流"的赞美诗句。近300年来，屡遭兵燹，梅林被毁。1937年，横跨东江的大江桥建成后，来往不用舟楫，"梅林横舟"一景已不复存在。

据《龙川史志》记载，大江桥主桥长372.44米，宽4.84米，1936年春动工兴建，1937年冬竣工通车。由广东省建设厅技工梁启寿设计，广东启记公司承建，胡汉民题曰"大江桥"。桥梁设计颇有特色，属下承式钢筋混凝土简支梁式桥，桥下可以通航。

大江桥是当时东江上第一座公路跨江大桥，也是珠三角及河源地区连接梅州等粤东地区的生命线，更是佗城镇居民通往县城的必经之路，为广州至粤东公路的干线咽喉。

抗战爆发后，日本飞机常来骚扰龙川大地。1938年10月，大江桥遭日本飞机炸坏五跨，致大桥被炸断成三段，历经焚烧，遗留老桥。被炸的大江桥用杉木支撑连接通车。1951年，大江桥由广东省修筑委员会按原桥式样修复。自2017年2月26日起，大江桥实行封闭交通管制。

2016年12月22日，离大江桥下游一公里处新的跨江大桥宝龙东江大桥正式竣工通车。新桥建成通车后，大江桥实行了保护性维修，作为抗日战争的文物保留了下来。大江桥是龙川人抗日的一座丰碑，大江桥与龙川抗日的故事在老百姓中流传甚广。我觉得这个英勇的故事可以拍成电影，电影名就叫《大江桥》。

1938年10月中旬，日本飞机首次轰炸龙川大江桥、老隆师范及老隆镇等地，大江桥当时被拦腰炸断成三段，老隆师范学校大门被炸毁，老隆镇横街店铺被炸毁20余间。自此，日本飞机开始了对龙川佗城等地长达3年之久的陆续轰炸。日本飞机引擎声、炸弹引爆声、房屋倒塌声此起彼伏，衣物、粮食、牲畜等被炸了个精光，眼前瞬时成了一堆废墟。

据统计，整个抗战期间，河源五县一区中以龙川与连平遭空袭次数最多，均超过20次，居五县一区之首。

身边的好友蓝旭慧的娘家就在大江村，小时候她就经常听爷爷讲述大江桥的故事。侵华日军轰炸机在东江上空盘旋轰炸，当时村民爱桥心切，冒着生命危险用稻秆、茅草对桥作了简易的隐蔽。日本飞机一轮轰炸后，大江桥带着满身伤痕以及对日本帝国主义烧、杀、抢、掠、炸的仇恨，仍然顽强地屹立在东江上。

广州沦陷后，东江中下游遭日军蹂躏，哀鸿遍野。在中共龙川地方组织的领导下，处于东江上游的龙川县，抗日救亡运动高潮迭起。为更好地动员民众抗日救亡保家卫国，宣传团结抗战，县统战部部长张克明建议创办《龙川日报》。1938年11月下旬，县临工委通过龙川民众抗敌后援会，在莲塘小学召开龙川青年保卫家乡座谈会，决定以民众抗敌后援会名义主办《龙川日报》。

1939年元旦，《龙川日报》创刊。该报发刊词中明确指出："报道抗战消息，传播战时文化；动员全体民众一致抗日，保家卫国。"报纸印刷完成后，每天都是通过大江桥送到全县人民和附近城市的读者手中，充分发挥了报纸的威力，为龙川民众抗日救国工作起了思想指导作用，增强了民众对"抗战必胜"的信念，成了宣传中共抗日路线和政策的舆论阵地和有力武器。

1938年8月，共产党人黄慈宽参加中共广东省委举办的党训班学习回到龙川，向党支部成员传达了省委关于大力发展党员的指示，并讨论筹建龙川青年抗日先锋队、培养抗日干部等事宜。1939年2月，龙川青年抗日先锋队正式成立，在佗城老隆区、鹤市区和铁场龙母区等分别建立了四个区队，抗日先锋队员一度发展到近3000人。抗日的歌声响彻高山深谷，救亡的墙报、标语贴遍圩镇、乡村，整个龙川的抗日救亡运动搞得有声有色。

1941年末，香港沦陷。滞留香港的文化名人和民主人士及其家属800余人，经东江抗日游击队和东江特委的精心安排，从水陆两路，由东、中、西三线，越过重重封锁，闯过层层关卡，通过大江桥来到老隆。

这场被茅盾称为"抗日以来最伟大的抢救"的大营救，让廖承志、何香凝、柳亚子、邹韬奋、茅盾等文化名人和爱国民主人士，先后分批以"香港难民"身份乘坐"侨兴行"的汽车通过大江桥，顺利转移到韶关，再往衡阳、桂林（西线）最后到达大后方，圆满完成了党交给的任务。作为接送和转移文化名人的重要中转站，横亘在东江两岸的重要交通要道大江桥，在当时发挥了重要的作用。

1949年5月14日中午12时整，在粤赣湘边区党委、边纵直接领导下，国民党保安十三团在老隆举行了起义，当时起义部队迅速占领了大江桥，对佗城的守军进行了控制，对老隆的国民党守军发动了进攻。粤东老隆的起义直接粉碎了国民党广东当局妄图据守广东负隅顽抗，把其作为最后基地的妄想，同时大大地加速了南下大军解放华南的步伐。同年10月，龙川县各级人民政权全部建立，全县设五个区。老隆解放的同时，大埔、蕉岭、梅县、平远、丰顺及闽西许多县城相继解放，东、韩两江上游及闽西地区连成一片，龙川县也成为广东省最早解放的县级城市，大大地加速了南下大军解放华南的步伐。

历史的车轮滚滚而去，大江桥遭受过战争的洗礼，经历过轰炸焚毁，如今我依稀看到的更多的却是沉默和孤寂。在无人机的屏幕上，江水依然潺潺，静谧的农舍、新的205国道公路上来来往往的车，都是大江桥的背景。

龙川人背对桥时是离开，迎桥走时是归来，80多载的风雨兼程，让大江桥多了一份愁肠，散落一地的沧桑和落寞。

对于许多土生土长的大江村人来说，家就在桥头边，小时候与伙伴们穿桥而过，到桥对面的氮肥厂看电影。氮肥厂是当时龙川县里规模最大的企业，厂前有一块宽阔的草坪用来做放映场，大江村人借助大江桥的便利也享受着与职工们同样的福利——免费看电影。每逢周二、周六的傍晚，桥上总能看到三五成群的小伙伴，脸上洋溢着天真无邪的笑容，心里揣着求知若渴的期盼，箭一样飞向那块充满知识能量的草坪。《铁道游击队》《大决战》《闪闪的红星》《上甘岭》《小兵张嘎》……正是因为有了这座桥，大江村的孩子们在童年时光享受到了文化大餐。

据说，因为大江桥的宽度只有4.84米，属于单向行车道，所以东江两边的司机在行驶上桥前，一定得看清楚对面是否有车辆先上了桥。如果对方先上桥，那就得在桥头停车等候；如果遇上一些不懂谦让的司机，就会造成长时间堵车。昔日，大江桥两边的车辆排成长龙，闪耀的车灯就像天空中的星星在银河中发着光。在运输最繁忙的时候，夜色下的东江上，就像有一条口吐焰火的金龙在遨游，甚是壮观。

随着时代的进步，新的205国道建成通车，大江桥于2010年被列为改建项目，禁止车辆通过，并在两边的桥头浇筑了禁行水泥墩，竖立了危桥警示牌。从此，这座桥就像饱经沧桑的风烛老人，在人们的赞叹声与惋惜声中，担起了新的历史使命。

大江桥，有风有雨有景，构成一幅波澜壮阔的历史画卷，总是让人欲罢不能，魂牵梦绕。于是，只好把它藏于心中，慢慢品味，悟出一丝一缕的人生韵味。如今的大江桥，守护一方水土，归于平静。大江桥周围，一座座乡墅层层叠叠，桥下的水潺潺流淌，好一幅美丽动人的乡村图画。

如果说，朝气蓬勃、充满现代气息的宝龙东江大桥是成长中的孩子，那沉稳、低调、默默奉献的大江桥就是孩子的祖辈，她始终用一颗赤诚之心，永远鞭策着子孙，在历史舞台上不断奋勇前行。

著名的浪漫主义诗人徐志摩曾写过一首《再别康桥》，我不是一个浪漫的人，但我觉得康桥和这座大江桥，只是称谓不同而已。文以载道，源起河源，孕育古今的客家文明为龙川旅游积淀了厚重的文化养分，2200多年的独特的文化气质和精神品质为龙川加快构建文旅融合大格局，打造知名旅游强县注入了强大动力。

跨入新世纪，迈进新时代。当粤港澳大湾区最重要的交通枢纽——赣深高铁今年正式通车的时候，我相信一场说走就走的旅行，将助力河源会聚四面八方的宾客，洒落在古邑大地的丰富的自然资源和历史遗存，必将绽放出更加耀眼的光彩。

2021 年 8 月 15 日于河源龙川

第二辑

客
家
情

王阳明与和平

和平县有一位圣人，这就是王阳明。

我来到被誉为"入粤第一县"的和平县最开心的事，不仅是作为一个铁路建设者在此修建赣深高铁，更是可在此寻找到自己心中的一位圣人。

傍晚一场雨下来，顿时让人心旷神怡。于是，我一个人慢慢走在去阳明公园的路上，不久就来到东山岭脚下。阳明公园山下的石阶梯有666级，有"六六大顺"之寓意，坡度比较陡，故取名"天梯"。

一路步行爬坡，上到山顶，极目远眺，和平县城美景尽收眼底。

历史上，大凡是被百姓纪念的官吏，一定是为民造福、卓有建树的好官，而把地名冠以人名，致以纪念的更是政绩非凡和倍受敬仰的人。在和平县，以"阳明"命名的建筑物、街道、物产比比皆是。和平人把当地生产的土纸和雨伞，称为阳明纸和阳明伞，这些注入了历史人物内涵的文化符号，既成为一个地方的特色品牌，又是和平人民对王阳明的永恒纪念。

王阳明，原名叫王守仁，别号阳明，浙江绍兴府余姚县人。他出生于公元1472年，是明代著名的思想家、军事家、书法家、教育家、文学家等。他出身书香世家，少年就立志"做圣人"，他创立了心学，与孔孟的儒学、朱熹的理学并称，被世人称为孔、孟、朱、王，成为中国历史上无可争议的"立德、立言、立功"的不朽圣人。

阳明公园是为纪念王阳明而修建的。阳明博物馆坐落在阳明公园内，陈列着王阳明与和平有关史迹、文物资料、民间传说等。阳明公园里的一块大石头上写着"知行合一"四个字，这是王阳明的心学主要内容之一。公园的正中，端坐着一尊阳明先生的雕塑，我迫不及待地跑去瞻仰。

这是一尊青铜雕像，阳明先生面容清瘦，神情平和，很平易近人的样子。每一寸铜像肌理，都在努力向今人阐述500多年前的王阳明。人们在青铜雕像前拜谒这位先贤，无一不感受到他的思想魅力。我整整衣衫，对着塑像恭敬地施了三礼，心中满是敬意。

王阳明心学提出了"心即理""致良知"等理论，是中国思想文化史上的重要学说之一。阳明心学不是唯心之学，也不仅仅是心理之学，而且是中国古代思想家既强调道法自然，又主张天人合一，更重视人的主观能动性等一系列哲学思想之集大成。

追溯到秦朝，现今的和平县辖区属秦始皇三十三年（前214年）所设的龙川县，后来这些地方分属龙川、忠信、河源等县。和平建县之前，这块土地为粤、赣、闽三省要冲，被誉为"当四县交界之际，乃三省闰余之地"。

这里荒凉而偏僻，如果不是蜿蜒而过的浰江接通了外面的世界，这地处三省交界、位居九连腹地的羊子埔，该是何等的闭塞。自然，一个山高皇帝远的地方成为贼匪流寇的聚集地，也就顺理成章了。

据史料记载，明正德年间，南中地带盗贼四起，暴乱不断。44岁的王阳明就任南赣巡抚以来，成了掌管一方军政大权的高官，先后负责江西南安、赣州与福建汀州、漳州的剿匪。王阳明每消灭一处土匪，就在土匪滋生处建立政府据点，和平县等多个地区就是这种思路的产物。另外，保甲制、光荣榜和黑名单，都被王阳明在剿匪地区全方位地实行。

就这样，一介书生手擎大帅之印，不断穿梭在人生地疏的深山密林之中，先后平定宁王之乱、思田诸瑶叛乱，剿灭南赣盗贼，以文官获武功，加官封爵，谁也不得不服。他指挥了一场场刀光剑影的搏杀，一举荡平了为患数十年的贼匪流寇。

著名作家余秋雨在研究这段历史时说："中国历史上能文能武的人很多，但在两方面都臻于极致的却寥若晨星……好像一切都要等到王阳明的出现，才能让奇迹真正产生……"

"羊角秀峰影山美，九公屏嶂脉久盛。"这是和平县浰源九宫庙前的一副对联。作为一个有远见的政治家，王阳明比谁都清楚，围剿杀伐不是目的，只是平乱的一种手段。他决意"复建县治，以扼其害"。

于是，王阳明亲自勘查，最后觉得和平峒的羊子埔，背倚龙山，前临浰水，面朝东山耸翠，左青龙，右白虎，滔滔江流绕半城，是立县之好地方。当他的奏报得到朝廷恩准，并把县域治所冠以"和平"，在原广东龙川县和平峒的羊子埔增设和平县治，将和平巡检司移至浰头以据险要。

我曾因为工作关系去过和平县原来的县政府，现是阳明镇镇政府所在

地。大院里有一棵大榕树，据说是王阳明亲手所植，距今已 500 多年了。

大榕树枝繁叶茂，绿冠如伞，虬枝盘曲。那密密匝匝的叶片，层层叠叠，撑起绿色巨伞，生机蓬勃。横生错节的枝丫上，长长的气根垂落下来，如百岁老人飘拂的胡须，轻而易举就伸进了五楼的阳台。而发达的根系，沿着墙基地缝四处延伸，钻进了红壤，伸进了浰江，也走进了 500 多年的历史深处。

也许 500 多年前，王阳明在和平种植榕树时就意在昭示后人："战争是为了和平，生态是为了未来。撑起一片浓绿，庇荫天下百姓，才是最根本的政治。"

王阳明，一生提倡人格的独立。他临终前，弟子问还有什么要说的，他只说了八个字："此心光明，亦复何言。"意思是我的内心是光明的，又何需过多言语。

与王阳明在和平的邂逅，是我心中的念想。依照内心的真性情去感受生活，珍惜生活……这些，就是这位儒学大师带给我的感悟，如夏日里的丝丝清凉，点点滴滴地渗入到脑海里，令我受益颇多。

夜深了，和平这座小城慢慢进入了梦乡。一座历史文化深厚、城河相依、产城融合、山水辉映、田园秀丽、宜居宜业宜游的智慧生态现代新城正在粤东崛起。

站在酒店的窗户前，看着寂静的城市、远方的霓虹灯光，我心中感慨不已，耳边似乎又传来圣人浑厚的声音：

饥来吃饭倦来眠，只此修行玄更玄。
说与世人浑不信，却从身外觅神仙。

学王阳明，就要立志做有独立的人格，能够站起来的人。或许，这才是王阳明心学的真谛。

2021 年 7 月 13 日于河源龙川

第三辑 汇美食

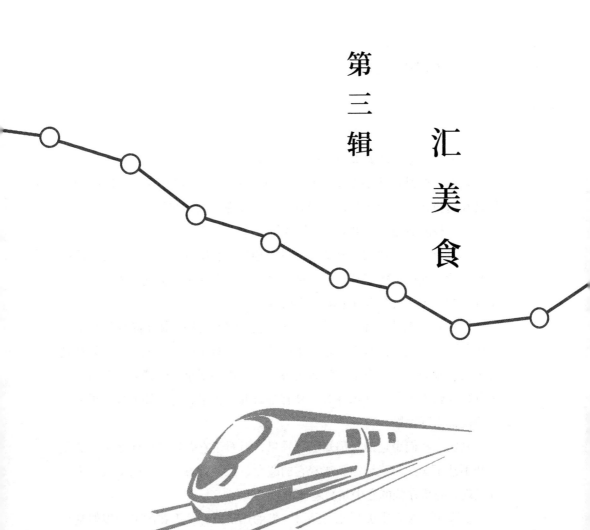

百香果的花语

岭南，中原地区的很多人对它的神秘都感到好奇。

自然，来到客家古邑河源修高铁，这里的一切让我都感到新奇和新鲜，即便在这里住了五个年头，但仍有许多让我为之倾倒和无法忘记的东西。比如这一种酸酸甜甜的水果——百香果。

2021 年 11 月 19 日，在赣深高铁开通前，我陪同广铁集团宣传部高霞部长一行，前往河源市和平县大坝镇水贝村，探究和平县现代农业产业园引进的龙头产品黄金百香果蕴藏的花语。

波罗蜜、黄皮、木瓜、荔枝、芭蕉、龙眼等这些南方特有的水果驰名中外，岭南是中国最大的水果生产基地。但对于岭南来说，百香果却是外来的"媳妇"。百香果，学名西番莲，又称鸡蛋果、热情果、西番果，因其果汁营养丰富，气味芬芳，具有番石榴、杧果、香蕉等多种水果的香气而被誉为百香果。

其实，我们身边的人都知道百香果，但对丁它获得"果汁之工"的美誉却不甚了解。当我细细品味着它的酸甜，探寻百香果背后的动人传说，才发现百香果在我的心中越来越神秘。

百香果，源自南美洲亚马逊河一带的热带雨林，因花的形状极似基督之十字架刑具，曾被西班牙的探险家、传教士认为是《圣经》中提到的人类始祖亚当和夏娃所吃的"神秘果"，故其英文名称为"passionfruit"，意为"热情、激情和爱情之果"，在南美各国、南非、东南亚各国、澳大利亚和南太平洋各地区都有种植。

岭南地区，主要指的是广东、广西、海南和香港、澳门这些地区。有史以来，南岭山脉作为一道天然的屏障，阻碍了岭南地区与中原的交通与经济联系，使岭南地区的经济、文化远不及中原地区，被当时中原华夏汉人称为"蛮夷之地"。

唐朝宰相张九龄在大庾岭开凿了梅关古道以后，历史上历次汉人的大举南迁，不仅加快了岭南的开发，并以先进的生产力和文化影响了当地，岭南地区得到进一步开发和快速发展。

和平县气候环境独特，农副产品资源丰富，是传统农业生产大县。当地海拔高（达600米），昼夜温差大，光照时间长，种植的百香果具有果重、肉饱满、香味浓的特点，成为优质百香果的产区之一。全县百香果种植面积达4万多亩，年产量达4万多吨，遍布全县17个镇，初步形成以东水、彭寨、优胜、阳明、青州等镇为核心区的百香果产业布局。全县约70%的百香果鲜果通过电商销售到全国各地。

百香果有三个品种，分别是黄色百香果、紫色百香果和紫红色百香果。其中紫红色百香果是黄色和紫色两种百香果杂交出来的优质品种，果汁含量高，味道极香，抗病性强。百香果具有极高的经济价值，而且观赏价值很高，营养价值更是不容小觑，被称为水果中的"VC之王"。

成熟的百香果表面绿色减退，逐渐呈现红色或黄色。选购的百香果若存放一段时间后，果皮出现凹陷现象，果瓤却香甜可口。百香果是天然的镇静剂，因其果瓤多汁，口感独特，不管在水果界还是医学界都有极高的声誉，具有消炎止痛、滋阴补肾、护肤养颜、消除疲劳等神奇功效。

百香果，还有一个美丽的爱情故事。在美洲印第安人的传说中，西番莲是白天的女儿。她承袭了父亲给予的热情阳光，脸上总是洋溢着灿烂笑容，她是森林和草地中最美的花朵。有一天，当晨星初升，西番莲在睡梦中被一阵嘈杂声吵醒。她张开眼睛一看，河边有一位少年正在玩水。他的俊美容貌吸引了公主，西番莲一见钟情，爱上了他。

这位少年是黑夜的向导，只在夜间出现。公主对这位黑夜向导十分爱慕，时时刻刻计算时间，等待夜晚来临后以便见到这位少年。美丽的爱情故事，赋予了百香果浪漫的气息。

黄金百香果，是水贝村的龙头产品，也是和平现代农业产业园引进的新品种。在果园，黄金百香果可以即开即吃，口感香甜浓郁，令人回味无穷。当我接受主人的好意，用小勺把汁液放进唇齿之间，顿时被一种别样的感觉填满，酸中夹有一丝甜，果香四溢，接着穿过喉咙，到达我的胃，满嘴都是独特的味道。这种独有的味道和感觉，让我抱着极大兴趣来了解这种在岭南地区种植的普通的水果，如何赢得"果汁之王"的美誉。

河源市位于广东省东北部，西北是梅州，东南是汕头，东北方与福建、江西接壤。河源不仅有湖光山色之美、千年传奇之美、远古历史和人文之美，而且充满了现代之美。源远流长的历史大迁徙和浓郁的客家文化，给这里的河山蒙上一层传奇的色彩。

河源过去由于交通不便，经济发展缓慢，人民的生活水准较低。自1988 年改县建市以后，河源市政府加快引资扶贫，建设绿色河源，打造旅游品牌，使这里发生了很大的变化，迅速成为粤东北地区的一颗明珠。

河源市是京九铁路入粤第一市，又是广东省拥有最长铁路的市。在以山区著称的赣南与粤东北，该线沿途被南岭、青云山、九连山、罗浮山等一系列山脉所梗阻。1996 年 9 月 1 日，当时中国铁路史上规模最大、投资最多、一次性建成里程最长的铁路大干线，位于京广、京沪两大干线之间的京九铁路全线建成通车运营。这条在时间维度上比京广铁路、江西境内部分铁路整整晚了几十年的纵贯全国南北的交通大动脉，终于结束了赣南地区不通铁路的历史，并将苏区与特区连在了一起。

25 年过去了，一条振兴发展的赣州至深圳高速铁路在老区与特区之间铺设完成。赣州西、信丰西、和平北、龙川西……从赣南到粤北，翻山越岭，一路向南，赣深高铁飞驰穿行于一个个充满历史荣光的红色地标，令人心潮澎湃。

和平县位于广东省东北部、东江上游、粤赣边境的九连山区。东连龙川县，南邻东源县，西毗连平县，北与江西省定南县、龙南县接壤。古称"联络闽广，带控龙南、安远，要害之地"，如今却是京九铁路、赣深高铁入粤第一县，广东沿海地区向内地辐射的一个窗口。

大坝镇水贝村现代农业产业园的主管樊英和员工们都是重庆永川人，她们在和平县打拼多年，当听说赣深高铁近期就会开通的时候，喜悦之情溢于言表。樊英说："每年回老家，要在火车上坐 20 多个小时，要不就是到广州南站去坐高铁，光是到广州的费用就要 100 多块。如今赣深高铁通车，我们可以坐高铁回家。路通财通，外地游客可以坐高铁来我们园区玩，我们也可以从和平县坐高铁回家或把产品输送到外地，再也不用包车转车了，巴适得很，哈哈……"

和樊英一样在和平县创业的来粤人员，都对赣深高铁开通翘首以盼。赣深高铁开通后，河源将结束不通高铁的历史，广东省将实现"市市通高铁"

的目标，江西将打通省内南下直达广东的快速通道，出省铁路通道达到 20 条。如今以赣南、粤东地区为代表的原中央苏区将迎来历史性发展时刻。

赣深高铁的建成，其实离不开客家乡亲们的支持。和平县林寨镇的果农陈大爷就喜上眉梢。他说："高铁开通了，不仅可以乘坐高铁来小镇，也可以把我的百香果销往更远的地方。"建设初期，为了不影响当地客家乡亲的百香果，建设者削平了三个山头，将桥梁预制梁场的选址往后山调整，这才为陈大爷保住了 60 多亩百香果园。

如今赣深高铁开通，和平县的百香果香飘千里，乡亲们也将走上一条致富路。建设者们用拼搏和奉献建成的赣深高铁，如同镶嵌在河源崇山峻岭间的珍珠项链，光芒闪烁，助力粤赣交界的山区融入粤港澳大湾区发展。

百香果的花，形状奇特，都围着中间的位置向四周平铺生长着，像对远方有无限的遐想和憧憬。百香果的花语是憧憬，因此人们才把它与爱情、希望联系到一起。而百香果甜蜜的香味，不正像极了生活的幸福滋味？

此时，我脑海中浮现了一幅绿意盎然、花开富贵的画面，赣深高铁风驰电掣划过粤赣大地，带起一股朦胧而又清新、香甜而又美好的幸福旋风……

2022 年 1 月 25 日于河源龙川

第三辑

汇
美
食

品咂人间的香甜

一花一叶皆有情，一茶一饭过一生。

产业兴旺是乡村振兴的重点，是实现农民增收、农业发展和农村繁荣的基础。眼下正是红薯成熟的季节，受朋友相邀，我们一行人来到龙川县登云镇梅花村红薯种植基地。近年来，梅花村由于地理位置优越，土壤适宜种植红薯，村里以"粮食稳定增产和农民稳步增收"为目标，积极引导农户通过土地流转的方式，在撂荒地上种植红薯，保障农民增收。

翠绿茂盛的红薯叶，像一大片绿地毯铺满四周的田野，还有绿的青松、红的枫叶、黄的山花，将群山渲染成一幅五颜六色的画。田间地头，到处是村民们忙碌收获红薯的身影，遍地洋溢着丰收的喜悦。

村民们有的拿起镰刀，割掉红薯藤蔓；有的小心翼翼地用锄头翻开泥土，再手脚麻利地将红薯去泥、分拣出来。成堆的红薯，被翻出地面，好像刚出生的娃娃，细皮嫩肉，夹杂着泥土的芬芳。在村民们的欢声笑语中，这一根根体态饱满、颜色鲜艳的红薯，饱含着沸腾热烈的暖意。在充满丰收的喜悦中，我深藏在骨子里的乡愁瞬间被唤醒，我感受到了一番香甜的人间滋味。

我是土生土长的农村人，生于20世纪70年代初。小时候，稍稍懂事，我便有了关于红薯的记忆。父亲长年在铁路建设工地修铁路，一年到头难得回来。母亲一个人在家乡，要照顾年迈的爷爷奶奶，还要收拾家里几块不大的地。其中有一块地，每年都要种上红薯。红薯浑身都是宝，不仅新鲜的可以吃，晒干了也可以吃，红薯秧子可以用来喂牲畜。

那个年代，虽然已没有了"红薯汤、红薯干，离了红薯不能活"的日子，但是家乡的红薯确实是我小时候的主食，以至于到铁路学校读书，后分配到铁路建设工地，我对红薯并不是太热衷。就像母亲说的，我小时候吃"伤"了，以至于看到红薯就有些疏远。但这香喷喷、甜丝丝的红薯，却总藏在心底，勾起我无尽的情思。

红薯，在中国南北各地叫法甚多，如白薯、地瓜、甘薯、番薯等。红薯之所以受欢迎，还因为其味甘、性平，具有补脾益胃、生津润燥的药用价值，有利于人体保持酸碱平衡，减轻疲劳，提高人体免疫力。

红薯最大的优点，是随遇而安，不挑剔。在田野山坡上，剪掉秧子，很随意地插到地里，没过几天就可生根发芽。不仅如此，它生长的速度还很快，没费多少光景，绿色的藤蔓就把整块地缠绕起来，茎叶繁茂，仿佛是绿色的毯子，将田间地头覆盖起来。倒是红薯果实比较低调，就像一个害羞内向的人，把自己默默地藏在地下，悄悄地生长，直到撑裂地皮。

小时候，每到红薯收获的季节，母亲就经常去地里刨红薯，舍不得把我一个人丢在家里，就把我抱到红薯地里，放在成堆的红薯秧上，然后在头顶撑一把伞。听着田野里虫儿鸣叫，看着蓝天白云间飞过的鸟儿，母亲在地里忙碌着，我眨巴着眼睛，在困意朦胧里进入梦乡……

穷人的孩子早当家。稍大一点，我就开始帮母亲做点事情了，比如做饭、割猪草、放牛、收红薯等。我是在红薯的醇香甘甜中长大的，天天吃红薯的日子，其实让我感到特别腻烦。小时候，特别希望能吃到一碗净白米饭，但往往吃的时候却是家里有客人来的时候。锅里，上面铺着一层薄薄的米粒，下面蒸着红薯。每次把锅掀开，总是先给客人紧紧地压实装上一碗，余下的米粒与下面的红薯再混合在一起。

即便如此，母亲还是千方百计换着花样做红薯。春天，母亲在锅里给我下红薯面，在碗里浇上一勺辣椒酱。夏天，用红薯粉做上一盆凉粉，滑溜溜的，吃起来冰凉冰凉的。秋天，把红薯片砸碎熬成稀饭，香甜可口，百吃不厌。当然，有时母亲还把红薯面与面粉掺和在一起，做成花卷，色、香、味俱佳。到了冬天，各家各户都用柴火取暖，烧尽后灶膛里留下通红通红的大块或小块的木炭，勤快的母亲会将几个红薯埋在还有余火的灰烬里。

待我放学回家，想起在火炉灶里煨的红薯，就顾不上与小伙伴们在路上打闹，一溜烟似的往家跑。红薯经过烤炙，外皮带些许焦黑，几处还渗出黄褐色的糖浆。用手一撕，焦黄的外皮下便露出晶莹的红薯肉。我急不可耐地用牙咬上一口，甜汁沾满舌尖，沁人心脾。

改革开放以后，农村早已结束了天天吃红薯的年代。无论城市还是乡村都把红薯当作一种零食或副食品来调剂生活。退休后的父母，住在粤北

第三辑

汇
美
食

的小城里，一日三餐总离不开红薯。我想，那是他们总也忘不了那段红薯飘香的日子吧。

"今年收成还算可以，我们种植了60多亩红薯，可以达到30万元的收入。参与的农户有10多户，我们的种植大户都是聘请村民一起来参与种植。"梅花村的负责人微笑的脸庞上洋溢着一种自信和坦然。

梅花村通过采取"农业经营主体或种植大户＋农户"模式，鼓励群众租赁冬季闲田、流转土地等方式开展冬种生产。红薯的丰收，吸纳了周边村的闲散劳动力在当地务工，村民不用外出，在家门口就能挣到钱，让小红薯真正成了村民的"致富薯"、幸福生活的"甜蜜薯"。

汪曾祺曾说："四方食事，不过一碗人间烟火。"童年已逝，但红薯飘香的美好时光，却始终是那么温馨和甜蜜。

或许，我们都应该努力地学做小红薯，低调地行走于人世间。像汪曾祺那样，在生活的缝隙里，在寻找快乐的过程中，在人间咸淡香甜中，品咂人生的滋味。

2022年12月25日发表于《河源晚报》

黄皮果赋

生活，当你身在其中，觉得十分平常，并无特别的感觉，可一旦离开，思念却似这剥开的黄皮果，让人不禁沉浸在她细腻晶亮、圆润饱满的内秀气质里。轻轻地将诱人的果肉含入口中，这股酸酸甜甜的味道在舌尖尽情蹦跳，让人一次又一次地回味。我在河源建设高铁的生活，便是如此。

——题记

"黄皮果"对我而言是一个陌生的名词，在很长时间里，我都不知道有这么一种水果，直到多年前我偶然与它邂逅，才知黄皮果竟然有"岭南果中之宝"的美名。

那是一个热情似火的夏季，幽蓝深邃的天空，恍若晶莹的眼泪，纯粹得没有丝毫杂质。一到这样的时候，我就想往山里走走，去个民俗山庄什么的，泡上一杯茶，看看书，看着蔚蓝的天空，想想往事，安静惬意地度日。

朋友的家，在龙川县佗城镇，这是南越王赵佗的"兴王之地"。朋友相邀，我欣然前往。闲聊之余，我发现在他家的窗户后面不远处，长着一种常绿灌木，五六米高，一串串金黄的果实缀满枝头。特别是雨后，果实浑身被清洗过，在阳光下闪烁出光芒。一阵风吹来，果实累累的枝头好像承受不了压力似的，都重重地低下头，让人爱怜。

第三辑

汇美食

"这是黄皮果。"朋友见我紧紧地盯着窗外的果树，说道。黄皮果，有些地方也叫黄枇，颇有点枇杷果的意味。还有叫黄弹、黄弹子、王坛子，加上黄皮果实又酸又甜，深受小孩子喜欢，这也就成了很多人回忆童趣时，总会想到黄皮果的缘故。我静静地倾听着朋友的介绍，对黄皮果有了十分浓厚的兴趣。

俗话说："在外忆童年，黄皮留笑声。"黄皮果，是龙川人乃至岭南地区居民都熟悉的夏季水果之一。朋友是一名教师，是一直在佗城生活的当地人，除大学时外出求学外，自小就没有离开过这里，对这里的一草一木都十分了解。

朋友带我去参观，向我介绍墙边这棵低矮的乔木——黄皮果树。深绿色的叶子，呈楔形朝阳张开，散发出淡淡的清香味。

窗外的这户人家正好是朋友的远亲，他扯了一大把黄皮送给我。我剥开果皮，将果肉连核一起挤进嘴里，酸酸的，甜甜的，开胃止渴，气顺丹田，令我想起老家树上结的酸梨。酸梨果肉多，比黄皮的个头大很多，只有一粒籽核，而黄皮果却身材娇小，每个果子里包裹着两至三粒青色的籽核。

由于我第一次吃黄皮果没有经验，贪吃太多，结果，晚餐时舌底泛酸水，牙齿嚼不动饭菜，只能囫囵吞咽下去。看来，这不起眼的小果子既刺激人的食欲，又遏制人的贪欲。

成熟的黄皮，一串串，圆圆的果子，薄薄的皮，那皮下面隐藏着酸甜。俊俏的样子，就像孩童的小脸蛋，嫩中还散发着奶香。据朋友说，小时候，在黄皮盛产的季节里，都不愁没得吃，由于黄皮总是果实累累，树又不高，不需上树，就能饱尝一顿。那时最开心的是读书的时候，扯上几把黄皮，放在书包里，与好朋友共享。

关于黄皮果，还流传着一段美丽的传说。古时候有一皇家公主不知得了何种怪病，肚腹胀气不退，进食积滞不畅，太医给她服了很多贵重药物均未见效。皇帝忧心如焚，便下一旨：谁有良药治好公主之病，必得重赏。有一小伙子上前揭榜，带上黄皮果进京应旨。他让公主食用黄皮果一段时间后，公主的身体竟奇迹般地好起来了。皇帝龙心大悦，问小伙子要官要宝尽管说。小伙子说他什么都不要，只要回家乡。而公主此时已觉得自己再也离不开小伙子和黄皮果，愿随他一起回家乡，皇帝只好允许了，于是接纳小伙子为婿，并派他俩一起回到小伙子家乡广植黄皮果树，广济天下。

我在高铁建设工地工作期间，工友们闹点小病，譬如小感冒或肚子闷胀等，遇到夏天黄皮果熟了，就买点黄皮果吃，既可解馋，又可治病。特别是把黄皮果的种子晒干研成细粉涂伤口，很管用。在工地生活区工作的大姐是当地客家人，她经常教我们许多解暑降温和对付蚊虫的办法，有的职工被虫子咬伤了，就用黄皮果敷在患处，顿时感觉患处凉爽许多。

从营养上讲，黄皮果肉多汁，酸甜可口，除含一般矿物质外，还含有丰富的维生素 C。成熟的黄皮果可以生吃，还可以加工制成果酱、蜜饯、饮料和糖果,有行气、消食之功效。《本草纲目》中记载:"食荔枝太多,以黄皮解之。"就是说,吃太多的荔枝上火后,可以吃些黄皮果来化解。可见黄皮果的营养药用价值之高。

在外漂泊多年,我未曾在黄皮成熟的季节里回到故乡,享受过这夏日的盛宴。但我在与河源的相识相知中,一切都感到如此安舒,让本来漂泊的人生走向了另一个幸福的阶段,似黄皮酸甜的滋味。《肖申克的救赎》里曾说:"没有记忆的海洋,我要在哪里度过我的余生?"是的,我不得不承认,没有记忆的世界,是十分可怕的。如我心底的记忆,总是温润得让人心静如水,我无法不喜欢沉溺在记忆的海洋里。

然岁月如流光,过得如此之快,在河源停留了已有六个年头,随着赣深高铁正式建成通车,我们这些铁路人也即将离去。这美丽的邂逅,现在竟变得伤感起来。但我又觉得,离去并不是告别。我怀着感恩的心,沉醉在黄皮果的味道里,一次又一次地回味。

这黄皮果一般的酸甜生活,我还没离开,便已开始怀念。

2022 年 7 月 22 日发表于《河源晚报》

第三辑

汇
美
食

客家，那一碗面

有人说："中国人的乡愁，就是一碗面条。"或者说，谁家还没这一碗面。

每个人的记忆深处，都有一碗家乡的面，它被赋予了家乡的味道、家乡的颜色和文化内涵。

面条，起源于中国。作为一种制作简单、食用方便、营养丰富、既可作主食又可作快餐的健康食品，是从古至今老百姓最常见、最喜欢的食品之一，已有4000多年的制作食用历史，形成了独具特色的风味。

多年来，由于铁路建设者的工作性质，我经常出差或者外出学习，有机会品尝到全国各地的美食，自然也吃过冷面、牛肉拉面、刀削面、龙须面、油泼面、担担面等。特别是来到客家河源，我也爱上了当地的客家面，经常一个人来到佗城一家叫东海美食的面店，吃上一碗，再喝一碗有滋有味的葱花汤，别有风味。

同事经常对我说，你应该是北方人，而不是南方人。因为，我作为一个南方人却特别喜欢吃面。最初对面产生感情，还是幼童的时候。小时候有好多年，我被父母寄养在外婆那里。当时，舅舅们已经分家，外婆一个人生活。嘴馋的我，像个跟屁虫似的，跟在厨房里忙碌的外婆身后。外婆特别注重饮食，善于烹饪。自然，她总能变着法儿把面条烹煮得有滋有味。所以，小时候的我，总感觉吃面是一件十分高兴的事。

在客家地区，开面馆早点摊档，不需要什么技术门槛和太高的经营成本，因此成为许多勤劳的普通客家人的营生之计。一碗香喷喷的客家腌面，淋上用猪油炒出来的底料，加上蒜蓉、葱花，一起搅拌均匀而成。碗中绿的蔬菜、浓浓的汤汁，再加上银白的细如发丝的面，冒着香喷喷的热气，色香味俱全，让人垂涎欲滴。

我之所以经常光顾这个面馆，有两个原因：一是交通方便，就在205国道边上，距高铁工地也不是太远；二是店老板和老板娘勤奋肯干，待人热情。他们不仅煮的面条味道好，并且服务态度极佳，总是面带微笑，说话客客气气，让人感觉很舒服。他家的面和汤以出色的口味、新鲜的材料，成为街坊邻里早餐的首选。不少住得稍远一些的朋友也经常专程绕道而来。想来，这也是此家面馆一直红火的原因。

如今，赣深高铁已通车运营，由于工程收尾的原因，我有一段时间没有去光顾这家面馆。这天因为工作路过这里，下意识地就把车停在了路边上，只为再吃一碗客家的腌面。

熟悉的地方，熟悉的味道。一碗面端上来，关于这家面馆的诸多回忆一下子鲜活起来。我看见了老板娘，依然面带笑容，依然勤勤恳恳，依然有条不紊地忙碌着。

记得我第一次到这家面馆吃面，是2018年冬天的一个早晨。当时赣深高铁进场施工不久，我因为忙着上工地检查，没顾得上吃早餐。那天天气很冷，肚子又在"咕咕"叫，我看到一家面店即直奔而去。

当时吃面的人很多，但我没等多久，一碗面就端上来了。扑鼻而来的香味，叫人口水连连。搅拌均匀后，我迫不及待地塞一口进嘴里，真的美味极了。实在是受不了诱惑，最后我又加了一碗，才摸着圆鼓鼓的肚皮走了。后来我才知道，那就是梅州的腌面。从此以后，我经常到他家吃面，每次都要大碗的。

其实，他们的店面不大，也就前台放了四张桌子，中间小格勉强放了两张，但明亮、洁净。一大早，妻子在前台煮面，招呼客人。男人就在后堂煲汤，准备食料，或洗碗打扫卫生。面店虽然全年无休，但他们跟别的店不一样，做完早餐和午餐后，下午就不做了。主要是家里孩子多，下午以后就忙着家里的事，还要照顾老人。

面馆，主打的便是客家特色的面条，有腌面、拌面、炸酱面，还有米粉和快餐。价格实惠，分量足，深受周围食客们的喜爱。老板娘说："开店完全是为了三个儿女有个好的教育环境。可是一年不少的房租，也给我们很大的压力。"说这些话的时候，老板娘感叹道："我就是这个命，也不知什么时候才真正不做了。"

一碗面7元，大的13元，薄利多销，他们不肯放弃传统的制作方式，也不愿偷工减料，而是从选料到制作都认真把控，只为做好一碗面。

艰苦创业，繁衍后代，给食物最大的尊重，就是客家人一直传承的优

良品质。老一辈做面，老老实实做面，绝对没有任何的添加，就是真材实料。

老板娘姓谢，娘家在梅州。作为梅州人，她传承了家中做面的精髓，做出的面条厚重有嚼劲，且圆润而光亮。夫妻俩每天早上4点就起床，为了让面条的口味更好，不停地和面、揉面、摔打。摔打是一个很耗体力的活，但两人做了十多年。

一碗好面，灵魂就是汤底。夫妻俩有自己的秘法，将从菜市场买回来的新鲜棒子骨和鸡肉一起放入锅中熬汤。新鲜的棒子骨、鸡肉等要熬制4个小时以上，经过文火慢熬，骨头和肉里的蛋白质充分释放了出来，此时的汤鲜美浓郁。闻一闻，乳白色的汤汁里带有醇香。

梅州腌面，就是客家当地早餐的代名词，一般分梅州和大埔两个地方的。梅州腌面，通常是直径两三毫米的软面条，或者一指宽的面皮，放一两勺炸成金黄色的蒜蓉，淋上适量香油，以及略带甜味的酱油。

而大埔腌面，则略有不同，有细面、中号面、大号面，还有粗细不一的手工面，食客选择性更多。放一两勺炒好的香喷喷的肉碎，淋上些许香油，以及有特殊香味的鱼露，撒上香葱，再加上一碗牛肉丸汤。对于许多客家人而言，这一碗金黄色的腌面是离家后最想念的味道。

腌面，再配一碗三及第汤，这是不成文的规矩，就像豆浆配油条。猪肝、瘦肉、粉肠寓意三及第，再配上枸杞叶，鲜美甘甜。一口面一口汤，这是客家人心中的标准吃法。简简单单的腌面，一如朴实的客家人。

客家也是有炸酱面的。虽然没有北京的炸酱面那么出名，但当地的炸酱面也蛮受欢迎。首先，就是做酱，先把肉切成肉丁，鲜香菇、洋葱若干，洗净后也切成半厘米见方的小丁。葱姜蒜切碎备用。胡萝卜、黄瓜各半截，去皮切丝。准备停当，开火动工。

锅里加入花生油，比平常炒菜要稍多一点。放葱姜蒜蓉爆炒一下，倒入五花肉丁，中火煸炒。待逼出猪油，加一点料酒去腥，再加一些生抽酱油炒匀，继续翻炒至肉丁快成油渣状态。放入鲜香菇、洋葱丁等继续炒两分钟，直到酱和肉丁等水乳交融，一锅炸酱才算炮制成功。

然后，起锅将面条煮熟，沥干水分装碗。在面条上淋几汤匙汤汁浓稠的炸酱，再摆上一些胡萝卜丝、黄瓜丝、香菜或者香葱。搅拌均匀后，每一根爽滑筋道的客家面条都裹着浓香四溢的酱汁。

老板娘自然是认识我的。她热情地招呼我，按照我的老规矩给在后厨忙碌的老公下了单。她说，由于疫情的原因，春节后本来不再想开店的，但是这么多年来，一直做的就是这一行，而且三个孩子都在读书。其中，大的去年考上了梅州职业技术学院，老二和老三分别在上初中和小学。没有更好的出路，所以一家人还是决定卖面条。

"感谢你们这些修铁路的人，这么多年来经常来照顾我的生意。特别是去年赣深高铁通车了，好多人来龙川游玩，那段时间生意都忙不过来。"老板娘对我感激地说。

疫情之下，每个打工的人都不容易。虽然龙川没有疫情，门店生意也没有一落千丈，但客源却比从前少了很多，而且房租还得照付。以前，虽然起早贪黑，但收入比进厂打工好多了。如今却是比较难过，勉强糊口，周边的商店生意一天不如一天。

反复出现的疫情，打击了不少顾客的消费信心，很多人的消费习惯都改变了。以前每天下馆子，如今却一个星期难得下一次馆子。

"你知道吧，深圳最近又有疫情了，原来说清明节会有很多人来佗城玩，没有想到又来不了。你们修铁路的去年通车后就走了，现在又有疫情，生意更加不好做。真不知道，什么时候疫情才能过去。不过，我们坚信，在国家的领导下，在大家共同努力下，疫情很快就能过去，我们的生意一定慢慢好起来。"老板娘看着不多的顾客对我说。

看着他们又在忙碌招呼客人的背影，我不由感触良多。我不知道如何安慰她，只说疫情只是暂时的，未来一定会更好。我知道，此时说出更多的道理或再多的语言都是苍白的，无法让她释怀。

虽然，一切都在变，而一切似乎又都没变。比如，这家开了很多年的面馆；比如，藏在这一碗面里的人间烟火的味道。

为了家人的幸福，他们不知要经历多少艰苦劳动，要卖掉无数碗面才能撑起这个家。那一碗碗面的背后是无数的血汗。这时，我想到了自己的父母，好不容易把子女抚养长大，而我们却个个在外奔波，没有时间陪伴渐渐老去的他们，我心里感到十分愧疚。

他们和我一样，都是默默努力追求幸福生活的创业者。即便遇到疫情，但我们都赶上了国富民强、百姓安居乐业的好时代，老百姓的生活一年比一年好，未来一定会更好。

吃完面，付完账，我默默地离开了。我想，每个人心中都有自己惦念的那一碗面。

　　也许，人生可以忘却许多许多，但有些人有些事却值得我们用一生来铭记。正如我吃在嘴里的客家腌面，就如外婆做的面，每次食之都感到心里暖融融的，仿佛外婆就在身边，让我倍感舒服和亲切。

2022 年 4 月 14 日于河源龙川

客家茶

来到广东河源修建赣深高铁，在六个年头的时间里，我深入客家的茶山、饮着茶水、嗅着茶香、感受茶韵，让我这个东奔西走的筑路人，在茶文化的氛围里，在茶韵清香的雾气缭绕中渐渐陶醉……

中国是茶的故乡，是世界上最早栽种茶树、制作茶叶的国家。茶，作为岭南山野的精灵，且具有医用效果的植物，一直就与客家人一起，滨水而居，以山为家，繁衍生息。

长年生活在粤东粤北山区的客家人，随着江河蜿蜒，穿越在山清水美之地，对植物有特殊的情结，尤其是众多的日常习俗中表现出来的对植物的崇拜现象，体现了客家人对养育生命的大自然的崇敬之情。

自然而然，人与茶相伴，和谐共处。客家人日常生活中少不了种茶、做茶、食茶，久而久之，自然就形成了独具客家特色的茶文化。

客家人常说："有山总有客，有客必有茶。"客家人居住的区域，基本都处于高山河谷之间，如赣南、梅州、河源和惠州等地。因此"客家茶文化"，基本特征是"山地茶文化"，这区别于珠江三角洲"茶楼文化"和潮汕工夫茶"精细茶文化"，其表现为封闭性、适地性和自乐性。

岭南地区，特别是客家山区雾深露重，适宜种茶。客家茶文化源远流长，陆羽的《茶经》与南朝宋沈怀远所著《南越记》，将茶文化追溯到南北朝时期，而其中记载最早的茶就是南北朝时期龙川县所产的皋卢茶。

大诗人苏东坡，不但爱品茶、煮茶，还亲自在惠州种茶，曾有"松间旅生茶""移栽白鹤岭"的诗句流传至今。龙川县所产的皋卢茶，是广东客家地区最早有记载的茶类，原产地就是今天龙川仪都镇桂林村，距今已有1560多年历史。史料上把河源龙川和韶关仁化称为广东客家人的两个起源中心。

龙川县，是一块神奇的地方，是最早的客家聚居地之一，文化底蕴

汇美食

深厚。有一个人造就了这一座千年古城。赵佗的到来，成就了龙川2200余年沧桑，曾为粤东北部政治、文化、经济中心，成为现在岭南客家文化遗产浓墨重彩的一笔。

"客家来自黄河边，水有源来树有根，因为旧时多战乱，先后五次向南迁，迁到南方变客人，披荆斩棘建家园。"远道迁移的客人来到南方后住进深山，不可避免与当地人发生接触和碰撞，受到影响。随着时间和时代潮流的改变，客家人的语言与中原地区和北方的语言有了较大的差异，渐渐地发展成了一个独立的语言分支，到宋元之时，客家方言已经基本定型，成为广东主要方言之一。

客家人一方面本来就有较强的内聚力，到达岭南地区的山岭之间，为了生存，避免与当地人发生冲突和矛盾，尽可能聚族而居。另一方面，为了更好地和"土著"融为一体，共同建造家园，客家人虽然在衣着、生活习俗方面保留着自己的特色，但同时不断地当地化，尽量消除种族隔阂，获得共同发展的认同。这使得他们在漂泊迁移中永远是风雨不动的精神共同体。

我们这些筑路人走进客家的乡村，主人都会以茶相待。第一件事便是奉上一杯"靓茶"，第一句话是"请饮茶"，以此表示主人的热情、友好和礼貌。岭南地区的东江、北江和梅江等客家山区，江水清澈无污染，用这种水泡出来的茶格外清香。

难怪，在当地饮上一杯茶，远道而来、风尘仆仆的我们顿时洗去旅途的劳累。捧着温热的茶盏，轻轻地入口，这茶香顿时沁入心脾，让人回味无穷……

在客家人的饮食习惯里，茶可以当饭吃，茶是和大米一样必不可少的食物。茶有助于消化，能把体内的毒素顺畅排出体外。由于岭南地区的水质偏燥热，饮用后人体内易聚火，岭南人从小就耳濡目染，都知道什么时候喝哪种茶。通过与自然环境不断抗争，岭南人积累了调理保健、防病治病的宝贵经验。

客家文化丰富多彩，饶有风情。客家人就常以茶为题材创作客家采茶戏、客家山歌，其中广东汉剧被誉为"南国牡丹"，唱出了客家人以茶抒情，以情品茶的丰富的客家文化生活和怡情乐趣。千百年来，无论是耕田放牛的阿哥还是屋中纺纱的阿妹，无论是鹤发长者还是垂髫少年，大家都会唱山歌。客家人喜唱山歌，在山上唱，在田间地头唱，在家里也唱，这一习惯逐渐演变成为群众性的对歌活动，成为河源客家文化的一大特色。自娱自乐的以茶为题的诗歌等文学作品，茶歌、茶舞和采茶戏剧等，让客家茶文化成为岭南文化"自乐性"的代表。

龙川县历来就对客家文化的传承非常重视。2018 年 8 月，河源首台大型山歌剧《娘·酒》在龙川县东江影剧院隆重首演。该剧以本土客家酿酒为主线，以当代农村生活为题材，汲取了传统山歌和现代音乐等元素，演绎了地道的客家语言与淳朴的客家民风，赢得了观众的阵阵喝彩。

2021 年 12 月 10 日，赣州至深圳高速铁路建成通车。这条途经江西省赣州市，广东省河源市、惠州市、东莞市、深圳市，全长 430 多公里的高铁线路，大部分途经客家人的聚居区。就像是命运中的安排，这一条粤赣大地上的新干线，将岭南文化中最重要的客家文化展现在世人面前。

我想，赣深高速铁路的建成通车，不但将积极发挥客家古邑与粤港澳一衣带水、地域相邻、人缘相亲、文化相近的优势，还将把客家文化的精魂辐射到更加广大的地方，发出更加耀眼的光芒。

我们东奔西走的筑路人，默默地奉献出全身的热量，正如客家茶一样，释放全部生命之美，最终沉淀一世精华。

也许，这才是我真正体味到的岭南客家茶蕴含的真谛和价值。

2021 年 9 月 1 日发表于《首都建设报》

第三辑

汇
美
食

客粽乡愁

"粽儿香，香厨房；艾叶香，香满堂。"粽子，是端午节汉族的传统节日食品，由粽叶包裹糯米蒸制而成。传说是为纪念屈原而流传的，是中国历史上文化积淀最深厚的传统食品。

端午节愈发临近，客家的女人们开始准备包粽子，爆香、炒米、洗粽叶，忙得不亦乐乎。对于客家人来说，粽子不仅是代代传承、经久不息的一种客家特色美食，更是浓得化不开的乡愁。

食物，是乡愁最好的慰藉，特别是端午节里的粽子更是让人回味无穷。端午节前夕，龙川作协的部分作家有幸来到龙母镇金竹园农庄参观。该农庄也是一个农特产品的生产基地。

也就是在这里，我品尝到客家的灰水粽。当我打开那翠绿的粽叶时，糯米芳香四溢，软软糯糯的粽子出现在眼前，我轻轻地咬一口，嘴里满是浓郁的味道。

客家人一直认为，稻米是南方湿地给予他们的恩赐。以稻米为主要原料，辅之以各种配料做成的粽子，种类繁多、馅料丰富，是最普通又最令人感到亲切的美味佳肴，是客家最朴实又最生动的文化符号。因此，以稻米为主做出的端午粽子更具有岭南客家的地方特色。

客家人不仅是流浪者，更是奋斗者，这也是让我极其敬重的地方。几千年来，来自中原的客家人，虽然长久地深受乡愁的折磨，但他们顽强地在陌生地域扎下了根，并且开花结果，繁衍生息，把异乡打造成家园。他们的伟大之处在于，把浓浓的乡愁变成了一种生活的力量，改变了命运，并变成一种奋斗的精神和不断前行的动力。

客家人，在悠悠岁月中虔诚接受着四时的馈赠，又用一个个样式各异、寓意深远的粽子回应自然的恩宠。

客家粽子风味独特，按口味可分甜、咸、白、碱四种。其中，甜味粽大多为素粽；咸味粽大多为荤粽；白味粽则多为纯糯米制成；而碱水粽是在糯米中加适量的布惊叶烧灰过滤而成的植物碱汁，用老黄箬叶裹扎煮熟而成，其色浅黄晶莹，其味淡雅独特。我轻轻剥开雷鼓叶包裹的粽子，米香四溢间，浓浓的乡愁也在时空中缓缓流淌着。

端午时节，南方地区潮湿多雨，用糯米做出的粽子虽然好吃，但难以消化。而吃碱水粽，却对肠胃健康大有裨益，这也是碱水粽在广东盛行的主要原因。

我的朋友谢为，是一位体育老师，是当地一个土生土长的"摄影家"，对当地的民俗风情特别了解。他说，客家人在端午前的半个多月，就会陆续上山采粽叶。粽叶是包粽子必不可少的材料，粽子主要由粽叶包裹糯米蒸制而成。

在客家地区，簕古叶假蒌粽就是因为包粽子的时候用上了两样东西——簕古叶和假蒌叶，因此而得名。其中一种叫"簕古"（客家话叫"雷古"）的野生植物叶子用来包粽子，有祛热消滞、祛风散瘀的作用，药膳兼备。另一种叫"假蒌"的叶子，学名叫蛤蒌叶、假蒟、山蒌等（客家话叫"拐蒌"），包上腌制过的猪肉会有一种奇特的香味，吃起来让人感觉肥而不腻，另外假蒌能中和糯米的湿热，祛热毒，同样是药膳兼备。

据科学分析，这些粽叶含有大量对人体有用的叶绿素和氨基酸，其特殊的防腐能力也是粽子易保存的主要功臣。

客家人制作灰水粽的灰水，是草木灰溶解沉淀澄清的液体，也就是天然的碱水。因为灰水呈碱性，所以做出来的粽子颜色微黄，而且非常软糯。制作灰水首要将特定的植物烧成灰，这种植物就是山上野生的布惊树叶，再浸泡成草木灰水，经过反复过滤、澄清，起码要两天时间，最后过滤成黄色的灰水（也就是天然的碱水）。

包好的灰水粽用水草细绳扎好，放锅里煮 3~4 小时就可以品尝了。清香宜人的粽叶、布惊草木灰溶解沉淀澄清的天然碱水，与糯米完美搭配，使粽子香甜软糯，令人唇齿留香。

除了传统的碱水粽，猪肉粽制作也有独到之处。土猪肉与糯米的完美结合形成猪肉粽子特有的粽香。米选上等白糯，肉精选新鲜五花肉。五花肉加上香菇、花生放在糯米中间，用簕古叶裹好后，再用竹篾扎成四角锥形。成品的粽子，造型美观，尽显客家人的生活情趣和审美取向。

在端午节里，龙川客家人习惯把艾叶、青葛藤、箬粽悬挂于房门之上，以示驱邪避灾之愿，并洒雄黄酒于屋内以防虫蛇。

除了吃粽子，端午酿苦瓜也是当地居民的一个习俗。此时，吃苦瓜不但清热明目，败火开胃，更有"吃得苦中苦，方为人上人"的寓意。酿苦瓜的时候把苦瓜切成小段，再把炒熟的肉馅、糯米、豆角、薄荷等馅料放进挖空的苦瓜里，煮熟。此时，苦瓜与肉馅的味道结合在一起，非常清爽鲜香。

岁月如梭，斗转星移。粽子，被一代又一代的客家人赋予了深沉的意蕴和朴素的希冀。有人千里迢迢回到家乡，或是万里天涯快递上几个普通的粽子，只为再度邂逅那阔别多年的故乡味道。

难怪，农庄里生产粽子的车间里有那么多制作出来的粽子等待装箱起运。原来在厚重的蒸汽烟味里，一笼笼粽子不仅慰藉了那盛满乡愁的人心，更成为维系无数客家人精神世界的纽带。

独在异乡为异客。我不是客家人，我只是一个修高铁的建设者，五湖四海，到处都有我的足迹。铁路人的骨子里跟客家人有着相似的东西：走到哪里，就在哪里留下铁路，就把心安在哪里。

但是，建设者心里还有一个家，那就是家乡，是一边吃着客家粽子，一边对远方亲人浓浓的思念。

2022 年 6 月 6 日发表于《广州铁道》报

簕杜鹃

"何须名苑看春风，一路山花不负侬。"沿着赣州至深圳高速铁路的工地穿越在崇山峻岭，一路向南，春光浓缩了客家山水的精华，花香浸润了粤赣山间林畔。粉的、紫的、白的、黄的，各色花儿争奇斗艳、竞相开放，把大地装点得分外妖娆。

赣州至深圳高速铁路进入广东的第一座城市，就是被誉为"百花仙子的故乡"河源市。清人李汝珍的小说《镜花缘》第六回说："那百花仙子降生岭南唐秀才之家，乃河源镇地方。"河源山清水秀，环境幽美，历史悠久，客家文化气息浓郁，自然和人文资源丰富多彩，让这片山水蒙上一层传奇色彩。

河源，顾名思义就是河之源也。万绿湖是新丰江的源头，新丰江和东江在这里交汇，越过千山，奔向香江，奔向大海。只要你跟随新丰江，从河源市中心走过，你就会见到如簇簇风车一般的簕杜鹃，在东江湾、在笔架山、在客家公园、在亲水步道、在路边、在居民小区门口、在写字楼的办公间、在看得见看不见的地方，自然随性地生长着，红似火焰，带来灿烂火热的气息。

第三辑

汇美食

俗话说："一方水土养一方人。"从中原到岭南，客家人从千年之前的历史深处走来，从千里之外的故土家园走来，开山劈岭，筚路蓝缕，扎根在岭南这块土地上，如同扎根在河源的簕杜鹃一样。河源就这样敞开胸怀，让走近的游客透过车窗猛然发现这藏在岭南深处的美景，继而眼前一亮，找寻客家人历经旷世磨难，用双脚一步又一步演绎出千里迁徙征途的传奇与豪迈……

能来到古邑河源，承担赣深高铁建设施工任务，本来就是我这个流浪天涯的筑路人的幸运。走进岭南客家文化的起源地，自然对这里的一切给予了更多的关注和了解，对岭南地区的人钟爱簕杜鹃也充满了好奇。

　　五年前，施工大军来到河源安营扎寨的时候，我对客家人钟爱的簕杜鹃并没有什么印象，甚至于没想到大家喜爱重视的簕杜鹃竟然就是我熟识的三角梅，这让我十分意外和惊奇。

　　我一贯以为，三角梅就是一种十分普通的植物花卉，没有什么好奇怪的。反正，不管在哪里，随处可睹她的容颜。可能是太普通与常见了，或者她那一种含蓄到极致，欲说还休而不胜娇羞之态，反而更让人无动于衷，视而不见了。

　　河源的客家朋友非常郑重和严肃地告诉我，你说的三角梅就是我们的簕杜鹃，是河源市的市花。他说，在岭南地区簕杜鹃一年能开两次花，且花期较长，花苞片大，花色鲜艳，加上绿叶的衬托，热闹非凡，十分惹眼。因为观赏价值高，簕杜鹃适合作为盆栽观赏或庭院种植，还可以作为绿篱和修剪出独特的造型。在河源当地的农村，多用作庭院栅栏的攀缘花卉。

　　为了好好地补这一课，免得在大家面前尴尬，我确实下了功夫去查询簕杜鹃——我熟识的三角梅。

　　簕杜鹃，属紫茉莉科，岭南地区的标志性藤本植物，福建、广东、广西、云南等省份随处可见，又称三角梅、三角花、叶子花、叶子梅、九重葛、毛宝巾、红包藤、四季红、贺春红、南美紫茉莉等。簕杜鹃，是粤语地区的叫法。簕，在广东话的意思是植物身上的刺，因为簕杜鹃身上长有硬刺，开花的时候像杜鹃一样整树都是花，所以称之为簕杜鹃。

　　簕杜鹃原产巴西、秘鲁和阿根廷等南美洲热带地区，全属约有18种原生种。据说，在18世纪中叶，法国探险家路易斯·安托万·德·布干维尔率领探险队在南太平洋地区寻找新殖民地，随行的植物学家菲利贝尔·肯默生首度在巴西里约热内卢采集和记述了簕杜鹃这一新植物，经鉴定属于紫茉莉科的一个新属。

　　簕杜鹃被发现后，便逐渐在全世界适宜的地域传播与栽培。19世纪，从南美的原产地引种到欧洲，继而从欧洲引种至亚洲、非洲，澳大利亚、新西兰和其他国家。1872年英国人马偕博士将其从英国引入我国台湾地区栽培，随后大陆各省渐有引种，引来后主要栽培在我国南方的植物园、公园和一些私家花园。

　　20世纪80年代，簕杜鹃的大量培育工作才在广东、福建、云南和海南等地逐渐展开，并不断引进优良品种。广东、福建等许多地方的城市都将簕杜鹃广泛应用于城乡园林绿化，并成为各地深受人们喜爱的观赏花木之一。到如今，簕杜鹃分布的地域很广，从岭南到塞北雪原，无论生态环境多么复杂，也无论土壤多么贫瘠，都有她美丽的身姿。

实际上簕杜鹃不仅名字的叫法多，喜欢她的国家和地区更多。簕杜鹃是赞比亚共和国国花、中国海南省省花、日本那霸市市花，也是我国许多城市的市花。据不完全统计，将簕杜鹃作为市花的除了河源市，还有广东省的深圳市、珠海市、惠州市、江门市、罗定市，福建省的厦门市、三明市，海南省的海口市、三亚市，广西壮族自治区的柳州市、北海市、梧州市，四川省的西昌市，云南省的开远市，台湾地区的屏东市，云南省德宏傣族景颇族自治州和贵州黔西南布依族苗族自治州将簕杜鹃作为州花。

簕杜鹃花的结构奇特。我们平常所观赏的三角形花朵，其实并不是它真正的花，而是它的苞片。它的花是在三个漂亮的苞片中生长着的三朵小花，由三根火柴头般大小的花苞聚在苞片的中脉上，花柱一般是深红色的。它的花是淡黄色的，比黄豆还要小，小得使人误以为它的苞片就是它的花。开花时整个植株都是花（苞片），璀璨夺目，十分壮观。

簕杜鹃是一种群体美的代表。如果你非要拿她与其他花儿单挑，她肯定没有优势和独特的魅力。因为，她没有牡丹的雍容华贵气质，莲花的香远益清、亭亭静直，茉莉的芬芳，玫瑰优雅深情的神韵。但是，火热艳丽的她，一团团，一簇簇，开得那么热烈，那么绚烂，用酣畅淋漓的展示，用一种你中有我，我中有你的美，出现在众人面前。

簕杜鹃的花期长，一年四季都可开花，花期可达到 180 至 200 天，花开花落，花去花又来。

据说，每年初春，在广州市白云区景泰街云苑新村三街一幢居民楼外，9 层楼高的簕杜鹃都会引起市民的阵阵惊叹。若从上往下观看，外墙恍如挂着一帘红色"瀑布"，从楼顶倾泻而下，不仅让旧房换"新颜"，也引得路人纷纷掏出手机，记录花城一隅的春光。

为什么会形成如此壮观的"花瀑布"？专家认为，这与植物的特性、向光性和风向等相关。首先，簕杜鹃枝条柔软，可沿山石、墙壁、廊柱攀缘向上生长；其次，簕杜鹃栽种的位置朝西，两侧有墙体遮蔽，越靠近底层，日照时间越少，植物的向光性让簕杜鹃不断向高处"攀爬"。

其实，我身处的高铁工地上的工棚四周，就插种了不少簕杜鹃。工友们在休息的时候更是在山边上修建了一个小花园，用水泥做了几个长凳，中间还立了个茶几。爱花的女人们，用自己买来的花盆，将簕杜鹃移植至房前。没过多久，一枝枝一簇簇的簕杜鹃，悄然开满驻地周围。

簕杜鹃似树、似藤、似花，如火焰热烈，像红绸舞动，似朝霞燃烧，把工棚的春天绘成了一幅壮丽的风景画。

每天夜晚，辛苦了一天的工友们，三五成群地聚集在门前的小花园。四年了，我与工地上的工友们见证了赣深高铁历经春夏秋冬的洗礼，我们用勤劳的双手和坚实的臂膀，在工地日夜鏖战，贯通了隧道，耸立起了桥梁，夯实了路基，在绿水青山里铸就了河源的新地标。

当然，我们也享受了春雨后的早晨。在石头缝里，在寂寞的峭壁上，在幽静的深山中成长起来的簕杜鹃，情意浓浓地吐出嫩绿、紫红的新芽，绽放出朵朵鲜艳、腼腆、撒欢的鲜花。在春日的黄昏里，簕杜鹃花似一团团火焰，在红日的照耀下，爬满树冠，形成了繁花似锦的红色海洋。

在花海中徜徉，我们感受到了一份闲适，品味到了一份绚烂和那如同建设者骨子里透出的质朴与顽强。

每到此时，工友们在欣赏、沉醉、感叹中浮想联翩。有人说："要是老婆孩子来到工地看到这番美景，顺便看我，不就相当于旅游了。""不可能，家里孩子要上学，老人们要照顾，她们哪有时间来。"还有的人说："这个工程干完了，就回去好好陪陪家人。""孩子今年高考了，说啥今年要回去看看。"说到动情处，有的猛抽着香烟，烟雾弥漫四周；有的流下了眼泪，无言地看着远方。

一花一世界，一叶一菩提。我带着复杂的情绪，久久凝望着盛放的簕杜鹃。簕杜鹃，依旧是朴实的姿容，依旧在不经意间盛开，默默无闻，超凡脱俗，与世无争，淡泊名利。

诗人舒婷在诗中这样形容她："是喧闹的飞瀑，披挂寂寞的石壁。"那垂挂在石壁边缘的三角梅，就像飞流直下的红色瀑布，美丽乍泄。她的这种与世无争、无悔的倾情，没有尘世喧嚣，没有灯红酒绿，没有车水马龙，没有名利纷争，最能展现建设者不拘小节、淡泊名利、默默无闻、低调入世的精神。她的这种作风和精神，何尝不是高铁建设者的精神实质？

我知道，我身边的工友都是铁血汉子，具有与客家人一样的坚强品质，拥有如簕杜鹃一样的坚韧和顽强，只有在春色里，无意的言语能触碰到他们心中最柔软的那块地方。

　　高铁建设者深入客家的山山水水，风餐露宿，不畏艰难险阻，就是为了修建好这条粤赣革命老区通往小康的快捷路，这是一份责任，一种担当，更是对祖国无限的热爱和信念。

　　我如今特别喜欢簕杜鹃，不仅因为她在卑微的尘埃中也能开出热情、欢欣的花来，还因为在建设粤港澳大湾区和中国特色社会主义先行示范区的征程上，我们高铁建设者与当地群众一起，顽强奋进，坚忍不拔，燃烧着如簕杜鹃花般的火焰，映红了所有致富奔小康人的前路。

　　　　　　　　　2021 年 8 月 9 日发表于《中国铁路文艺》

第三辑

汇
美
食

荔枝的幸福密码

来到被称为"水果之乡"的岭南修高铁，对我来说是这六年以来我最值得开心的一件事。

5月，正是岭南瓜果飘香的时候，这时，荔枝就真正成熟了。我随着好友一同走进惠州惠阳区镇隆的荔枝园，就是想亲眼看看枝头那一抹抹娇艳的鲜红，如何与夏日的艳阳争奇斗艳。

看着红彤彤的果实垂吊在弯枝上，与绿叶相辉映，谁能不垂涎欲滴？

岭南水果，历史悠久，香飘四季，脍炙人口，一年四季吃不完。岭南地区属东亚季风气候，具有热带、亚热带季风海洋性气候特点。荔枝是我国南方的珍贵水果，在百果中有"果中皇后""人间仙果"的美称，广东人更赋予它"岭南果王"之美誉。

其实，广东除增城、从化外，还有惠州、高州等都是重要的荔枝产地，比如高州的荔枝，据说由高力士带入唐宫进贡给杨贵妃而成名。唐代进贡长安宫廷的荔枝以来自广东、广西、四川、福建为主。为了给杨贵妃进贡荔枝，太监高力士下了大功夫。他本姓冯，家族在岭南地区势力很大，便设法将家乡特产荔枝进献，以博取宠幸。唐玄宗和杨贵妃对此都很满意，于是上行下效，进贡荔枝的风潮应运而生。

苏轼《荔枝叹》曰："十里一置飞尘灰，五里一堠兵火催。颠坑仆谷相枕藉，知是荔枝龙眼来。飞车跨山鹘横海，风枝露叶如新采。"这就是苏轼对递送荔枝的描写，极其形象地描绘了当时"一骑红尘妃子笑，无人知是荔枝来"的场景。

早在汉武帝击破南越以后，岭南就有进贡荔枝的传统。由于中原地区难以种植，只能经岭南驿站运送，其路途十分艰难，"奔腾阻险，死者继路"，和唐代如出一辙。以至于多任皇帝都深感劳民伤财，下令免除了新鲜荔枝的进贡，只有加工过的干荔枝和荔枝脯还在贡品之列。

在荔枝的家族里，增城的挂绿荔枝是非常出名的，是增城著名的特产。挂绿荔枝因果身中间有一道绿痕而得名，是荔枝中的珍稀品种，不仅果肉细嫩、爽脆、清甜、幽香，而且价格不菲，被称为全世界最昂贵的水果，在清代为宫廷贡品专供皇帝品尝。

据文献记载，增城荔城镇挂绿园的挂绿荔枝是所有挂绿荔枝的老祖宗，有400多年树龄，高5米多，已成功培育了好几代挂绿子孙树种，共100多株。

说到岭南的荔枝，苏东坡这位大诗人不仅曾经亲自代言荔枝，以"日啖荔枝三百颗，不辞长作岭南人"成就荔枝在岭南佳果中的突出地位，他在惠州所填《西湖食荔枝》"轻红酽白，雅称佳人纤手擘。骨细肌香，恰是当年十八娘"，更是让人回味无穷。

其实，我还是觉得惠州的荔枝文化更有内涵。惠州荔枝主要栽培品种有桂味、糯米糍、怀枝、妃子笑等。桂味肉厚质实，爽脆清甜有桂花香，品质极优；糯米糍肉质软滑，浓甜多汁，有微香。其中，镇隆的糯米糍以个大、皮薄、肉多、果甜、味浓的特点闻名。

镇隆镇是惠州荔枝主产区之一，将东坡典故与荔枝文化进一步融合，2020年举办了惠州（镇隆）首届东坡荔枝文化节，着力打造"东坡荔"品牌，唱响惠州东坡荔枝品牌文化。

目前，镇隆已注册"东坡荔"商标，东坡荔的标准是优中选优，以品牌培育为切入点，延伸东坡文化，讲好东坡荔枝故事。

第三辑

汇
美
食

"以前由于宣传网络不够广泛，没有畅销的渠道，我们曾经让果子烂在树上也不去摘，因为基本上卖不出去，损失很大。如今，可不一样了，荔枝还在树上，收入已经在路上了。"种了一辈子荔枝的老杨，没想到电商的出现悄然改变了荔枝的销售模式。他说，在广东一所大学就读计算机专业的女儿与大学同学毕业后回来，通过抖音、快手等视频平台，进行网络直播卖荔枝。通过线上线下的经营，他们家的荔枝互联网销售比较好。

当杨先生得知我是赣深高铁建设者时，高兴地说："你们这些铁路建设者实实在在为我们果民办实事。"原来，赣深高铁的线路经过了杨先生的荔枝园。荔枝园是杨先生几年前开始经营的，眼看收成有望了，高铁的线路却要经过这里，可真急坏了盼着好收成的杨先生。

　　铁路施工单位了解情况后，积极与杨先生协商，对建设方案进行了反复优化，最终荔枝园保住了，只搬迁小部分荔枝树。施工单位还出动机械设备和运输车辆，把荔枝树整体移植到附近的迁移地。施工单位为他的荔枝园新开挖了3公里便道，并为荔枝园硬化了进场道路。

　　杨先生说："特别感谢铁路建设者，四年前移植的荔枝树第二年就产果。"当听说赣深高铁今年年底前就要建成通车，他拉着好友算起账来。他说："赣深高铁若通车，我的荔枝从惠州到深圳只要半个小时，到广州也就45分钟，新鲜香甜的荔枝将更快与大湾区的市民见面。"

　　看着这美丽温馨的一切，我不禁若有所思：乡村振兴不仅是乡村"自己的幸福"，更承载了城乡融合、共同发展的美好期许。

　　幸福不会从天而降，每个人都在追求自己的幸福生活，我们都是新时代的追梦人。比如身边的老杨、爱摄影写作的好友，还有一直奋战在赣深高铁工地的工友们。

　　我们每个人，都在用自己的双手，努力将美丽的希望变为我们美好的生活。

　　或许，这才是岭南荔枝带给我的启示和幸福密码吧！

2021 年 6 月 5 日于河源龙川

龙　眼

南国8月，龙眼正式登场。

在客家龙川县佗城镇上万亩果园里，放眼望去，一棵棵龙眼树像一把把撑开的大伞，浓密翠绿的树叶下，龙眼压弯了枝条。

一进果园，大家迫不及待，小步走上前，稍微踮起脚，就摘了一小把果子下来。用手摸龙眼，感觉比较粗糙，有点硬，像块小石头。同行的摄影师谢为笑得阔嘴大开，一如灵猴，几抓几蹬，便攀上树，骑在树干上，摘着饱满的龙眼，动作一气呵成，往嘴里一搁一咬，吐出皮壳，嘴角溢出白汁，说："甜，甜，摘！"然后摘下树顶的龙眼，一串串朝树下的扁箩里扔，惹得树下的人直叫："轻点，都散啦！"大家也不示弱，有的蹬上木梯，有的伸着剪刀的长杆，摘下低处的龙眼，传递着放进扁箩里。

姑娘们却秀气文雅得很，轻轻剥开龙眼，露出里面又白又嫩的果肉，然后放在鼻前嗅着，用嘴唇轻轻地触上白浆，享受着果肉的清香气味，垂涎欲滴的样子让大家忍俊不禁。我的脑海里顿时涌出"圆若骊珠，赤若金丸，肉似玻璃，核如黑漆。补精益髓，蠲渴肤肌，美颜色，润肌肤，各种功效，不可枚举"，这是明代诗人、书画家宋珏对龙眼的描写，确实十分形象。

水果中，称王称后的有榴梿和荔枝这一类有着独特的气味或者卖相的水果，而且在历史上都有特殊的一笔记载。但岭南人却不偏心，把"岭南佳果"的美名冠予了这其貌不扬的亦果亦药的龙眼。

据说，在福建福州有这样一个传统习俗"白露必吃龙眼"，意思就是在二十四节气中白露这一天吃龙眼有大补身体的奇效。龙眼本身就有益气补脾、养血安神、润肤美容等多种功效。史料记载，宋徽宗即位之后，皇后身体欠佳，不能进食，而御医们却束手无策。此时，恰逢兴化进贡龙眼，

皇后食用之后，顿觉满口生津，身体也感到轻松了许多。皇上龙颜大悦，赐予"桂圆"之名，并称"龙眼"。

龙眼栽培历史，最早可以追溯到 2000 多年前的汉代，文字记载于《后汉书·南匈奴列传》："汉乃遣单于使，令谒者将送……橙橘、龙眼、荔枝。"北魏（386—534 年）时期，贾思勰在《齐民要术》云："龙眼一名益智，一名比目。"北朝西魏年间，魏文帝曾诏群臣："南方果之珍异者，有龙眼、荔枝，令岁贡焉。"可见在古时龙眼已经被列为朝廷重要贡品。

龙眼在岭南地区种植普遍，是潮汕人特别喜欢种植的一种果树。在山头田野、村前屋旁，随处都可看到龙眼树的美丽倩影。龙眼的品种有 400 多个，岭南地区的石硖龙眼是当地栽培历史悠久的鲜食品质最优的良种之一。

传说，"石硖"是"石夹"的意思，最早的龙眼树是从大石缝中生长出来的，压在石头下的树根吸取了大地的"精气"，因此石硖龙眼肉质爽脆，晶莹圆润，鲜甜可口，果核极细，可食率达七成多。经过生晒制成的龙眼肉有"水糖肉"之称，其经济价值比一般鲜龙眼高出 10 倍。

"龙眼，是我们客家人食疗菜谱里使用最广泛的一种水果。"我身旁的蓝旭慧是黄克小学的老师。她说，龙眼在我国的名字很多，客家人一般叫龙眼。客家人特别注重食疗，例如：取龙眼肉加白糖在饭锅中蒸成龙眼膏，有大补气血之功；龙眼肉加红枣、糯米、莲子肉等煮粥食，具有治疗贫血、失眠、神经衰弱等多种疾病的作用。

蓝老师说，小时候她常常在龙眼树下嬉戏、打闹或与小伙伴们捉迷藏，累了就在龙眼树下睡觉。龙眼开始成熟的时候，爷爷、父亲、弟弟就攀到树上摘，她只能在下面等着不慎从树上掉下的果子，解解馋。

多少次，不管风雨，妈妈在龙眼树下送她上学。母亲就像那龙眼树，似一把人生的大伞，一直把晴朗的天空留给儿女；就像这一颗颗龙眼，不管表皮多么干涩，内里总是深藏着甘甜的汁液，让人一生无法忘怀。

是啊，人生滚滚向前，回不了最初的模样，我也如此，已回不了当初的年少！

作为一名高铁建设者，五年的时光在赣深大地上忙碌。工地边上的驻地就有一棵龙眼树。多少个夜晚，那一轮明月依然照在窗前。我轻轻地合上手中的书本，伫立在窗口，目光温柔地落在龙眼树的枝丫间，聆听着虫儿切切暗窗下。隐隐的草丛里，斑驳的树影中，这些有名或无名的虫儿，在夜色的指挥下，不约而同地放开了歌喉，开始晚上的表演。在如水的月色下，记忆的藤蔓从时光深处爬上我的心墙。

我写不出一个字的时候，围着龙眼树浇浇水、清理一下树叶，或者把龙眼摘下来与工友们分享。有时我甚至抱着它说："我是不是很差劲，老是写不出来！"龙眼树没有回答，但它似乎读懂了我的心声，于是借着风，由枝叶发出"沙沙"的声响来告诉我："慢慢来，一切都会好的，肯定行！"

就这样，龙眼树下成了工友们茶余饭后最喜欢去的地方。观看龙眼树的四季更替，谛听虫儿鸣唱，我们感受到了人间的冷暖、四季的炎凉，天地悠悠，岁月匆匆。当盛夏的大雨过后，树上的花儿随风而去，簌簌地飘落在我的工作服上。

花期结束的时候，附近养蜂的客家大叔专门来到工地的项目部，给我们留下了几斤龙眼蜜，说是感谢我们在这里给他们修高铁。我用温水冲调出一大杯又香又甜的蜜水，小口地喝着，整个人都融化在那龙眼蜜的甜美中。

龙眼，内秀而不张扬，平凡而不平庸；龙眼，淳朴而又热情，香甜却不做作，正如我们高铁建设者一样，坚守属于自己的那块阵地，坚定自己的理想和信念，为实现自己的目标不懈努力。

人生就是不断的别离，对于高铁建设者来说尤其如此。今年年底，赣深高铁将建成通车运营，我们也将告别这块早已熟悉的土地。尽管铁路建设者的人生旅程经常有着不言而喻的伤痛别离，但正如被岁月温柔地包裹的一枚枚金色的琥珀，树上结出的晶莹剔透而又甜蜜的龙眼一样，四年在河源的工地生活，总是这样的温馨、美好。

我想，铁路建设者一生行走，一路感悟。走在人生的道路上，只要一切安好，岁月待我以温情，我也将以美好的心情回报。

只有岁月的温柔以待，我们才能一起甜美地行走在阡陌之间。或许，这才是我从龙眼树那里获得的心灵抚慰。

第三辑

汇美食

2021 年 8 月 12 日于河源龙川

年 猪

许多往事总储存于我们的记忆当中，比如过春节，就是一种无法忘记的乡愁，里面包含的思念是我无法抑制住的强烈情愫。

这是故乡村口前大榕树下急切等待的身影，是回到家里那一声父母的呼唤，是一家人围坐在老屋里，品尝着春节里刚宰的年猪，其乐融融中一缕缕温暖的炊烟。

新年年初，在广州工作的重庆男子分享了父子俩的视频通话。马上就要过年了，父亲兴冲冲地打电话问儿子："哪天回家，家里养了一年的猪，等着你回来杀。"看着父亲满怀期待的样子，男子神情落寞，内心五味杂陈。当老父亲得知儿子过年不回家，说"你不回，杀年猪有什么意义"时，引起不少人的共鸣。

"有钱没钱，回家过年，家里总有年夜饭"，这是留在老家的父母宽慰外出工作的孩子时最常说的话。其实，作为一个铁路建设者，这些年来，每到过年都盼着回家。可是高铁建设工地远离家乡，逢年过节，我作为单位的负责人还要值班留守在高铁工地。

所以，每到过年的时候，无形的压力就越来越大，最害怕的就是父母打电话来问哪天回。

杀年猪，亦是我家乡当地一种非常重要的风俗，是过年时一件极其隆重的大事。每逢年关，杀年猪热闹而又喜庆。过去，农村的物质生活条件较差，交通不发达，商品经济也不发达。虽然农村有集市，大一点的村庄也有卖肉的，但是，那时农村的乡亲们穷，手里的余钱不多，要想吃肉还真不容易。

为此，当时的村民如家里遇到有重要的事，或必须办酒席时，就有借猪肉的习惯。如果村里哪一家杀猪，事先报一声信，需要猪肉的人家就去借，一般到了过年杀年猪时再还。过年的时候，天气寒冷，猪肉放十来天也不会坏。再说农村不同地方对猪肉都有加工的土办法，如熏腊肉、做香肠、猪血丸子、咸肉、坛子肉等。所以，在物质不丰富的年代，杀年猪可是改善老百姓生活的最佳途径。

父亲是一名铁路工人，长年在工地一线工作，一年到头难得回来。母亲和我在家乡，要照顾年迈的爷爷奶奶，还要收拾家里几块不大的地。我是土生土长的农村人，生于20世纪70年代初。在那个年代，虽然已没有了"红薯汤，红薯干，离了红薯不能活"的日子，但在童年时代，家乡的红薯确实是我的主食。那时心里就盼着早点过年，因为母亲说："一过年，你爸就从工地回来了，我们就杀年猪。"那香喷喷的腊肉香肠味，总是让我魂牵梦萦。

尽管那会儿我才六七岁，可在妈妈养猪的伟大事业中，绝无可能置身事外袖手旁观。猪是食量很大的家畜，每次煮猪潲时，必须添加大量的野菜野草。例如：牛皮菜、苜蓿、鸭跖草、黏糊菜、聚合草、芭蕉芋、构树叶、高丹草、红薯藤等。因此，轻松的打猪草任务就毫无意外落在我的头上。

那个年纪的我，正是贪玩的时候，一大早提着背篓出去，只要途中碰到小伙伴，便野得不见了人影。等到天黑回家，背篓里的猪草没有多少。为此，母亲"修理"了我几次，可是我一见到小伙伴们就忘记了，照常玩得很野。

在四川农村，红薯尖比较常见，在红薯起土之前，红薯藤肆意疯长，每天都能割上那么一大背篓。农村人很少吃，因为太常见，味道也并不好，让人吃着很难受。但是对好吃的猪来说，却是无比的美味。

另外，蕨菜生长起来非常密集，山上密密麻麻的都是，和杂草混长，以前很少人知道它还能吃，所以一般都是割来喂猪的。

后来我来到城市，才知道蕨菜上生长出一弯的那部分，居然还能吃，而且味道还不错。有同学用它腌制泡菜，上大学时带来，让我们赞不绝口。听说从根状茎提取的淀粉称为蕨粉，味道也很不错，我倒是没有吃过。后来我还知道，蕨菜全株均可入药，祛风湿、利尿、解热，又可作驱虫剂。

那时候，我最喜欢去摘鱼腥草，又叫折耳根，有一股浓重的特殊腥味，在家乡几乎一年四季都有生长，随处可见，而且生长起来非常快。由于鱼腥草含有丰富的矿物质，如钙、磷、铁等营养元素，还有丰富的蛋白质和脂肪，所以我经常摘鱼腥草给猪吃。

第三辑

汇美食

　　对于大自然的这份馈赠，我至今心存感激，因为它确确实实消除了我寻猪草的许多烦恼，顺便还可以与伙伴们在水田里捉鱼弄虾，畅享农村孩子才有的快乐和幸福。

　　自然，母亲是最忙的。在农村，盖好房子还不能算完整的家，要挖好猪圈了才行。家乡当地石材很多，猪圈挖得方方正正，边上用大石条作围，非常结实。祖辈流传下来的农家文化是很深厚的，每个家都考虑风水，人住哪儿，牲畜住哪儿，都是有讲究的。当时，我们家里的房子虽然小，但也是坐北朝南的房舍。而对面西南角的那块地就是做猪圈用的，鸡窝也在院子的西边。

　　每年 3 月间，母亲就会上街赶场，在专门的生猪买卖市场捉猪仔。每次捉五六只回来，圈在猪栏里喂养。猪圈分两层，上面一层是劈好的柴火或干的玉米梗，下面是猪窝。猪窝的地面除了铺一层软软的玉米梗外，还有一个大石头制成的猪槽。

　　每到喂食的时候，母亲用木棍敲打石猪槽，嘴里发出"噜噜噜"的叫唤声，不管猪在猪圈的哪个角落，都会哼哼着跑到猪槽边觅食。母亲养猪很精心，记得她经常用青饲料加碾碎的米糠煮成猪潲，把南瓜藤、玉米叶或红薯藤割回来，丢在猪圈里，用来补充小猪生长所需的维生素。

　　其实，这些小猪仔蛮可爱的。经过调教，非常爱干净，连拉屎撒尿都知道去排粪口附近处理，如此一来，它们睡觉的玉米梗窝就显得干爽而又整洁。有时，我也被母亲派活，提着潲桶给它们喂食。

　　当我把猪潲放在猪圈外，未倒在石猪槽里，还没有"啰啰啰"地叫它们，它们已朝我奔跑过来。它们有的前腿趴在围栏上，摇头晃脑，一双双黑黑的眼睛盯着我看，有的索性伸出舌头在我手上狂舔，更有一些就在那里叫着，一副急迫的表情。

　　当猪潲倒在石猪槽里，"呱嗒呱嗒"，小猪仔们吃得很香。它们经常争着吃食，力气大的总是欺负力气小的。我看见自然是要管的，用棍子把吃饱了肚子后依然争抢位置的猪赶到一边去，让弱小的猪赶紧吃猪食。

　　猪的命运，注定是悲哀的。以前还是公社的时候，养猪是有任务定额的，需把一半的猪肉上交公社的屠宰场，剩下来的另一半才是自己的。后来，承包到户后，养猪就成了家里重要的经济来源，也不用交公社了。除了计划要卖的外，一般就提前留下一头猪来，作为过年的年猪。

当年猪长到六七个月时，便会被母亲从猪群里分栏圈养，不再喂给精饲料。这样做的目的是控制它长膘，让它多长一些瘦肉。

家乡农村里有句童谣："红萝卜，迷迷甜，看到看到就要过年。" 快过年的时候，谁家杀年猪，那可是家里一件大事。

时过境迁，现在杀年猪已经没有了时间限制，有的是刚跨进腊月门儿的时候，有的是晚到腊月二十七八快过年的时候。离过年越来越近，这时在铁路工地的父亲就会提前确定好回家的行程，家里就开始做杀年猪的准备了。

记得到了那天，母亲一大早起来在院子里把一大锅水烧滚。村里的屠夫老刘早就找好了帮手。只见他上身穿着厚实的粗布围腰，下身套着下水裤，胳膊肘下挎着一个褡裢，褡裢里面是他用的"家活什儿"，有长刀、剔骨刀、钩杆子、长铁钎什么的，许多是我叫不上名字的。

老刘挽起袖子，露出厚实的臂膊和肌肉，一看就是老干这行的。他和帮手跃进猪圈，猛地下腰，抓住猪的一条前腿，顺势用肩膀一顶，用胯一压，便放倒了猪。帮手在旁边把猪的四脚上了绑绳，穿了杠子，架出了圈门。

被架起的肥猪这个时候意识到不妙，全身使劲挣扎，大嘴声嘶力竭地嚎叫着。院子里早放好了两张大方桌。猪还在挣扎，后面又上来了几个亲戚将猪死死地摁躺在方桌上。

猪的头探出来，脖子下面放着一个锃亮的大钢盆。只见老刘手持长刀，可能有一尺多长，锋利雪白的长刀对准猪喉咙直接刺入。杀猪刀迅速拔出的那一瞬间，猪的鲜血就像喷泉一样喷射出来，直接泻入早就准备好的盆中。母亲提前在接猪血的盆里放了一些盐、芡粉、菜油，这样接到的猪血做好后才香滑好吃。

不一会儿的工夫，猪就断了气。老刘在猪后腿又割了个口，把一根长铁钎捅进猪的腹部、背部、两侧，一直捅到猪耳处，随后他便在开口处用打篮球的气筒打气，随着气筒一起一落，这猪身也如气球般被吹得好胀，老刘旋即扎紧开口。他再取个棒子在吹起来的猪周身敲打，后来他们告诉我这叫"吹猪"。蒸腾的水汽里夹杂着血腥味，几个人在这雾气里忙活起来。

猪毛长得又深又长又坚韧，老刘先迅速用手将猪背脊上的毛拔了放在早就准备好的背兜里，听说晒干后可以拿去卖钱。然后，他用专业的猪毛刮子来刮猪毛，刮好了一面，再让大家一起将猪翻过身来刮另一面。

没多长时间，一身无毛的大猪就已躺在桌子上。老刘先将猪头和四个

汇
美
食

猪蹄卸下，然后把猪腹一开，把五脏六腑都取净，分拣起来放进盆里。他的刀锋过处没有一点迟钝，场院里没有其他声音，只听到刀过肉处的窸窣，一看就是有功夫的。里脊肉、臀尖肉、坐臀肉……个把钟头就把年猪收拾得妥妥的。

把猪处理完以后，老刘便没事了，在一旁和助手抽烟，等着中午一起吃饭。吃完饭后，老刘和助手离开时，母亲送了几斤猪肉、内脏等让他们带走，还要支付一定的杀猪工费。老刘的儿子大刚是我的小学同学，难怪他长得那么胖，可能因为天天有猪肉和内脏吃。由于我们俩在小学的关系好，大刚经常把酥肉偷偷藏在裤兜，带给我一起分享。可能是因为装了肉，第二天他的裤子被老鼠咬了几个大洞，被他妈妈骂了好几天。

中午，母亲总会选一块上好的肉、心、舌等，或炖或炒，炒五花肉、蒜薹肉丝、熘肥肠、夫妻肺片……满满登登一桌子，招待亲友和邻舍。这时，早就来了的亲朋好友，还有相请的附近邻里乡亲，大家围坐在一起，喝着小酒大快朵颐，充满了欢声笑语，浓浓的乡情和年味便瞬间在家中弥漫开来。

吃过午饭，送走客人，妈妈又忙开了。她从箩筐中精选几块年猪肉，让参加聚会的亲戚们捎回去，又上门送给村里的老人或五保户尝尝鲜。剩下来的100多斤肉就该用来制作腊肉香肠了。首先，她用火燎掉猪毛，然后用磨得锋利的菜刀刮去猪肉表面的那层焦皮，再打热水将其一块块洗净晾干。抹盐上缸，按照早就计算好的配比，把盐均匀地涂抹在那些猪肉上，码放在陶缸里。最后，在阳光下晾晒，等着与香肠一起烟熏火燎。

母亲做香肠的时候非常耐心与认真。做香肠，首先将精选的瘦肉切成一小条一小条，剁成一小块一小块，拌上精盐、花椒、大料、辣椒、生姜即可。加的作料没有一定比例，因自家喜好而定。因为全家人都喜欢麻辣味重一点，所以母亲经常说我们的口味太重了，对身体不好。但每次她自己做的时候，都把配料放得足足的，满足我们的口福。她把肠放在菜板上先用刮子刮干净，然后用碱醋洗数遍，再把洗好的香肠皮一头用线绑结实。最后把洗净的大肠、小肠整理好，一端套上一个短小的竹筒，将调好的肉馅灌入肠衣里。这个时候，必须格外仔细，稍不留神，猪肠衣就会被挤破。

肠衣一般都较长，灌肠差不多有两尺来长时，就停止灌肉，两手均匀使力把肉朝灌肠下方不停挤压。每灌上一段，就要用小麻绳扎好，等全部做完了，桌面上便摆满了一节一节的香肠。这时，母亲找来一根绣花针，在灌好的肠上扎上针眼，将里面多余的空气放掉。母亲在灌香肠方面非常熟练，总能轻易将瘦肉灌入肠中，没有出现香肠破裂的情况。

母亲说，灌香肠既要胆大心细，又需谨慎，就如做人一样，不怕前行的路，但也要小心翼翼。每到此时，我便不耐烦地说："知道了，知道了。"母亲看着我，满脸怜爱与无奈，不再说话。

最后一道工序，就是将做好的腊肉和香肠进行烟熏火燎。这项工作一般都是爷爷的"业务"。爷爷做事非常细心，他在大铁桶的炉口上设了一个固定的钢丝架子，待熏的年猪肉和香肠可以安稳地摆放在架子上。那时，爷爷先从自家山上收集松树叶，用刨花引火，火燃起后用锯木灰覆盖，上面再堆一层松树叶或花生壳。只有这样，烟熏出来的腊肉才够味儿。待燃烧到一定程度时，就用铁甲把灶里的明火打掉，压上准备好的湿松树叶。

随着一股股带有松树丫香味的烟升起，整个院子里弥漫着肉香，并不时传来被烟熏的咳嗽声。最终，熏好的腊肉香肠吊挂在厨房的灶火口，经年累月地烟熏火燎，能够确保腊肉香肠不生霉变质。

许多年过去了，这一幕幕似乎发生在昨天，还是那样的熟悉，可是爷爷奶奶早已过世，一切都无法再回到从前。30多年前，一家人来到了铁路工地，最后父亲在广东韶关有了属于自己的一套家属房，定居了下来。

如今，记忆里的家乡杀年猪大餐早已成为过去，留在了不能忘记的日子里。

虽然没有了过年杀年猪的那种快乐，但在春节举家团圆的日子，开开心心、平平安安回到家，和父母聚在一起吃顿团圆饭，说说这一年来在外工作的情况，讲讲那些年吃年猪时，衔在嘴里仿佛还在跳动的美味的猪肉，这种新年里浓浓的乡情和对家乡的思念，也是莫大的幸福。

第三辑

汇美食

2023 年 1 月 18 日于广州南沙

娘　酒

　　客家人是离不开酒的。这是我来到客家古邑河源修建高铁时认识最深刻的一件事。

　　有客家人的地方，就必定有客家的娘酒。客家人的好客之道，酒自然是少不了的。摆酒设宴，是客家人重要的社交活动。

　　每当到其家里小坐，主人总会端上一碗黄酒："渴了吧，来碗娘酒喝！"然后一碗米酒就会端到你的面前，黄澄澄的弥漫着香气，那色泽与质感就像乳汁中融入了几滴稠黄的蜂蜜，随着醇正的酒香飘入鼻，顿时让人飘飘然，沉醉其中……

　　乡愁，是我们每个人亘古不变的情怀，维系着灵魂的家园，是精神和文化的传承和寄托。娘酒，是客家的淳朴记忆和民俗文化的精髓，是一份美丽的乡愁。

　　《说文解字》对"酒"字的解释很有意思：酒，就也，所以就人性之善恶。意思是说，酒就是迁就、满足，能成就人性之善恶，最终体现的是人的一种品格或精神。

　　千百年来，客家人在长途跋涉和频繁的迁徙中，不仅保留了中原华夏汉民族固有的优秀文化传统，还吸收了闽越部落及畲、瑶等族的优秀文化和风俗，从而使客家文化独具特色。

　　"客家"，这个族群强调了"客人"的属性。客家人的历史，就是他们不断迁徙，不断南下的历史。客家先民从北到南迁徙过程中，历尽苦难，饱受沧桑，陆续进入了江西赣江流域、闽西南和粤东北等地区。他们筚路蓝缕，拓荒垦殖。加之先民们在南下路上衍生出了极为强烈的文化心理认同，在两宋期间，就逐渐形成了一个具有山区少数民族特征的汉族民系。

　　客家人，在不断迁徙离家越来越远的日子里，怅惘、孤独、寂寞，恋家的情绪深重，郁结于心。离开家乡，真的好远好远，还要走上多久，多远？

在此休憩片刻，喝上一口娘酒，那种仗剑走天涯的烈性情绪被激发出来。迷离的眼神中，远处一座座山峦化作秋风里不断蔓延的乡愁，在酒水里发酵。

客家人的酿酒和饮酒方式已有1000多年历史，传承了许多古中原地区的酒文化基因。起初酿酒时，客家人采用山楂树的根叶及自己种的高粱和小米来酿酒，酿出来的酒有舒筋活络、驱寒保暖之效。

后来，客家人又采用制糖后的甘蔗渣酿酒，这种酒被称为"滗酒"。此外，客家人还将糯米放入蒸笼蒸成饭，加入酒饼和红菊发泡来酿酒。这种酿酒呈暗黄色，因此客家人又称它为"客家黄酒"，也有当地人称为"娘酒"。

客家黄酒，还有一个十分温馨的故事。相传，中原汉人因避饥荒、战乱，大举南迁。一群人徒步越过千山万水，进入岭南的崇山峻岭之中，累得再也走不动了，一个个昏睡过去。

不知过了多久，一阵清风夹杂着一种特别的香味沁人心脾，一位年长妇女慢慢苏醒时，见到一位满头银发、红光满面的长者，用竹制的勺子，从容器中舀出清澈透明的液体，递给老妇说："喝下去吧！"老妇轻轻呷了一口，就闻到醇香浓郁的气味，顿觉心旷神怡，随即疲累全消。

老妇按照长者的指点，给每个人嘴里灌了一口，转眼大家醒来，精神焕发。迎着大家惊奇的目光，长者哈哈大笑，说："这是用糯米酿成的酒。"接着长者向大家介绍了酿造方法，之后扬长而去。其后，这支来自中原的族人就在当地定居开拓，生息繁衍。后来，客家娘酒也世代相传至今。

客家人常常说："酿酒做豆腐，无人敢称老师傅。"客家地区家家户户几乎都精熟于酿制用糯米发酵而成的娘酒。因此，村中家家户户少不了酒瓮、酒缸，晒在庭前院后。逢年过节，妇女们在自家的灶头和院子里做娘酒。即便做了几十年黄酒的师傅也不敢大意。

蒸煮娘酒，颇讲究"土味"。娘酒的主要原料糯米，以刚脱壳的糙米为最好；水要用古井水，连清洗酒缸、酒瓮也用古井水，而且不能用洗洁精；酒饼要用质量好的刀土酒饼。然后，洗净糯米，用大锅煮熟，接着把糯米饭放在大簸箕里，撒些用具有发酵作用的酒饼磨成的粉，用手搅拌后，摊开凉透。待糯米饭凉了以后，倒进一个大水缸里。缸口用布或透明的蜡纸封住。

为了方便观察糯米饭发酵情况，最好用透明的蜡纸封口。待闻到酒香时，大水缸里就会渗出一些发酵好的娘酒。最后一道工序，是将米酒从酒糟中过滤出来，装进小瓮中，加入红曲，用草皮封好，埋入燃有暗火的火堆中，开始炙酒。

炙酒工序完成后，就可以把瓮口封起来，这样，整个酿造过程就完成了。通过严谨的制作工艺，能保证酒质更加醇厚清香甜美，而且可以保存更长时间。

看着冒着气泡的酒缸，闻着空气中弥漫着的清新气息，我感觉周围的一切都是静静的。没有多余的步骤，没有烦琐的过程。在那缸酒背后，我仿佛能感受到一种从容，一种自然，一种蜕变的过程，一种全新的升华。

这时，我似乎看到了酒中的一个个人影，一个个故事，在酒曲的融合下，在时间的浸泡下，一粒粒洁白的糯米膨胀、发软、融合，最终沉淀，最后融入整个空间，醉人的芳香发散在空气中，久久不能消散。

娘酒醇香、爽口，喝到尽兴之时，酒意微微，脸上放光，五脏六腑似温水沐过，暖烘烘、热融融的，飘飘然有一种说不出的惬意。

娘酒，在客家地方也叫老酒，与江南的糯米水酒异曲同工，但有着决然不同的独特底蕴。客家娘酒，呈乳白色，浓得用筷子一粘，可以拉出丝来，喝上一口，味美香浓，直透心头。

《幼学琼林》中记载："其味香芬甜美，色泽温赤，饮之通天地之灵气，活经络之神脉，尤适健身养颜之益也。" 据科学考证，好的黄酒其实是一种营养价值很高的低度酒，它含有丰富的蛋白质和氨基酸。娘酒的清香，到最后的馥郁，随着乡村的酿造历史，从远古一路蹒跚走来，漫漫时空，每一页都浸漫着酒的醉人香气。

在烟火气息中，我似乎看到了娘酒是如何点点滴滴融入客家人的生活当中。娘酒倾倒在碗里、杯里，或者装进水壶里，背在身上，都不影响其酒色与芬芳。客家的新生儿一出生，产房里就弥漫着酒香奶香，坐月子的"娘"，都要喝上不少客家娘酒。因为产后的妇女身体虚弱，必须补一补身体。

在娘酒中辅以鸡肉，俗称鸡酒。在烹煮的过程中，先放些姜片，将鸡肉在锅里炒熟，然后与沸腾的客家娘酒一起煮。于是，产后的母亲们就可安心享受"酒煮鸡，酒蒸蛋"的待遇了。

客家儿女，哪个不是吃着母亲身上娘酒煮鸡化成的乳汁长大？谁能忘记母亲无私的付出和爱？娘酒就是乳汁，乳汁亦即娘酒，哺育了客家千千万万的优秀儿女。

难怪大家都说，娘酒是乳汁，是延续客家千年的血。千百年来，伴着先民们迁徙的脚步，娘酒就这样渗透进客家人的血脉里，流淌在岁月的长河之中。

当然，娘酒也成为客家人逢年过节或喜庆日子饭桌上的必备饮品，更是作为礼品赠送亲朋好友。但是，绝对不会让小孩子喝酒。他们认为，酒对于没有成年的孩子来说，是十分有害的。因此，不会让孩子们碰酒。待孩子成年后，喝酒自然是社会交际的必需，反而要求小伙子、大姑娘们都要会喝，这就秉承了客家好客的习俗。

客家人好客，人来即热情挽留，先递上一杯工夫茶，然后摆酒待客。这种待人接客的诚恳，就如娘酒一样美好，让人暖心。

有一次，我到当地的一位客家好友家里去做客。娘酒香甜，好入口，我心中高兴，于是跟大家一轮轮地干杯，一碗碗的米酒穿肠过肚，人就像打鸡血似的。平常，喝上一碗，我的脸就会红，浑身就像打了麻醉一样，有点轻飘飘的。这下真正地陶醉了，飘飘然，醺醺然。酒喝到位了，酒酣耳热，只觉得意气飞扬，温热的话不知说了多少，最终在睡眼蒙眬中被大家抬回了宿舍。

酒不能解忧，这是我们大家的共识，只是令人在由兴奋到麻醉的过程中暂时忘怀一切，即刘伶所谓"无息无虑，其乐陶陶"。可是酒醒之后，所谓"忧心如醒"，那份酒醉的滋味很不好受，所付代价也不算小。

汇
美
食

以至于，现在每次我看到米酒，心里都很不自然，抱有警惕之心。没想到这么温和好喝的酒，竟然也有猛烈粗犷的一面。当然，娘酒是我工地上兄弟们的至爱。繁忙工作后，三五成群坐在一起的工友们最大的享受就是喝酒，不仅解馋解困，也解了我们的乡愁。

在客家人的世界里，我看到的几乎都是妇女在做娘酒，如果没有勤劳的客家女人，我想娘酒就不能称为娘酒了。客家女人们把米粒蒸煮成饭，再把饭酝酿成酒，酒成为男人们的钟爱之物。男人们把气力又用在耕地上，播种插秧，结成稻穗，最后育成米粒，然后女人们又蒸煮化酒……

难怪，当地人称娘酒是思乡酒、母亲酒。周而复始，大道循环，千年一瞬。大地金黄，凝聚而化为一坛精华。乡情，凝结在这一坛酒水当中。

　　无论走得多远，一壶米酒总能轻易地唤醒那缕思乡的情绪。每个客家人的灵魂，都在这一滴酒的世界里安放，那是熟悉的故土味道和气息。

　　所以，仿佛只需一滴，就能轻易引领一个游子的灵魂回归故里。这就是大家经常说的："故乡很大，大得一眼望不到边，大得万步走不到头。但故乡其实很小，小得只是一滴思乡的酒。"

　　客家的娘酒啊，在远离故乡的日子，你就是我们心中那抹温暖的慰藉，就像临走前母亲的叮咛、父亲手中那一杯送行酒，令人刻骨铭心。在丰腴的生命里、流淌的岁月中，让我们慢慢啜饮，慢慢品味。

2021 年 6 月 24 日于河源龙川

酿豆腐

客家人是如何遇到豆腐的？

对于我这个外来客来说，是无法解释的。令人意外的是，工地上的工友们对这里的豆腐情有独钟，甚至有些偏爱。

酿豆腐，是客家人餐桌上一道最好的美味，亦是在外游子心中的乡愁。难怪当地的客家人说，"有钱有钱，豆腐过年"。

作为一个在客家大地上修建高铁的建设者，我对客家文化十分推崇，自然不会错过参观制作客家豆腐，一探其中奥妙的机会。于是，我随当地摄影家协会的大师们一起走进了龙川县佗城镇胜利村，亲自探究客家人的豆腐情缘。

寻觅，漂泊，是这群永远在路上，风餐露宿，无家可归，灵魂在远方的人的宿命。这场漂泊，竟然持续了千年，千年的光阴成就了一个新的群体，唱响了一个无奈、沧桑却又十分响亮的名字"客家人"。

客家人无论走到哪里，都忘不了母亲做的酿豆腐。客家人在远行的路途上，在陌生环境瑟瑟的秋风中，独自一人前行之时，除了喝上一口烈性的酒以外，还要来上一碗外酥里嫩、浓郁爽口，让人垂涎欲滴的客家豆腐，顿时香甜在口，满足在心。这既是犒赏自己的一道美食，又是呼应传统文化、回应浓浓乡情的一种寄托，更是心中无法言明、难以割舍的情愫。

身为一个客家人，体内流淌着不一样的血脉。正是因为他们深深地眷恋故土，热爱家园，即使迫不得已漂泊异国他乡，一去千年，依然不忘自己是流落他乡的"客"，以特有的方式凝聚自己的族群——这就是文化和语言，遵守家乡的风俗，用文化这根魂脉紧紧地系着这份坚守，蕴藏着对先人的敬重、感恩和深情。

大将军赵佗奉秦始皇之命平定南蛮，后来他在岭南建立了南越国。据说，来自北方的赵佗及其部下们，十分想念家乡的饺子，然而当地并不产

第三辑

汇
美
食

小麦，没有做饺子所需的面粉，只好用豆腐代替面皮来包肉馅。

　　他们将豆腐切成长方形或三角形小块，然后在每块豆腐中挖个小洞，再把调制好的肉馅嵌入洞中，精心烹制。就这样，经过千年的传承，形成了客家人引以为傲的名菜——客家酿豆腐。

　　实质上，酿豆腐与包饺子在文化传承上是相通的，不仅寄托着客家人的思念，更表现出其非凡的生活智慧。当然，要做好一道地道的客家酿豆腐，需要耗费不少时间与精力。

　　首先取适量的黄豆，放在装满清水的桶里浸泡一个晚上左右，待黄豆完全被水浸透、膨胀，才能拿去打浆。制作豆腐的阿姨说，以前打豆浆都是在传统的石磨上进行，手推石磨慢工出细活，豆浆的细腻度才能控制得好，否则有可能浪费原料。不过现在都用电动石磨，比手推的石磨更好控制了。豆浆磨好了，先加点井水稀释，用包袱过滤掉豆渣，将纯豆浆倒入大锅之中，加水加锅盖，用中火烧开。

　　大锅冒着热气，燃烧的柴火里透出黄色的火焰，没有多余的程序。在那口大锅里，我隐约地感觉到一种天然的韵律，似乎能感受到客家人在坚毅的性格之下的悲喜情感，体味到人们在享受美味豆腐时带着的最深的思恋。

　　"点豆腐，还得准备'豆腐娘婆'，就是大家经常说的石膏。"正在锅旁掌握火候的阿姨说。她说，一定要提前按比例称好，敲成粉末，舀一些磨好的豆浆泡勾待用。待锅里豆浆烧开后，有泡沫漫上锅盖内顶时，须换上微火，这时就得加入"豆腐娘婆"了。

　　点卤是最关键的一步，时机与卤水量要把握得很到位才行。点早了成不了形；点晚了会老掉，影响口感。只有比例刚刚好，做出来的豆腐才会既成形又白嫩。

　　豆腐出锅也很有讲究。先将簸箕好好洗净，然后铺包袱，并摊放平整，用水瓢从锅中往里舀豆浆。然后将包袱边角上折回包，压上干净的木板，再坐上一重物。这道程序叫压水，就是压掉豆腐脑中多余的水分，促其尽快成形。压上足够的时间后，豆腐脑就变成了固体豆腐。

　　刚出锅的豆浆非常好吃。阿姨舀出一两大瓢热气腾腾的豆浆，然后分成几小碗，加上红糖，用匙子拌勾了。端着瓷碗，我们慢慢地吮吸着、品着，嫩爽的豆浆带给我们的是一种独特清新的美好感受，我仿佛看到豆腐是如何介入客家人的生活，最终成为一种淡淡的乡愁。

在中国有关豆腐的各种民间传说与历史典籍中，处处体现着中华民族尊长敬老的文化。中国古代流传着"杜康造酒，怀南做豆腐"的佳话，高度赞扬了怀南发明豆腐孝顺母亲的行为，其中体现的是中华文化的核心——孝道文化。

遥想当年客家先民背井离乡、举族迁徙的过程，如果没有根深蒂固的文化信仰，是无法克服艰难险阻、披荆斩棘到达遥远的异乡定居，在人烟荒芜、瘴气弥漫的南方山区生存下来的。

元代王祯《农书》中说："九州田土，土各有异，田各有等，山川阻隔，风气不同，凡物之种，各有所宜。"以秦岭淮河为界，中国产生了地理意义上的北方与南方，巨大的气候差异造成了农业的差异。北方地区相对干旱少雨，形成了以旱地农业为主的农耕文化，十分适合小麦等喜旱作物的生长。

在以农业为支柱的古代，中原地区的地理和气候特点决定了它成为华夏文明的源头。我国南方的广大地区，气候湿热多雨，并不适合小麦生长。这种差异造成了两大饮食文化体系：北方饮食文化和南方饮食文化。

俗话说："好吃不过饺子。"吃饺子或者填充馅料的其他面食，是北方地区最具特色的饮食文化。思乡心切的客家人，久居异乡，自然会怀念起故乡的饺子。我国东南地区，群山莽莽，延绵不绝，"八山一水一分田"，是客家地区地理环境的典型写照。

汇
美
食

客家人发现，南方虽然不适合种植小麦，但是可以种植大豆。土地资源有限，人们就将大豆播撒在田埂上，这种在田埂上长出的大豆品质很好，个头又大又圆。

客家人来自中原地区，衣冠南渡，自然也把中原的文化带到了南方，其中也包括饮食。客家的先民们，在回忆起中原包饺子的场景时，自然会产生一种复杂的感情。为了将这种感情维系和传承下去，他们创造性地发展出了客家酿豆腐。

客家人好客，你来我往，摆酒留客，推杯换盏，这种待人接物的诚恳和热情，有如娘酒一样美好。在这个时候，抓上一把花生，炒上几个菜，端上一碗酿豆腐，那绝对是有滋有味。客家酿豆腐鲜嫩滑香，呈浅金黄色，肉馅美味可口，汤汁浓郁醇厚，让人垂涎欲滴。

夹一块热乎乎的豆腐放在米饭上面，豆腐里的醇厚汤汁顺着缝渗透到米饭中，然后将米饭豆腐混合着送进口中，豆腐鲜嫩滑润，米饭因为汤汁而带有咸鲜味，一口吃下去后，不知不觉饭碗已经见底了，让你的心里暖乎乎，浑身舒畅。

客家酿豆腐味道鲜美，在白嫩的豆腐中酿入猪肉、鱼肉、虾米等，增加了口感，更有嚼头。就这样，伴着米酒一碗碗地下肚，一波波的猜拳行令，所有温热的话儿，都随着留在唇边的豆腐余香，飘荡在空中……

关于酿豆腐还有一个具有哲理的故事。很久以前，客家地区有一户人家，有两兄弟不和。兄弟二人外出谋生时，一个往北，一个往南，但是他们都非常孝顺自己的母亲，每年春节都赶回来和母亲团圆。

有一年，哥哥买回来猪肉，弟弟带回来豆腐，为了让他们兄弟俩和睦共处，心灵手巧的母亲将肉和豆腐做成了肉馅豆腐。席上，兄弟俩都觉得这道菜味道鲜美。这时，母亲语重心长地对他们说："兄弟要像这肉馅豆腐一样，团结凝聚。"兄弟俩从中悟出道理，后来团结一致，家族兴旺发达。

"'酿'在客家话发音中与'让'相同，'腐'则与'富'相同，因此酿豆腐在客家人心中寓意为'谦让'和'富裕'。"谢为是县里摄影协会的副主席，长期专注于民俗的拍摄。他拍摄了许多这样的照片，对当地的民俗很了解。

他说，每当逢年过节或有喜事，每家每户的餐桌上都有这道菜。一来，酿豆腐有补虚养身、调理骨质疏松的功效。二来，酿豆腐寓含着客家人从中原迁徙而来，谦卑恭让不与人争，安居乐业，生活富足的意义。客家酿豆腐，经历史和时光的煲煮，最终成为客家餐桌上的传统风味名菜。

很难想象，浸泡的黄豆研磨成浆，经过巧手制作成形，然后构成了客家豆腐传奇的故事。一块普通的豆腐，用客家人养殖的草鱼或农家土猪肉搭配上当地种植的白萝卜作为馅料，就加工制作出爽口、清甜的美味佳肴。

龙川县佗城有著名的"三宝"——豆腐丸、卷春、香信，在当地家喻户晓，远近驰名。中央电视台的美食节目曾专门宣传报道佗城的豆腐丸，让佗城豆腐丸展现在全国观众面前，不少外地人慕名而来品尝。

2014年，龙川佗城的豆腐丸被列入河源市非物质文化遗产保护名录。村里的小学教师康兆妮是佗城本地人，也是河源市作家协会会员，她对当地的情况很熟悉，今天也是她领着我们走街串户。

她说现在的佗城镇，制作豆腐丸、卷春、香信的店铺很多，生意非常红火。香信的"香"，即香菇。香信的制法一般是将猪肉擂碎，加少许淀粉、味精，拧成扁扁的大拇指状，将浸润的香菇逐个外贴蒸熟便可。卷春的制作方法是先将鸡蛋或鸭蛋搅成糊状，放在油锅中煎成薄皮，俗称"春皮"，铲起后待凉。然后将擂好的肉馅外裹春皮成条状，即为卷春。

逢年过节，广州、深圳、佛山、惠州等珠三角各市的人都会慕名而来品尝和购买。现在，把刚制作好的"佗城三宝"成品进行急冻保鲜，大家通过网购的方式，今天下单，明天就能送到各地，大大增加了销售量和知名度。有些饭店一天就可销售 2000 多斤，每年纯收入达 80 多万元。

大地金黄，人间留香。每一样东西都有其存在的理由，都有传奇的故事，对于客家人钟爱的豆腐来说，亦是如此。

客家人不论走在哪里，吃到酿豆腐，常常会想起故乡，这是对传统风俗的一种传承，在不同饮食文化的交汇与融合中，吃下去的是豆腐，体验的是家乡的味道。客家酿豆腐是凝聚乡情的重要纽带，是客家人与生俱来的一种情结，是其身世与血脉的象征与寄托。

桌上碗里，风里香来，客家豆腐的鲜美，一直弥散在舌间。品味酿豆腐这道美味的客家菜，从砂锅中升腾的缕缕热气中，我们仿佛窥见萦绕着的千年不变的中原故土情。

客家人不仅是流浪者，更是改变命运的奋斗者，身处他乡异国，浓浓的乡愁反而让自己获得了勇于前行的力量。作为一个铁路建设者，我觉得客家人与我们一样，四海做客，四海为家，生命的旅途何其相似。

奔波在外的铁路人啊，品尝着美味的酿豆腐，心中充斥的不仅是满满的乡愁，还有心底里那份最深的眷恋挥之不去……

第三辑

汇
美
食

2021 年 6 月 22 日于河源龙川

月光饼

又是一年中秋至，客家月圆桂花香。

赣深高铁联调联试正忙，当地政府来到工地慰问一线的建设者，给大家带来了客家人钟爱的月光饼。我端详许久，月光饼的直径与盛菜的圆盘差不多，外表圆如皓月，饼身印有"龙凤""双喜"等字样或吉祥图案，顿时增添了喜庆的色彩。吸吸鼻翼，一股茶油特有的清香钻入鼻孔，直入心田。

月光饼是客家人的传统美食之一，虽然没有奢华的外衣，却给人一种朴素而亲切的感受，使人感到微微的不经意间的惬意，使中秋的情意表达得更加真实。我不由得掰开一小块放进嘴里，甜而不腻，又香又脆，松软适度，入口慢慢融化，不像现在的月饼口味比较甜、油腻。

中秋节是中华民族重要的传统节日，承载着人伦孝悌的血脉亲情和深沉厚重的家国情怀。对客家人来说，每年中秋时节，最为牵挂的家乡味道莫过于这　枚月光饼的浓香了。这沉甸甸的厚重的月光饼，就像天上一轮满月，寄托着客家人那股看似淡淡却强烈的思乡之情……

客家是古代中原南迁、聚居闽粤赣的汉族民系。一部客家人的历史，就是一部客家文化的发展史，映射了中华文化的璀璨多样、生生不息、绵延不绝、历久弥新。

客家人的故事，始自几千年以前，后又迁四川，下南洋，闯世界，一代又一代客家人在万里迁徙中，孕育、扎根、绵延、播迁……

中秋，其由来众说纷纭，有人将它追溯到周朝，起源于洛阳。在《周礼》一书中，已有"中秋"的记载，源于夏、商、周相继建都洛阳，形成春天祭日、秋天祭月的礼制。

在曹魏、西晋时期，中秋节已成为当时河洛地区一个固定的节日。河洛地区，当时以中原地区的洛阳为中心，西至潼关、华阴，东至荥阳，南至汝颖，北跨黄河至晋南、济源一带。河洛地区，处于中原腹地，在中国历史上，长期是我国经济、政治、文化的中心。从西晋永嘉之乱到北宋靖康之乱，大批汉人从河洛南迁，也把中秋节习俗带到南方。

慎终追远、不忘根本的客家人，一直以来始终守护着客家文化的火种，诉说着客家人的梦想。河源市是东江流域客家人的聚居中心，河源从古至今一直保留着中秋吃月光饼的传统习俗。如今，虽然各大小超市摆满各式月饼，京式、广式、潮式、港式……但河源的客家乡亲们依然最爱月光饼。

月光饼，最早出现在香港开埠初期（约1840年），在我国台湾地区被称为穷人月饼，是香港及台湾的特色传统小吃之一。由于当时物资缺乏，贫穷人家买不起广式等昂贵的月饼，便以月光饼作为替代。月光饼的主要材料极其简单——白砂糖与面粉，外表似炒米饼，入口慢慢融化，味道似云片糕。而台湾的月光饼，其实是番薯饼（又称地瓜饼），以地瓜或芋头代替枣泥、豆沙做主要材料。

每逢中秋前夕，河源市龙川县车田镇的邓叔一家子，都会在家制作月光饼。纯手工制作月光饼，已有上百年历史。邓叔一直坚持着这项传统月饼制作工艺，已经有40多年，对月光饼有种难以割舍的情怀。

客家月光饼的材料，主要有黑芝麻、葵瓜子、糯米粉、白砂糖、茶油等。其制作的材料、方法及形状都跟现在的月饼完全不一样。月光饼全部是手工制作，保质期不长，一般在中秋节前一两个星期才会上市，过了中秋也就没了，平时很难吃到。

邓叔说，客家自产的月光饼至今保留了纯手工的制作方法，用料细腻实在。一个个雪白扁圆形的饼体，酷似天上掉下的月亮，由于客家人称月亮为月光，所以被称为"月光饼"。由于它的所有制作材料都经炒熟，故不需再烘烤加工。这一个个如天空月亮大小的月光饼，经过时光的积淀，最终成为客家人的传统美食。

中秋吃月饼，最早见于苏东坡的"小饼如嚼月，中有酥与饴"之句，唐代和五代时赏月的食品只有"玩月羹"等。客家人过中秋吃月饼、赏月等习俗与全国其他各地大致相同，客家人称八月节或八月半，对其重视的程度不亚于过年。

远方的游子，若非万不得已，必赶回老家与家人团聚，这不仅是为了表达对家人的爱，也是让后辈铭记自己的根，增强族人的凝聚力。

月光饼，还有一个重要的作用，就是"敬月光"，又称"拜月华""接月华"，都是祭祀月神的意思。每逢中秋圆月升起时，人们早早便在庭院、楼台，或屋前的禾坪对着月亮升起的地方，摆出月饼、花生、柚子等，准备"敬月光"活动。

拜过月后，一家大小在外面赏月、吃东西。在华夏祭祀文化的传统里，在神主享用后，祭者常常会把祭品分吃掉，这样整个祭祀礼仪才算结束。在分吃的过程中，一方面接受了月神的赐福，另一方面履行了传统的祭祀礼仪。客家人的说法是，吃了这些祭品，人会更有福气，做事会更吉利，因为能够分享月神的庇护。

虽说社会经济不断进步，但客家人继承了传统的中原遗风，饮食的传统文化在民间始终不变。许多离开家乡的客家人，不管在外多少年，无论身在何处，每年中秋都会收到家乡寄来的月光饼。对于他们来说，月光饼从小吃到大，习惯了，没有吃到月光饼，就感觉不到中秋节，因为这是家乡的味道，也是童年的记忆。

中秋节，一年又一年，来了又过去。经过四年的拼搏，高铁巨龙正飞跃在粤赣两地的大地上，横贯北京至深圳的京港高铁（赣深高铁）即将正式建成通车。远方的客人们，你们什么时候坐着高铁来河源吃月光饼呢？

其实，看着桌上的月光饼，品咂着嘴边残留的余香，我的心早已飞回了故乡……

2021 年 9 月 22 日于河源龙川

岭南油菜花开

伴随着 3 月的春意，我来到和平县浰源镇山前村，与那一簇簇随风摇曳的花朵，纷飞的蜜蜂、蝴蝶在金黄油菜花地进行一次亲密的接触，亲身感受这暖暖的春意。

和平县浰源镇位于西北部九连山脉东缘，北与江西省龙南县武当镇接壤，西与连平县上坪镇毗邻，属二省三县交界地。岭南大地的 3 月，田野吐翠披绿，油菜花蓄力张扬，大地山川到处都是怒放的油菜花，流光溢彩，给春天里的岭南增添了耀眼的色彩。

"篱落疏疏一径深，树头新绿未成阴。儿童急走追黄蝶，飞入菜花无处寻。"这是宋朝大诗人杨万里著名的诗句。这不，孩子们在田间嬉戏玩耍，发现黄色的蝴蝶翩翩起舞，就追赶着上去，黄蝶飞入菜花中，孩子们着急地东张西望，分不清究竟哪是蝴蝶，哪是油菜花，这与诗中描绘的情景何其相似，简直是惟妙惟肖。

看着这春天油菜花里，蝴蝶飞舞，孩子们笑着、跑着，满脸兴奋，我觉得这是满满溢出的幸福味道。

一片开满繁花的油菜花林呈现在眼前，枝头上无数蜜蜂嗡嗡飞舞，俨然一片花的海洋。蜜蜂们在各个花瓣间飞来飞去，采着春天里最新鲜的花蜜。透过花树的缝隙，可望见蓝天白云下不远处静静流淌的浰江，几千年来就这样养育着两岸的人们，赋予了这里的人们博大的胸怀。

在客家人的眼里，油菜花是春天里最负盛名、备受青睐的农作物，承载着庄稼人的希望。那是一幅千百年来客家人生活的图景，是客家古村的一道靓丽风景线。

很多年前，我曾经去过云南罗平，看过高原上油菜花田的盛景，自认为不会有什么地方，再让我心里拥有这种激情，但当我走上田埂的瞬间，我却发觉，似乎又回到曾经陶醉过的花的世界。

第三辑

汇美食

　　丘陵之上，山的拐角处，坡上坡下，房前屋后，到处都是油菜花的身影，在大地上铺天盖地地怒放。穿行于花海中，我仔细端详，只见油菜花依次绽放，黄得艳丽，当鼻尖无意碰到花蕊，那一刹那，淡淡的清香、沾于脸上的些许花粉，犹如暖阳般将天地一切都融化，天地间充斥着温暖、和谐及张扬的气息。

　　山坡上，几十个蜂桶整齐地排列着，一群群蜂儿进进出出，不停在花枝上采蜜，抖动着花枝，那欢快、繁忙的嗡嗡声，在耳边不停地响起。

　　由远而近，从金色的阳光里走来一家人。少妇身材纤细，衣着靓丽，牵着身穿碎花童装的三四岁的小女孩，身边的丈夫深情地看着妻子和女儿，为女儿拂去头发上的花瓣。蓝天下，油菜花映衬着女人端庄的脸颊，映亮了男人的神情，还充满了孩子的笑声。

　　远处，炊烟袅袅，向着村外的天边飘去；近处，白墙黛瓦的房屋被油菜花拥抱，阵阵清香向村口弥漫……此情此景，让我联想到一幅绝美的风景油画。这温馨的场景，也让一股淡淡的思念和乡愁从我的心底涌出。

　　油菜花，具有重要的经济价值，又有观赏价值。特别是进入开花季节，田间地头，一片灿烂金黄。油菜花，虽然容颜朴实，但她执着绽放，总是以一种铺天盖地的大气势，给这大地烙印上强烈的生命印痕。

　　据了解，油菜籽的饼粕蛋白质含量高达 40%，是中国开发利用的最大宗的优质饲用蛋白源。油菜，除用于榨取食用油和生产饲料之外，在食品工业的其他方面亦有广泛的用途。

　　油菜花朴素、平凡，却是农人的福祉，具有真正美的实质，让人心里不禁敬佩。近年来，为助力乡村振兴建设，当地政府发动群众大力发展油菜花种植。每逢阳春三月，浰源镇山下村的田野就被点缀成连片的金黄色，在众多客家村落的映衬下，油菜花美景让人目不暇接，游客纷至沓来，观赏、拍照和采风，使原本边远、偏僻的小山村瞬间"热"起来。

　　山下村，作为创建生态宜居的美丽乡村示范村，通过编制村庄建设发展规划，开展破旧泥砖房拆除工作，推进农村人居环境整治，村容村貌焕然一新，村庄绿树成荫，山清水秀，环境优美。特别是大片的油菜花竞相绽放，与远山近田、乡村农家交相辉映，好一幅春意盎然的山水田园画。

　　来自惠州的游客邹先生说："在朋友圈看到很多朋友来这边旅行，我们坐上赣深高铁来到和平北站，然后由朋友租车送我们过来的。我拍了很多漂亮的照片，群里很多朋友这两天又约片了。"

和平县的领导正在给媒体介绍山下村的情况。我站在不远处，听到了他的发言。他说："我们按照镇里'农业强''农村美''农民富'的发展规划，动员多方面力量参与乡村振兴，打造生态旅游观光小镇……所以，在村里我们还开了一个客家餐馆，吃饭也比较方便。有些农户还有多余的房屋，可以提供食宿。游人的到来从各方面提高了农民的收入。"

"哞、哞"的几声牛叫声，把我的目光吸引到了山坡上，一群牛羊在悠哉地啃着青草。此时，我想起在家乡的伙伴们，钻油菜花田，相互追逐，那毛茸茸的黄粉、花瓣总是缀满了头发、身上的衣服。满身馥郁的花香，让我特别想念。

对于我这个铁路建设者来说，花香四溢的油菜寓意着幸福好日子。特别是去年刚投入使用的赣深高铁，加快了江西赣州地区与珠三角地区城市之间的联系，赣粤大地的优美风景和丰富的旅游资源为客家乡亲带来了更多的生活福利和更高的生活质量。

我一个人走累了，坐在田埂边一块大石头上，体味着这天地之间的诗意。大地春潮涌动，油菜花的绽放让远山近村、房前房后金黄灿烂，把岭南的春天打扮得惊艳壮美。

是呵，那随风起舞的金黄的油菜花，是流动的蜜之河、福之源，正为曾经的穷乡僻壤带来朝气和希望。

2022 年 3 月 18 日于河源龙川

第三辑

汇
美
食

围龙宴

南越王赵佗的发迹之地龙川，至今流传着一桌客家饭——百家姓围龙宴。这桌饭，融进了客家人的智慧、中庸和谐的文化。

当来到龙川县佗城，品尝这桌饭的时候，你不禁会感到客家文化的悠久，这桌饭更集中体现了客家人的一种精神、一种追求和一种力量。

北回归线附近，中国的南方犹如一条苍绿的缎带，横贯在大山大水之间。在神奇的缎带上，龙川似一颗蓝色的宝玉镶嵌在岭南的东边。在这颗宝玉之上，东江、韩江似宝玉身上系着的绿色的挂绳。此地的山水自然天成，荫泽万代。

佗城，原称龙川城，是"百粤首邑""岭南第一县"，南越王赵佗的"兴王之地"，"世界客家古邑、岭南文化名城"，秦朝岭南四大古邑唯一一个保存最完整的古城，至今已有2200多年的历史，素有"秦朝古镇、汉唐名城"之美称。

秦始皇三十三年（前214年），赵佗辅佐主将任嚣率50万人军南下，平定百越。赵佗在佗城主政6年，推行"与越杂处""和辑百越"的民族政策。将士们与当地女子婚配，代代繁衍生息不绝，从此，佗城成为岭南最早的客家先民聚集之地。

何谓客家人？客家人就是从北到南，从黄河流域来到南海边，来到岭南的人。最早的鼻祖就是赵佗和他那些从中原来的士兵，以及历朝历代因战乱、灾荒等原因从北向南迁徙的人，也不排除那些北来的勇敢的拓荒者。

客家先民从北到南迁徙过程中，历尽苦难，饱受沧桑，陆续进入了江西赣江流域、闽西南和粤东北等地区。他们筚路蓝缕，拓荒垦殖。加之先民们南下路上就衍生出了极为强烈的文化心理认同，在两宋期间，就逐渐形成了一个具有山区少数民族特征的汉族民系。

当年征战的将士来自广袤千里的中原大地，他们的姓氏繁杂。佗城历史记载的古祠堂有 89 间，每间一姓，现仍存有 48 间祠堂，而且还有 40 多座姓氏宗祠遗址，被誉为"中华古祠堂博物馆"。

我国《百家姓》现收集的 438 个姓氏中，龙川拥有 4 万多人的佗城镇，发现 179 个姓氏，约占《百家姓》的 40%，有笔画最少的丁、刁、卜姓，也有 17 画的戴、鞠、魏等姓，还有僻姓占、米、农、官、院等。除单姓外，也不乏欧阳等复姓。

佗城镇 18 个行政村中，仅有 2000 多人的佗城村就包容了 140 个姓氏，远远超过了我国目前在浙江省温州市龙湾区宁村发现的 87 个姓氏。龙川佗城这一发现，在我国是绝无仅有的，也是一种独特而重要的历史文化现象。所以，龙川佗城镇佗城村被誉为"中华姓氏第一村"。

百家宴原本是我国一项独特又古老的闹元宵习俗，由最初的"做春福"发展而来，是一种在族人内部举行的祈祷仪式，其目的是"聚宗亲，商族事，祈丰收，保平安"。始于北宋时期，至今已有 970 多年历史。

相传南宋时，三魁镇张宅村先人为躲避战乱，从河北清河逃难到此，张氏先人在每年正月十五元宵节这一天一起饮团圆酒。百家宴的前身为"祠堂酒"，范围仅限于当地本家聚集一起共进午餐。渐渐地发展到今天，演绎为联谊性质的聚餐——百家宴，明清时极为流行。

百家姓围龙宴，起源于客家围屋，聚居在一起的人们因为平时忙于生计，极少有时间交流沟通，用餐时间便成为邻里互相问候交流、交换信息的美好时光。小孩子们贪图新鲜，会到邻家夹菜，并将自家的菜与之交换。这样一来，大家心情愉悦，菜色也丰富起来，大大促进了围屋的凝聚力，对促进身心健康也有着极大的好处。

汇
美
食

因此，佗城镇一直有"吃百姓宴，穿百家衣，喝百家酒，纳百家福，成百样事，享百年寿"的传统说法，逐渐演变成现在的佗城百家姓围龙宴，成为当地 179 个姓氏逢年过节、办喜事、宾客来往最高的接待仪式。

为了使我们这些宾客能亲身体验佗城 179 个姓氏围龙宴的走席民俗文化，具有 80 多年历史的佗城影剧院民俗饭店专门设立百人围龙宴活动，这是来此地的游客最喜欢参与体验的客礼民俗活动。

围龙宴的餐桌用若干张八仙桌拼接而成，长条木凳一溜排开，跟围屋的形制一样，可以一围、两围、三围……人数越多，拼接的八仙桌就越多，场面就越壮观。这是佗城客家文化一个重要的表现形式，通过餐桌上的交

流，把重要信息传递给乡亲邻里，增进宗族的凝聚力。

百家宴共有12个流程：山歌迎宾—好事带上—茶礼敬宾—迎宾歌舞—百姓送肴—百家摆宴—邀客入席—祝酒开席—围龙转运—围龙走席—互动表演—山歌送客。

进入宴席前，每一位到来的嘉宾都将得到一条"好事带"。"好事带"在当地被称为"麻花带"，是用红、白、黑等颜色的麻线编织而成，寓意吉祥如意、幸福美满、安康长寿，是佗城客家人送给尊贵客人们的一份平安信物。当客家妹子一边为宾客把"好事带"戴在左手腕上，一边念着祝福的话，那份浓浓的祝福让每一位来宾如沐春风、精神抖擞。

客家人是勤劳的族群，辛勤的汗水让大地结出累累的果实。客家人的食材，基本是自家生产，鱼塘里鲜活的鱼、鸡舍里的鸡、猪栏里自家喂养的土猪，便是客家人迎宾待客的名贵菜肴。

菜肴的名称，也有着朴实而深远的寓意，例如，大蒜（会算）、葱（聪明）、芹菜（勤劳）、芥菜（芥，客家许多地方念为"贵"音，取大贵之意）、橘子或橘饼（吉利）、柚子（有子）、韭菜（久耐）、红枣花生（早生）、苹果（平安）等。如"豆腐丸"与"头富圆"谐音，有着团圆、幸福安康的意义。

"靠山吃山，靠水吃水"，客家人依山而居，植物取之不尽，用之不竭。久而久之，客家人对植物有了特殊的情结。从用来煲美味佳肴的草头树根，到村头寨尾敬若神明的"伯公树"，再到红白喜事中各种植物的寓意，处处可见客家人与植物的不解之缘。

"早上吃姜如吃人参，晚上吃姜如吃砒霜""夏天的苦瓜，冬天的萝卜"，客家人喜欢在不同的季节、不同的时辰吃不同的食物来调理身体。客家人喜欢的草头树根其实就是中草药，用中草药与禽畜类肉制品混合熬成的老火靓汤可以调理身体，去湿热。五指毛桃根、牛乳树根、鸡屎藤、溪黄草、鸡骨草、艾根、铁甲草等草头树根搭配肉类食物或直接用来煲凉茶，有清肝明目、祛风、清热解毒的疗效。

在历史文化与美食文化相融合的理念推动下，佗城影剧院客家民俗饭店制作出了"和辑百越煲"这道菜品。"佗城三宝"配以酿苦瓜、酿蛋角、酿冬菇等客家酿菜也是佗城镇最具特色的佳肴之一。

"和辑百越煲"的制作材料，有新鲜的猪后臀肉、五花肉、排骨、鱼肉、豆腐、鲜辣椒、糯米、蚝豉、冬菇、腊肉、芋头、豆角、鸡蛋、腐竹等食材。厨师先准备好"佗城三宝"即香信、卷春、豆腐丸，同时准备好酿苦瓜、酿蛋角、酿冬菇等客家酿菜，然后将"佗城三宝"和客家酿菜汇聚一起放在猪肉汤中蒸熟，即可上桌食用。

"和辑百越"是南越王为了巩固政权、缓和矛盾而采取的安抚政策。宴席上的各种食材保留了各自的风味，又互相融合、互相促进。此菜荤素搭配，营养科学，体现了客家人重视家族团圆、和睦共处的观念。

百家姓围龙宴，还有一个习俗，每张桌上的菜色不尽相同，为了尝遍所有的菜肴，就必须过席夹菜，谓之"围龙走席"。每位宾客可以端碗举杯，到别的桌上就座夹菜，一边品尝不同的菜肴，一边与不同的亲友寒暄交流。一场宴席下来，宾客们不仅尝遍了美味的佳肴，几乎所有的宾客之间也都进行了交流。

客家人的日子离不开米酒，祭祖民俗、待客三餐均有米酒。装满米酒的锡壶供奉在祠堂有多少，代表着这个家族有多兴旺，也彰显财富与荣耀。

客家糯米酒，有"老酒"与"水酒"之分。用火煨过，即炙酒，亦称"老酒"，娘酒兑水或酒糟加水搅拌后再榨出的酒叫"水酒"或"生酒"。

客家糯米酒有"冷饮"和"热饮"两种吃法，将老酒加老姜和话梅，温热后喝，别有一番风味。老酒一般都温热了才喝。男人们要老酒，女人们和外来的客人们要喝娘酒。

佗城镇家家户户都会酿酒，大都是用白糯米或黑糯米酿造，一样的材料，但每家每户酿出来的酒的味道也会有所不同，甚至同一个人在不同的时间酿出来的酒味道也会有所区别。

客家娘酒是有生命的酒。客家的新生儿一出生，产房里就弥漫着酒香奶香，坐月子的"娘"，都要喝上不少客家娘酒。客家儿女，哪个不是吃着母亲身上"娘酒煮鸡"化成的乳汁长大？它香气浓郁，乙醇含量低，能促进血液循环，具有美颜、舒筋活络的功效。

难怪大家都说，娘酒是乳汁，是延续客家千年的血，流淌在岁月与情感的长河之中。

围龙宴上，大家共品具有"鲜润、浓香、醇厚"特点的客家菜肴，品尝好喝的娘酒，体味到了一种和谐温馨的邻里情。围龙转运的席间，大家彼此祝福，互相握手，每位宾客右手举杯，左手挽邻座的右手，按顺时针方向转，然后大家一起往右边转动，不断向对面的亲友敬酒，并说出真挚的祝福。不管是主人还是每一位宾客，都喜笑颜开。

这时候，没有人会在意自己是客家人还是客人，都感觉好像回到家里，每个坐在邻桌的都是自己的亲人，大家亲切地交谈，热情地询问对方的近况，脸上洋溢着甜蜜幸福。

一出《马灯舞》，把宴会再次推上高潮。欢快喜庆、充满乡土情趣的客家山歌，为围龙宴增添了热烈的气氛。远方来的客人在激情中释放思绪，兄弟姐妹、前辈师长撸袖猜拳、推杯换盏，喝酒的场面异常热闹。

客家人自酿的娘酒，香醇、甜美的黄色液体，随着一声声祝福，倏然滑过舌尖，润润地流过咽喉，通过嗓子眼，暖暖地浮游腹间，悄悄地融进血液，使身子和心都温热起来，初来时的拘束很快全无。

娘酒，醺红了客家人与宾客的脸；宴席，消除了大家初识时的拘束，温热了众人的感情。赤红的脸，在觥筹交错中渐渐变得亮堂。"酒淡，再喝一杯。""糯米酒，不醉人。"……客家人以热情的笑脸劝着远方来的客人尽兴，客人们热烈回应着："菜好吃，酒好喝，要醉了！"

佗城，这座被岁月更迭遗留在时光缝隙里的小镇，隐匿于岭南的山水之中，用 2200 多年的风雨烟云熬煮出历史的馨香，丝丝扣着无数游子的脚步。客家人的智慧与坚守，如米酒那样清澈和浓郁。

难怪唐代名相、客家人张九龄曾醉吟汀江畔，在谢公楼上写下"红泥乍擘绿蚁浮，玉碗才倾黄蜜剖"的千古名句，其中又有多少人梦中归乡，只为寻那缕清冽的醇香……

2021 年 8 月 19 日于河源龙川

重阳节话客家

今天是重阳节，亦是我来到客家古邑河源修建赣深高铁的第五个年头。金秋相伴，落叶为舞，走在岭南的秋天里，想给家中的父母打个电话，问候平安，可是电话刚刚拿到耳边，却又放了下来。

岭南的10月，秋日火辣依旧，并没有因丹桂飘香而稀释这滚滚热浪。远处山峦秋色厚重，赣深高铁联调联试的列车风驰电掣，呼啸而来，转眼间就融入被红、黄、绿等多种颜色涂染成秋色的起伏着的山峰和悬崖之间。

"独在异乡为异客，每逢佳节倍思亲。遥知兄弟登高处，遍插茱萸少一人。"这是唐代大诗人王维的《九月九日忆山东兄弟》。自古以来，人们就对重阳节怀有特殊的感情。在这个登高怀远的节日里，作为一个铁路建设者，乡愁和思念皆凝聚于心，只有让路过的鸿雁捎去问候的信笺。

原本属于中原汉民的客家人虽身处异乡，但始终难忘故乡情，不忘根在中原。他们以中原祖根为自豪，将中原文化的精华作为客家文化的主流，以祖宗的"勤劳勇敢，艰苦奋斗"作为座右铭，常常以先贤为榜样，教育后人学习前辈们的创业精神和成功经验。如此世代传承，便形成了独有的客家文化体系。

客家人过"九月节"特别隆重，忙时各顾生活，闲时相互串门。在重阳佳节之际，恰逢秋收农闲，更是探亲访友的良好时机。亲人团聚，族人联谊，互赠佳品，交流谋生心得。

重阳节也是"敬老节"。"今天请假回老家陪老人们过节。"保洁员管女士是客家龙川县当地人，她正在办公室里请假，手里提着一些糕点和牛奶。她说父母都在乡下的老家居住，平时因为工作忙，没有时间回去，过重阳节买点吃食和保暖的衣服带回去给老人家，陪着老人家过节。节日里，亲人们都回来，大家在一起最为普遍的活动是插茱萸、饮菊花酒，与孩子们放风筝、登山游玩。

第三辑

汇
美
食

167

插茱萸。茱萸是古代重阳节的重要标志。节日里除了头簪菊花的习俗，另有头戴茱萸的风俗，目的是为"辟邪"。晋人周处《风土记》载："九月九日谓为上九，俗尚茱萸到此日气烈，熟色赤，可折其房以插头，云辟除恶气而御初寒。"

后来，茱萸摇身一变成为民间"辟邪"之物。在梅州大埔客家乡村，重阳节重要的仪式就是在头上插茱萸。古人们认为，在重阳节这一天，插茱萸可以避难消灾。

到了宋朝，茱萸则更多是用以入酒。南宋《梦粱录》载："（重阳）世人以菊花、茱萸浮于酒饮之，盖茱萸名辟邪翁，菊花为延寿客，故假此两物服之，以消重阳之厄。"宋人叫菊花"延寿客"，给茱萸则起了"辟邪翁"的绰号。苏东坡在诗句中写道"此会应须烂醉，仍把紫菊茱萸，细看重嗅"（《醉蓬莱·重九上君猷》），却是忽略了茱萸的辟邪功能。后来他又提笔写下了"来岁今朝，为我西顾，酹羽觞江口"，倒是让重阳节的欢聚气氛颇具真情实意，平添了几分豁达与从容。

其实，茱萸果实可以入药，和艾草一样具有清毒的作用，其叶还可治霍乱，根可以防虫。古时，客家人迁徙南粤，山高林密，房屋潮湿，炎热尚余，衣物易霉，故佩戴茱萸，可以辟邪去灾，并以此表达对未来美好生活的期盼，祈求长生与延寿。

酿制菊花酒。早在汉魏时期就已盛行。据《西京杂记》称："菊花舒时，并采茎叶，杂黍为酿之，至来年九月九日始熟，就饮焉，故谓之菊花酒。"晋代陶渊明也有"酒能祛百病，菊能制颓龄"之说。饮菊花酒逐渐成了民间的一种风俗习惯，尤其是在重阳时节，客家人更要饮菊花酒，以此祛灾祈福，亦称之为"吉祥酒"。

登山祭祖放纸鸢。重阳节这一天，许多客家人喜欢择一山登高。河源市境内的笔架山、梧桐山、桂山、霍山、南越王山等成为当地市民青睐的地方。每年重阳节，家人都要一起登山望远。爬山的时候，客家人会在口袋里装上糖果饼干，再拿上一个袋子。糖果饼干是为了在路上遇到"社神"时，充当祭祀之品。袋子则是为了采摘山稔子时用。俗语说，"九月九，山稔好浸（泡）酒"，此时摘的山稔子，带回家可以直接用来泡稔酒。

有些地方的客家人利用重阳登山的机会，祭扫祖墓，纪念先人。甚至不少地方重阳祭祖者比清明更多，故俗有"三月为小清明，重九为大清明"

之说。岭南气候多潮湿，清明前后为雨季，春雨不断，难放风筝；重阳前后，秋高气爽，金风怡人，客家人登山望远，于户外放风筝的随处可见。

灯盏糕，是客家人重阳必吃的食品。有一首儿歌唱道，"灯盏糕，膨膨起，没铜钱，馋得死"，道出了客家人对传统食品灯盏糕的喜爱。在客家地区，农村都有炸灯盏糕食用或送人的习俗，城里也将之作为日常小吃，大街小巷都有出售。

灯盏糕即油炸糕，是用大米、黄豆磨成稠浆，经油炸而成，形扁圆，中间空而隆起，形似两个旧灯盏吻合在一起，故称"灯盏糕"。更为精致的灯盏糕，则是加精肉、香菇或葱蒜等作为馅心。

尊亲孝亲，应是任何家庭永恒不变的话题。敬老爱老，这是任何社会体现文明的标尺之一。多少年的重阳节，我与工友们都是在高铁建设的工地上，少有在父母身边陪着说个话。

晚上，我拿起电话打给了家里。父亲接的，他说："我们都很好，不要挂念。"当父亲将电话给了母亲时，我没有说节日快乐，而是说："妈，最近几天要降温，你和我爸要注意身体，随时增减衣物，别感冒了。让爸别忘了吃降血压的药，天冷了，要注意保温。"母亲说："刚刚过了生日，就是又大了一岁，年纪不小了，要注意身体。"

挂了电话后，我的心久久不能平静。岁月的痕迹已爬满父母的额头，挂满父母的双鬓。然而，我们总是忽略身边年迈的父母，他们却用博大的胸怀，一直包容着子女的一切。

"人生易老天难老，岁岁重阳。"虽说重阳时已是深秋，意味着万物生命的枯萎，但生命最后的光辉和灿烂却也释放到了极致。赣深高铁工地上的我，在心里默默地祝福："全天下的父母都幸福安康、平安快乐！"

第三辑

汇
美
食

2021 年 10 月 14 日于河源龙川

中元节

农历七月十五，是中国民间传统的中元节。这一天，人们暂时抛却尘世里的纷扰，把自己最虔诚的心投向往昔的遥远时光，回味先人们曾经的音容笑貌、善德惠行。

"慎终追远，民德归厚"，出自《论语·学而》，是对先人一生行为的哀思与深情追忆，是了解先人事业功勋，并对其高风亮节、嘉言懿行的诚挚缅怀。

中元节，作为一个承续了千年历史文化的中华民族传统节日，时间的累积使其愈发厚重，历史的行进赋予了其新的内涵。

中元节，俗称"鬼节、施孤、七月半、七月节"。溯源而上，中元节是道教的称法，佛教则称之为"盂兰盆节"，又叫"鬼节"。传言释迦十大弟子之一目连，其母因生前不行善，死后在地狱受苦。目连为救母到如来处倒悬求佛救度。释迦要他在七月十五日，备百味饮食，供养十方僧众，这样可使母解脱，这就是后来佛教据此兴起的盂兰盆会。

盂兰盆节在梁武帝（502—549 年）时就时兴，至宋代定型成熟。此节后来被道教袭用，成了"地官节"，地官主掌地狱，给众鬼回到人间探亲的机会。因此，家家户户放河灯，以期在人间续接银河之路，迎接先人英灵的回归。所以，中元节又被叫作"鬼节"。

小时候，每年到农历七月十五日这天，父母早早就叮嘱不要出门，放学后要早点回家，不能在外面晃。往往在这个时候，大家在家里闭门不出，哪怕有天大的事儿。对待尚且不懂事的小孩子们，强制不允许其出家门半步；对待那些懵懂的孩子，只能用"今天是鬼节，外面到处是大鬼小鬼！谁敢出去？"来吓唬。

中元节的晚上，经常路过的小巷子、胡同的十字路口处，还有一些树下，许多人在烧纸钱，到处都是晃动的亮光，有念念叨叨的，有哭泣诉说的，也有求着故去者保佑家里平安的，更瘆人的是有的哭得死去活来的，让路过的人们都加快了脚步往家里赶，唯恐受到什么影响。

今天想来，七月十五日前后，大人不让孩子们出门，主要是害怕孩子受到惊吓。

其实，中元节这一个节日，在我看来表达的主要是感恩。古人并不忌讳"鬼"，在古人的意识中，死亡并不意味着生命的结束，只是换了一种活法而已。人死了，就会以"鬼"的形式在阴间继续活下去。所以，我们仍应保有一份虔敬之心。

清代诗人庞垲："万树凉生霜气清，中元月上九衢明。小儿竞把清荷叶，万点银花散火城。"这首诗形象描绘了中元节儿童持荷叶灯结伴游乐的情景。现代女作家肖红《呼兰河传》中的一段文字，就是对中元节习俗的最好注脚："七月十五是个鬼节。死了的冤魂怨鬼，不得托生，缠绵在地狱里非常苦，想托生，又找不着路。这一天若是有个死鬼托着一盏河灯，就得托生。"大概从阴间到阳间的这一条路，非常黑，若没有灯是看不见路的。所以，放灯这件事是善事。

对于许多人来说，中元节并非只是日历表上简单的一个节日，而是我们慎终追远、祭拜先人、寄托哀思的约定俗成的传统节日。每年在这个时候，远在他乡的游子也会心生思念、心怀故人。

在有"客家古邑，万绿河源"之美誉的河源，客家人的中元节却大多不是农历七月十五，而是比之早一天的农历七月十四。明明是七月十四，却又称"七月半"，这是为什么呢？

河源历史悠久，自秦起就属于古龙川县南海郡，是客家文化的一个重要起源地，也是岭南文化的重要发祥。河源客家人过"七月十四"的风俗，有这样的说法：南宋末年，元朝军队南下，暴虐乡民。当时，客家人听到这个消息后非常惊恐，但又恰逢中元节在即，于是，就在元兵到来之前把节过了，以避兵扰。从此，客家人就习惯于七月十四这天过"鬼节"了。

"七月半"，对客家人来说是一个重要节日，其原因是客家人十分尊敬祖先，它完全符合我国儒家的核心思想"礼"和传统的孝道思想。对于祖先的逝世，客家先人们认为"形灭神不灭"，灵魂还活在世界上。于是他们在这一天增加对祖先的祭祀内容，并把它演变成为具有客家特色的"七月半"节日。

汇美食

　　七夕之期，村里人用"七月七水"酿糯米酒；七月初十左右，有人早早上山，割芒叶裹粽子，炸油果或蒸糯米粄；七月十四这天，家家户户要杀鸡，杀猪、磨豆腐。客家人过"七月半"，为祖先准备丰富的祭品，实际上也为全家人准备了佳肴。

　　在客家地区，过中元节流传着一个重要的习俗——吃鸭肉。关于这个习俗的由来，有着一个古老的说法：每到中元节，要准备丰富的美食，隆重庆祝这个即将迎来丰收的日子；要祭祀先人，向先人汇报这一年的收成，祈求祖先保佑来年大丰收。

　　为什么派鸭子作为祭祀的使者？据说，离开人世的人要去阴间就要渡河，河上仅有一座奈何桥，送祭品的"使者"又不计其数，于是这座桥就会变得拥挤，"使者"甚至无法过桥。而鸭子，则可以带着给祖先的祭品游到对岸，所以在中元节当天的祭祀品以鸭子为主。祭祀仪式完毕后，人们就会将剩下的鸭子"散福"（即食用）。据传，食用鸭肉还能驱魔辟邪，所以便流传了在中元节吃鸭肉的习俗。

　　到了中元节晚上，家家户户会摆上贡品、焚烧"纸钱"，但禁止燃放鞭炮，因为根据传统的说法，在中元节摆贡品是供先祖亡灵返阳享用，放鞭炮有驱逐之意，故不能放鞭炮。

　　时至今日，不少年轻人对中元节知之甚少，印象中没有什么概念。有的认为就是一个节日，没什么纪念的意义，让昔日充满文化气息的中元节在人们的眼中逐渐淡化。

　　实际上，中元节对于我们所有人来说，是祖先与自己血肉相连、情感相通，孝亲祀祖的重要形式，是每一个人心灵的陶冶过程。

　　"礼，与其奢也，宁俭；丧，与其易也，宁戚。"不管中元节的形式如何演化，无论社会文明如何变迁，这种内生于文化底蕴中的感情追忆始终不会随着岁月的流逝而消失。只有还原和挖掘中元节背后的文化底蕴和社会心理，勾连起现世与往世的情感对话，才能让慎终追远这种"追贤"理念，重新成为中国人精神生活的一部分。

2021 年 8 月 22 日于赣深高铁工地

舌尖上的客家中秋

节日的味道，是藏在味蕾里痴痴的想念。中秋团圆日子里，客家美食让人迸发出的是享受和酣畅，是吃在嘴里浓浓的乡愁，是客家人凝结在舌尖上最好的生命升华。

——题记

"月光华华照山坡，山峦山岭树山多，中秋客家山歌日，山上山下唱山歌。"随着皎洁的月光洒在客家的老屋前，我有幸与客家乡亲们围坐一堂，吃着月光饼、猪肠糕、柚子，品尝甜甜的娘酒，喝河源的仙湖茶，聆听当地的客家山歌，对月吟唱、赏月谈心，怎么能不被这一切深深地感染？

中秋节，是中国人一年中非常重要的节日。在外流浪谋生的客家游子，不管离家的距离有多远，任凭风云变幻，都会急急地赶回家里，与家人一起享受花样繁多的美食，把思念留在舌尖上，翻滚在心头。

敬月光

敬月光，是客家人祭祀月神的重要民俗活动。在岁月轮回的时代变迁中，作为中华民族一个古老的族群，客家人依旧保留着独具风格的民俗风情。

客家人传承"圆"的文化，并在中秋节这个特殊的日子里赋予其亲切的情感。所以，客家人在中秋的民俗风情丰富多彩。中秋节这天，客家人一起聚会、拜月、赏月等。这一切与天上冉冉升起的圆月，与老百姓的万家团圆联系了起来，形成了新时代里幸福美满、喜庆祥和的欢乐气氛。

河源市是客家文化发源地之一，客家族群与原当地土著，例如当地的畲族等土著族群融合在一起，形成了开拓进取、吃苦耐劳的性格特征，演

第三辑

汇美食

173

绎了客家族群所特有的乡土文明。

作为一个汉民族南迁出现的分支，远道迁徙过来的他们刚来到岭南，在清明时节因生活穷困，无法置办祭品进行清明祭扫，因而选择在中秋节进行秋祭，旨在告慰祖先，庆祝一家团圆。客家人在这个时间祭祀，不仅能趁此机会与家人宗亲聚会，还可以一起感恩和缅怀祖先，这也是他们的孝道。

月饼与瓜果是中秋祭月的主要供品。"八月半"时，梅州地区的蜜柚大量上市，成为每年中秋节客家地区最佳食用水果和馈赠佳品。梅州金柚果大皮薄，果色鲜艳，肉软多汁，清香甜润，有蜜味，质脆而化渣。最重要的一点就是方便贮运，因此被人们誉为"天然的水果罐头"。

柚子具有较高的营养和药用价值，具有清热生津、化痰止咳、理气健脾的功效。因蜜柚外形浑圆，在南方民间象征着亲人团圆、生活美满。又因"柚"与"佑"谐音，包含希望月亮保佑之意。剖柚子又叫"杀柚"，带有驱邪的意思，寄寓了驱邪消灾、减少祸患病痛的美好心愿。

月圆的时候，客家乡亲们便在村前、院内、围屋的天井前，或在安放着祖宗灵位的宗庙祠堂前，朝着月亮礼拜，祈祷月亮之神或祖宗保佑天下太平、风调雨顺、百姓丰衣足食。

拜过月后，一家老小在外面赏月，吃东西，谈天说地，增进感情。从外地赶回家中的游子，坐在自家院子的天井里，喝着茶，聊着天，陪着父母赏月，收获了满满的幸福感。供桌上摆满各种各样的供品，有大大的月光饼，还有很多秋天里成熟的水果作物，如苹果、芋头、南瓜、山芋、花生等。而吃东西则是有些讲究的，敬过月光的果品糕点，大人们往往先让孩子和参加仪式的人吃。按照客家人的说法，吃了敬月光的果品糕点，会让小孩子得到祖先的庇佑，让家人在外更平安，一家人更有福气和吉祥。

月下对歌，是"山歌之乡"客家地区一项长盛不衰的中秋活动。很多地方过中秋的时候都有唱山歌、斗山歌的活动。在广大的客家地区，山歌是人们抒发情感、宣泄情绪、交流思想的一种极其重要、最为直接的方式。自唐代开始，已有1000多年的历史，被称为带有《诗经》遗风的天籁之音。

像在龙川、和平、梅县等这些地方，都非常盛行唱山歌，到了中秋节的时候，就更显得特别热闹。年轻的男女们会在月下对唱情歌，表达情意。赣州至深圳的高铁线路经过的地区，基本都是客家人的聚居区。在修高铁的日子里，我总是踯躅于连绵起伏的山箐里，在葱茏茂密的丛林中或村寨里，或者在稻花飘香的田垄上，总能听到高亢嘹亮、缠绵悱恻的山歌，让人久久地沉湎在悠扬飘逸的歌声里，陶醉在美妙动人的旋律中。

吃月饼

月饼，既是中秋祭月的供品，又是客家必吃的应节食品，还是节日馈赠中不可或缺的礼品。圆圆的月饼象征着天上的满月，寓意人间的团圆，寄托着人们追求团圆美满的美好心愿。旧时祭月必用一种特制的月饼，较日常月饼"圆而且大"，俗称"月光饼"。大月饼表面印有月宫蟾兔、嫦娥奔月、吴刚伐桂以及福禄寿喜等吉祥图案。月光饼是童年的记忆，也是家乡的味道。

中秋赏月吃月饼也是不可缺少的。中秋吃月饼，最先见于苏东坡的"小饼如嚼月，中有酥与饴"之句，唐代和五代时赏月的食品只有"玩月羹"等。在客家地区说到中秋节，就不得不提到月光饼。客家月光饼，也叫"月华饼"，采用黏米粉、白糖、芝麻、花生等烘制而成，再印上红色的吉祥图案，承载着圆满、平安的节日祝福。

每年在这个万家团圆的日子，地方政府都会组织到高铁工地慰问，给建设者带来客家人钟爱的月光饼。月光饼是客家人过中秋的传统美食之一，虽然没有奢华的外衣，却给人一种朴素而亲切的感受，使人感到微微的不经意间的惬意，使中秋的情意表达得更加真切。

吸吸鼻翼，一股茶油特有的清香，调皮地钻进我的鼻孔，长驱直入我的心田。掰开一小块放进嘴里，甜而不腻，又香又脆，松软适度，入口慢慢融化，不像现代的月饼口味比较甜、油腻。

"月光光，照四方，四方芽，好种茶……"每当中秋节将至，许多客家人都会不约而同想起这首有着独特客家味道的儿歌。在客家人的印象里，月饼是中秋节不可或缺的信物，月饼蕴含秋月圆满的美意，寄托了但愿人长久的心意，流传着嫦娥奔月或月亮上的玉兔与桂花树的传奇，更是在物资匮乏的年代，解了孩子童年的馋思。

都说，客家的月饼的味道遗落在童年，童年的记忆遗留在山村。在河源的客家山村里，中秋的月饼和市面所见就是不一样。除了月饼用料都是农家自产的，月饼也是纯手工制作。仅用白砂糖与面粉，外表似足炒米饼，入口时，慢慢溶化，味道似云片糕。客家人用乡间里最纯朴的方式，有力地诠释了中秋的祈许和幸福团圆的含义。

"蛋黄馅儿，五仁馅儿，泥枣馅儿，绿茶味，草莓味，菠萝味……都不如我们客家人的月光饼好吃！这才是真正的月饼！"河源市龙川县摄影家协会主席朱维烈说。他是一个摄影家，经常穿梭在河源的大街小巷，记录河源的风俗文化，前两天刚刚拍摄制作完成了关于月光饼的纪录片。

月光饼甜而不腻，松软适度，入口慢慢融化，香甜可口。材料主要有黑芝麻、葵瓜子仁、红瓜子仁、核桃、冬瓜丁、糯米粉、白砂糖、杏仁、椰子丝、茶油等。其制作材料、方法及形状都跟现在的月饼不一样。

切饼，是月光饼的延伸，做成砖样，加了瓜丁和果仁，口感较硬，一般用刀切片或者块来食用，糕饼香味很厚重，非常纯粹。猪肠糕，没有猪肉也没有猪大肠，只是一种用糯米粉加糖压制成形似猪大肠的小圆柱形糕点，香甜柔韧，是客家人中秋佳节的必备甜点，也是许多在外客家人难以忘怀的故乡味道。

客家人热情好客，中秋佳节时亲朋以互赠月饼来传递祝福。当然，除了月光饼，客家人还喜爱五仁月饼，是用核桃仁、杏仁、橄榄仁、瓜子仁、芝麻仁五种主要原料加工成馅的月饼，祈祷五谷丰登，蕴含着客家人对土地的崇敬。

团圆饭

中秋节那天，不少在外的客家人都要回家团聚，看望父母，探亲访友。各家各户男女老少、兄弟姐妹，欢聚一堂，共食团圆饭。家里开始准备丰盛晚餐的备料时，老人们通常会带着祭品，与家人在祖祠和村庙进行祭拜。晚上，摆上丰盛的晚餐，先点烛上香，请先人回家团聚吃团圆饭。然后，一家人再围坐吃饭。如果有家人在外未归，还会留一个位置，摆上碗筷，象征着团圆。

高铁工地旁的客家阿公一家，中秋节这天，天还没亮，便起床杀鸡杀鸭，准备好"三牲"和水果、月饼等供品。阿公早早便在家门口迎接家人回来，在东莞打工的儿子、儿媳，在深圳上班的女儿、女婿回来了，在外求学的孙辈们也回来了。看到家人回来，阿公非常高兴地说："回来了好，回来了好！"

客家美食，包括许多香脆可口的客家小吃和客家菜，是很多客家人心中不可撼动的存在。

客家小吃：第一种是江米条，是油炸小吃，吃起来是很酥脆的，很多人都会在喝茶的时候配点江米条。第二种是炸角子。逢年过节，家家户户少不了要做角子，其做法是先把芝麻、花生、白糖、椰蓉碾成干馅放在碗里备用。把一定比例的面粉、鸡蛋、白糖、猪油加入少许水不断搅拌，再用面杖压成饺子皮样，把干馅放入面皮捏成饺子样，再放入油锅炸熟捞起，待冷却后装入坛里密封起来避免受潮。第三种美食是煎圆。煎圆，用糯米粉揉成团，裹上一层芝麻，油炸而制成，是客家人自制的传统过节小吃，取意"团圆、圆满"。

客家菜，是移居南方的中原汉人把祖传的烹饪手艺与当地烹饪手法相融合，加一些菜式上的巧妙构思，之后就诞生了中华美食的重要延展——客家饮食文化。

客家菜，以肉菜居多，菜品具有"咸、肥、重油、浓香"等特点，例如：被誉为"凤凰投胎"，鲜美程度远超一般肉食的猪肚包鸡；客家美食中的"煎酿三宝"，就是酿豆腐、酿茄子、酿苦瓜，在客家地区非常出名，这也是很多人很喜欢吃的；还有寓意"团团圆圆，和气生财"的客家盆菜，非常美味的三杯鸭、盐焗鸡等。

在客家地区，鱼是八月十五晚餐重要的菜肴，曾有"八月十五无鱼不成节"之说。鱼是客家地区的招牌，东江是广东重要的饮用水水源，江中生长的鱼自然味道也是十分鲜美的。食法有油炸鱼、煎鱼、焖鱼、清蒸鱼，还有龙川的八宝鱼生。

汇
美
食

八宝鱼生，主料是鱼生片，外搭茶油、盐粉、姜丝、蒜泥、芝麻、鱼腥草、炒饭粒、花生米八种配料，所以又称"八宝鱼生"。将鱼连肉带骨切成薄片后，与处理好的八宝配料均匀地搅拌在一起，静置一会儿即可食用。吃鱼生时，先夹一撮鱼生片放在碗里，倒上茶油，撒上点盐粉，再配上其他配料，搅拌均匀后即可食用。配料多少，可依食客个人口味自行选配，不同的搭配会有不同的味蕾刺激。

中秋佳节，亦有喝娘酒也就是黄酒的传统。在客家人的饮食中，饮酒是很普遍的习俗。客家人的亲情友情，在中秋觥筹交错中渐渐变得厚重。就这样，黄酒静静地渗透进客家人的血脉里，流淌出岁月与情感的醇香。

黄酒由糯米制成，家家酿黄酒，人人喝黄酒。祭祀或民俗活动时，装满酒的壶一排排摆放在祠堂的供桌上。数量的多少，既代表着这个家族的人丁兴旺程度，也彰显财富与荣耀。

如今，赣州至深圳的高铁开通了，巨龙飞驰在赣粤大地上，圆了客家人民的高铁梦，让从前遥远而劳顿的旅程，变得如郊游般轻松惬意。对于客家游子来讲，高铁不仅拉近了离家的距离，更唤醒了心里的思乡之情。

是呵，无论走出多远，只要在中秋团圆的日子里，坐着方便快捷的高铁回家，在自己家的天井里摆好筵席宴请宾客，吃上一道家乡菜，喝上一杯娘酒，把那大大的月光饼掰下一角，送进嘴里，就慰藉了浓浓的化不开的乡愁。

2022 年 8 月 22 日于河源龙川

猪脚粉与烟火人间

　　"年深外境犹吾境，日久他乡即故乡"，米粉静静地掺进了客家人的生活里，流淌出岁月与情感的浓香。无论走得多远，这一碗让人魂牵梦萦的猪脚粉总能轻易地唤起思乡的情愫。

　　五年前，因为赣州至深圳高铁建设，我与河源有了亲密的邂逅。河源的山水之美、文化之美，让这座客家古邑真正走进了我的心中，我恋上了这座城。

　　海明威曾说过："如果你足够幸运，年轻时候在巴黎居住过，那么此后无论你到哪里，巴黎都将一直跟着你。"我与河源这座城的缘分，就好像人和人之间的意气相投，也许是热情，也许是真挚，也许更是一种同化，一旦纵情深入，便很难割舍。

　　食物，是城市的一个符号，只属于这座城市的独特印象，而猪脚粉便是河源这座城独有的"饕餮密码"。猪脚粉，以河源米粉为主料，以猪脚为辅料，是每个河源人心里的经典早餐。

　　河源人伴着猪脚粉长大。对于河源人来说，这是一种文化，一个生活元素，一方水土的印记，更是一种难以忘记的"家"的味道。

　　早在 300 年前，河源人民就用自己的智慧，以大米为原料，制造出了俗称"手排"的河源米粉。猪脚粉店，隐藏在充满市井烟火气的背街小巷里，以它含蓄而丰富的内涵，成为河源大地最接地气的美食代表之一。

　　当你来到一间猪脚粉铺子里，可见简易的椅子、简单的长条桌，上面摆着醋、酱油，还有白瓷小罐里装着客家人特制的各种各样的调料，客人可根据自己的口味、喜好自助添加。

　　"老板，来一碗猪脚粉，要加葱花、辣椒圈！"在吆喝声、谈笑间，用玻璃和帘子隔开的后厨里，从那一方小小的窗口，不一会儿就有一碗猪脚粉从里面递出来。

第三辑

汇美食

179

大自然对河源的恩赐，造就了这方水土。猪脚粉所用的米粉，正因为以万绿湖天然净水和精选优质大米为原料，采用传统工艺和现代科技精制而成，具有清香爽滑、细而不断、久煮不烂、保持大米原有清香和营养健康不上火等特点，让人吃后口齿留香，回味无穷。

雪白的粉，剔透的汤，还有香气升腾的猪脚，再撒下一些绿莹莹的葱花、几片香菜叶，还要在碗里配上猪脚粉的"最佳拍档"，就是切成片的辣椒圈，一碗猪脚粉就这样完美呈现在客人面前。对于河源人来说，没有辣椒圈的猪脚粉，就不是一碗完整的猪脚粉。

这时，你只要快速用筷子挑动米粉，让米粉与汤汁融合渗透，形成复合回甘的滋味。雾气腾升、香气弥漫中，味蕾已经先于筷子的挑动开始垂涎欲滴。在你大快朵颐之时，粉的丝滑，汤的香甜，在你唇齿间瞬间爆裂，激荡着你口腔中的味蕾，温暖着你的胃，让人浑身舒畅，热血沸腾。把米粉、汤汁还有猪脚送入舌间，一碗猪脚粉就清仓见底，口舌之福瞬间实现。

猪脚粉与我们铁路建设者还有一段暖心的故事。2019年6月，一场大暴雨袭击了河源市龙川县贝岭镇米贝村，山体崩塌、道路中断、通信中断、电力中断，村民的生命安全受到严重威胁。接到险情通报后，铁路建设者以最快的速度，携最好的设备奔赴抢险现场，及时打通了村里新的"生命通道"，为后续救援和转移及时扫除了交通障碍。

参与抢险救援的兄弟们忙碌了一整天，晚上9点多钟，大家又累又饿，来到贝岭镇上找到了一家猪脚粉小吃店。老板娘50多岁，看见我们这群人头上戴着安全帽，一个个浑身上下全是泥浆，站在门外犹豫着没进来。她从里面走了出来，热情地问道："你们是来这里抢险的高铁建设人员吧？怎么了，还没吃饭？你们快进来！"我看着脚上的黄泥，还有满是泥浆的工作服，正犹豫要不要进去。她看着我窘迫的神情，微笑地说："没事，进来吧，现在正好店里没有什么客人。"最后，在老板娘热情的招呼下，我们十多个人全部涌入了小店。

掌勺的老板这时在后厨火力全开，加油入锅的声音清脆，巨大的火焰升腾着。老板娘把米粉放入煮开的锅里，把一个个大碗摆在案桌上，从旁边锅里舀一大勺高汤倒入碗里，夹四块骨肉相连的猪脚，再搭上几个爽脆的牛肉丸。全套动作一气呵成，一点都不迟缓。酣畅淋漓间，猪脚粉的味道飘荡在我们每个人的鼻尖。

大家吃完猪脚粉，我向老板娘道谢，准备结账离去。老板娘过来抢过手机坚决不让我付钱，说感谢铁路人在大难面前对他们的守护，要请我们吃猪脚粉。我坚持要付款，她把我们所有人推出门外，这让参与救援的兄弟们十分感动，我只好悄悄返回将200元钱塞到了一个大碗下。猪脚粉，河源人离不开的日常美食，让我们这群铁路建设者尝到了"家"的味道。

　　如今，随着赣深高铁建成通车，我们离开了河源，奔赴新的工地。但不知从何时起，这座充满人间烟火气的万绿之城开始走进我的心里，萝卜粄、酿豆腐、八刀汤、灰水粽，还有醇美润甜的娘酒、地道美味的猪脚粉，这一份份美好的记忆让我爱上了这座城。

　　　　　2023 年 8 月 22 日发表于《河源晚报》

第三辑

汇
美
食

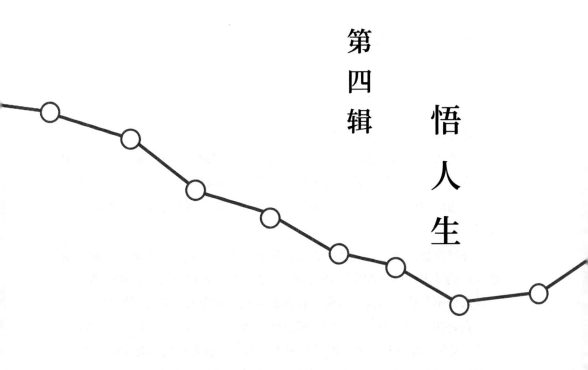

第四辑　悟人生

梦居万绿湖

万绿湖的美，美在天生丽质。

在蓝天、白云、朝霞、夕阳的映衬下，万绿湖展现出一幅幅迷人的山水画卷。从寻乌县桠髻钵山南侧发源，东江水从赣南蜿蜒而过，一座座延伸到江边的围屋，祠堂屋顶檐角边上的片片砖瓦，撑起了一个汉族的客家民系。

穿过悠悠岁月，载着客家古邑的倩影，东江与新丰江齐聚于河源，浩渺江水倒映出"两江四岸"和天空的绝美景色，两江交汇处呈现一清一浊"泾渭分明"的壮阔自然奇观，在河源大地上吟唱着一首永恒的恋歌。

我是在一个夕阳时分来到东源县新回龙镇，住进了万绿湖边上的柒月民宿。傍晚的阳光还很好，但风却很大，湖水翻卷着白色的浪花拍打过来，在长长的湖岸上晕染成一圈圈银线，向水天处延伸。蓝天、白云、沙滩、小镇、绿莹莹、蓝澄澄的湖水，一瞬间就洗却了我一路的凡尘。

说句心里话，此行我专门来这里，就是为了寻找不一样的万绿湖。特别是在众多作家笔下，这片神奇的土地经妙笔点染，简直成了令人神往、让人浮想联翩的人间仙境。

东源县新回龙镇，背靠郁郁葱葱的群山，面临碧波万顷的万绿湖，生态环境得天独厚。圩镇湖边，一家颇具现代工业风的民宿特别引人注目。这家名为"柒月"的民宿，运营时间不长，却迅速成为"网红打卡点"，旅游旺季和节假日，经常一房难求。

河源以绿闻名，以绿靓城。在广东的版图上，河源仿佛一块绿色的翡翠，镶嵌在广东的绿色生态屏障里。万绿湖，也叫新丰江水库。1958年7月15日，在新丰江河道最窄处，在亚婆山峡谷间动工修筑了一条坝高124米、坝顶宽5米、坝长440米的混凝土拦河大坝。从此，在古邑大地形成了万绿湖风景区境内的华南第一大人工湖——新丰江水库。万绿湖是大自

184

然对河源的馈赠，也是人类善用大自然而凝结成的智慧之果。

客家古邑，万绿河源。构成"万绿河源"的其中一个重要元素，正是万绿湖。万绿湖是新丰江的源头，新丰江和东江在这里交汇，越过千山万壑，奔向香江，奔向大海。站在河源市梧桐山顶，遥看河源城区，东江、新丰江两江交汇流过，经年不息，见证了河源这座城市过往一个又一个崛起的奇迹。

万绿湖，是一个集水域壮美、水质纯美、水色秀美、水性恬美于一身的全国罕见的湖泊。新丰江水库湖区总面积1600平方公里，水域面积370平方公里，总蓄水量139亿立方米，1100平方公里延绵青山，360多个绿色岛屿，碧水浩渺、峰峦叠翠、松涛拍岸、鸟语蝉鸣。

"天上瑶池水，人间万绿湖"，这样一句充满想象力的诗句生动描述了万绿湖的美。如果说，万绿湖是一个翩跹起舞的少女，那么飞扬的左裙角处便是新回龙镇。因为上游没有村镇人家，这里的湖湾碧净如洗，不长水浮莲，也没有网箱养殖的污染隐患。

以清澄水质为傲的新回龙镇，原名回龙镇，1985年改成现在的名字。新回龙镇，相传因乾隆皇帝出巡至此而回，故有此名，隶属于河源市东源县，位于新丰江库区西南。

新回龙镇，原是一个辖区大、村民居住零散、山多地少、经济薄弱、贫困的库区移民镇。近年来，作为东源县西部生态旅游组团发展的重点乡镇，新回龙镇全面实施乡村振兴战略，着力发展特色民宿、精品农庄、美味农家乐、休闲农业体验项目，生态旅游产业已初具规模，库区小镇"蝶变"成为休闲"打卡"的胜地。

入夜，我一个人行走在月光下的湖边。月亮踩着绚丽的霞光，缓缓地跃上夜空，同万家灯火交相辉映。放眼望去，美丽的湖面上弥漫着白色的雾纱，在湖面上涌来散去，飘忽不定。黛青的山影在两岸矗立，闪现出星星点点的村庄，就像一只只萤火虫在黑夜里游弋。满天星斗，闪烁着耀眼的光芒，似无数颗银珠镶嵌在黑色的天幕上。月光下的大地、山川、湖面、小镇，就连我身边的柴月民宿，似乎都披上了一层薄薄的轻纱。

在月光的沐浴下，喧嚣了一天的钓鱼、玩沙、玩水的岸边，此时已空无一人。那桨板、皮筏艇等娱乐设施静静地停在岸边。我懒懒地坐在湖岸边的台阶上，身披一袭月色。眼望着远方，我沉浸在水中映月的清丽景色中，

悟人生

在这个回归大自然的理想乐园感受一份诗意的栖息。

此时的柒月民宿，如矗立在一个镜花水月般的世界。一排排集装箱改造的简约质朴的客房、咖啡馆、餐厅、喝茶区、烧烤露营区，在霓虹灯及月色的辉映下，静谧而美好。

月色笼罩着湖水，民宿里弥漫着霓虹灯光，再加上湖面皓光闪烁，这一切，都让周围平添几分柔和与安静。零星的小舟从眼前掠过，在湖中漂荡。清风扑面，我沉醉在山水月色相融的景色里，在梦里找到了一处心灵的归宿……

2023 年 8 月 6 日发表于《河源晚报》

惠州西湖的情殇

　　人的一生，总有那么几段时光，或刻骨，或铭心，不经意间出现在我们的眼前。就比如这千百年前苏轼和朝云在惠州西湖的爱情故事，这段尘缘赋予了岭南西湖一抹柔情的色彩，更是千百年前的一段情殇。

　　2017年11月，我捧着一本林语堂的《苏东坡传》客居岭南。历经几载风雨，2021年12月10日赣深高铁通车运营。也许，正是因为这难得的寓居岭南时光，我多次来到惠州。

　　也正因为如此，惠州成了我寓居岭南的首选之地，我从原来的邂逅惠州，到成为一个在此置业居住的新惠州人。我从而得以有大把的时间游走于惠州西湖的角角落落，体味一个文化巨人与两个西湖的文化因缘。

　　走上苏堤，欣赏着惠州西湖繁树葱郁、清风拂柳之景，回味着苏轼"菰蒲无边水茫茫，荷花夜开风露香"的意境，感受苏翁低谷时期的忧伤和不快，这种伤，很苦；这种痛，很长，仿佛跨越了时空而来。在蓝天下，在耀眼的光芒里，我似乎又看到东坡与朝云相依西湖，品茗吟诗的身影。与自己相爱相伴的人在西湖边徐徐地漫步，看的是风景，赏的却是心情。

　　对于杭州、惠州西湖，苏东坡是一个无论如何也绕不开的人物，他为文为政、仕途风光或者落魄，都与这两个西湖的青山绿水有着解不开的情缘。的确，杭州西湖的魅力让人欲罢不能。

　　十多年前，我曾在杭州一游，西湖盛满了唐诗宋词中白居易、苏轼的款款英姿，还有许仙白娘子凄美的爱情故事、悠久的良渚文化、细腻婉转的昆曲越剧、香甜可口的糖醋鱼……桩桩件件都是那么迷人，让人沉醉其中。

　　即便如此，我却认为无论是景色还是人文，惠州西湖都不亚于杭州西湖。惠州是国家历史文化名城，在隋唐已是"粤东重镇"，至今有1400多年的历史，一直是东江流域政治、经济、军事、文化中心和商品集散地，

第四辑

悟人生

187

在古代即有"岭南名郡""粤东门户"之称。惠州还是客家人的重要聚居地和集散地之一，被称为"客家侨都"。

也许，苏东坡当初带着一身豪放之气，走出眉州故土的时候，没想到故国山河中的两个西湖，竟然成了自己生命中最重要的天地，岭南亦成为他一生无法忘记的土地。在诗人苏东坡的眼里，两湖相较，只是地域不同罢了，无谓厚薄，若说江南烟雨中的杭州西湖，是一个雍容华贵的江南美少妇，那么岭南秀美的惠州西湖，无疑是俊俏的客家美少女。

大概是他对杭州西湖用情太深，又或许西湖已经成为他生命中的重要部分，在酒后微醺之时，他提笔挥就了诗句"梦想平生消未尽，满林烟月到西湖"。好在西湖位于惠州城西，而且在幽深、曲折和秀丽上，也不输于杭州西湖，能慰诗人念想。

在苏轼的一生中，巧合的是陪伴苏东坡一生的三个女人都姓王。三个红颜伴侣，结发之妻王弗是他的爱情，王闰之是他的家庭，王朝云是他的红颜知己。王闰之自幼仰慕姐夫的才华，对苏轼特别膜拜，心有所属，婉言谢绝父母之命，媒妁之言。

王弗看在眼里，记在心上，在弥留之际，把妹妹闰之托付给苏轼，护她一生周全。闰之是真正的贤妻良母，与苏轼风雨同舟，相依为命，经历了"乌台诗案""黄州贬谪"，陪伴了苏轼 25 年，最后把遗憾和泪水留给了苏轼。

1071 年，苏东坡因上书反对王安石变法中的流弊，遭到政敌的攻讦而被贬，远赴杭州担任通判。拥有西湖的杭州，无疑让他得到了身心的极大愉悦，"水光潋滟晴方好，山色空蒙雨亦奇"。也就在这里，他遇见了见证他一生宦海沉浮却不离不弃的王朝云。别人说苏东坡"一肚子文章"，只有王朝云说他"一肚子不合时宜"，结果深得苏轼之心。

虽然晚年他身边有好几个侍妾，从杭州被贬流放到惠州，那些姜室却纷纷相继离他而去，唯有满怀才情的朝云，愿意跟随苏轼一同赴南蛮之地。朝云，可谓是苏轼晚年一道幸福的春光，爱的温存浇灌了他内心深处干枯的灵魂。

"欲把西湖比西子，淡妆浓抹总相宜。"他们是在杭州西湖相识的，当时苏轼在杭州任知州。尝遍了人生的酸甜与苦辣，孤寂和绝望充斥着苏轼晚年的生活，两次贬官，悲恸落泪，写下了诸多悼念亡妻的诗词，脍炙人口。苏东坡官迁密州、徐州、湖州，遭"乌台诗案"，后再贬为黄州副使，晚年又被贬到惠州。

这大起大落的人生际遇中，王朝云一直陪伴在苏东坡身旁，和他一起过着颠沛流离的生活，成为他艰难困苦中最大的精神安慰。正如苏东坡《惠州荐朝云疏》上写的，朝云对东坡是"一生辛苦，万里追随"。

王朝云跟随苏东坡 23 年，至死不渝。苏东坡曾让朝云唱《花褪残红》曲，歌罢，泪湿衣襟，朝云曰："妾所不能歌者，乃'枝上柳棉吹又少，天涯何处无芳草'。"东坡说："我悲秋，而你又伤春了。"从这些有关王朝云的趣闻逸事里，可见朝云是一个感情丰富、颇有思想见地的女子，难怪苏东坡对她特别爱重。

朝云的去世，对东坡打击非常沉重，他在诗中写道："今年吁恶岁，僵仆如乱麻。此会我虽健，狂风卷朝霞。使我如霜月，孤光挂天涯。西湖不欲往，墓树号寒鸦。"他认为自己携朝云来岭南蛮荒之地，连累得朝云客死他乡。朝云下葬后第七天，东坡拜祭朝云，作《惠州荐朝云疏》祭文，祈祷佛圣能接引朝云的亡灵早升天国净土，表达了东坡对朝云的深情。

对于苏东坡来说，王朝云的离去，就是自己爱情的悲剧结尾，痛彻心扉，虽看透了生死轮回，可情殇的轮回让他无力挣脱，只能在西湖，煮上一壶茶，置上一杯酒，诉一曲遗忘，涂一纸情殇，独影面对孤月，好不惆怅，好不悲切。

难怪大家都说，有苏东坡在西湖，惠州西湖的王朝云就不是他乡的孤魂。

2022 年 9 月 14 日于河源龙川

第四辑

悟
人
生

梦回南充

"美不美，家乡水；亲不亲，故乡人。"对于流寓他乡的游子来说，一句熟悉的乡音足以让人热泪盈眶，心起波澜。

这些年，不管我身在何地，对家乡的思念和浓浓的依恋之情犹在心中，血液里流淌着的是故乡的魂，还有那不着修饰的绿水青山。家乡的山山水水呵，这悠悠的思乡之情呀，时时激荡和澎湃在我的心田，给予了我灵性和骨气。闭上眼睛，小伙伴们儿时的欢笑，总是在脑海中萦绕不息，游子的相思泪于是滴落在衣襟上……

南充，是春节文化起源地、三国文化发源地、红色文化老区之一，被誉为"中国果城""中国绸都"。南充南依大巴山，怀拥嘉陵江，这里有嘉陵江最柔美的身段，有巴蜀大地最秀美的丘陵，"西通蜀都、东向鄂楚、北引三秦、南联重庆"，是巴文化的重要发祥地。

我的故乡在南充市西充县，地处四川盆地偏北部，古有西充山，故得名。唐武德四年（621年），梓州盐亭置西充县，至今已有1400年历史。早在4000多年前，就有先民在这块古老的土地上繁衍生息，被誉为南充市的"后花园"，是四川省乡村旅游示范县、凤凰山下的宜居之城。

凤鸣镇距西充县城7公里，公交车上人不是很多，公交车不一会儿就行驶上国道212线。眼前豁然一亮，一条美丽的乡村公路仿佛一条银色的飘带，跃入我的眼帘。远处的山峦上，弥漫着一层轻灵的白雾，雾气蒸腾，缓缓飘移，静静地流淌在山野之中。公路与房屋若隐若现，映衬得天地更加清幽，仿佛沉浸在千年的美梦中。

我贪婪地呼吸着田野里的泥土气息，任由这份意境牵引想象的缰绳。

这是家乡的味道，我的眼睛湿润了。

近乡情更怯。面对十多年来梦里思念的故乡，谁敢说不触动游子内心的泪泉呢？

"新书房村到了，请下车"，司机把车稳稳地停在了路边。站牌前，我茫然了，我找不到家了。

眼前，再也不是我曾经熟悉的景象：老屋、堰塘、竹林、老井，还有村口的老树……远山如黛，百鸟鸣唱，花儿争艳，新村掩映在浓荫之中。青山环抱中，一座座白墙青瓦、具有川北民居建筑风格的新房错落有致，坐落在花红柳绿之间。

新房前庭后院栽种着果木和蔬菜。田里有机种植的各类蔬菜青翠欲滴，整个新村犹如一个美丽的大公园。一切的一切，都不在我的记忆当中，我仿佛来到了一个陌生而美丽的村落。

这难道就是我曾经魂牵梦萦的家乡？

我怯生生地向身边走过的乡亲问路，脑子里却闪现出了唐朝大诗人贺知章的诗句："少小离家老大回，乡音无改鬓毛衰。儿童相见不相识，笑问客从何处来。"是呵，时光易逝，世事沧桑，诗人朴素无华的感慨把我这个游子此刻的境遇完美地呈现出来了。

谢过乡亲的指路，来到大爸（即大伯）的新屋。大爸，今年已80岁，腰弯曲着，脚也不是太灵便。他蹒跚地迎上来，用布满老茧的大手揩着眼睛，嘴里迟疑着说道："是，是虎儿（我的小名）回来了。"我说了声："大爸，我回来了。"老人拉着我的手说："好，快坐下，等会儿叫你三爸过来，他就在公路边上住，一家人一起吃个饭。"

记得小时候，村子的房屋全是清一色的土糊篾墙，灰瓦屋面，每一座房子的前后都种满了竹子。刚刚学会走路时，母亲就牵着我到竹林里，拾拣从竹笋上褪落下来的箨叶，这是一种裁剪鞋底校样的材料。

上学的时候，与小伙伴们赤着双脚，经过竹林，去新书房学校上课。放学后，拿着砍刀，把竹子劈成篾片，做成弓箭，和别的孩子比赛谁射得远，或者把竹叶做成小船，放在小溪里，排兵布阵。要不就是在竹林里打闹嬉戏，追赶着蝴蝶和蜻蜓……

无人机被放上了天空，我通过广角镜头欣赏家乡的美景。家乡，如今变成了一个绿色的天堂。郁郁葱葱的大地上，一个个自然村落像一颗颗彩珠；国道、高速公路、村道似带子缠绕在绿色的大地上，蜿蜒向远方前行；一垄垄肥沃的田地随着阵阵秋风，送来沁人心脾的芳香。这美好的一切都来自大自然，更是家乡给予我这个游子的馈赠。

　　和谐乡村、富饶乡村、美丽乡村，这不正是我们一直在追求和努力的目标？如今的西充，是一个循环经济的生态农区，大力推进"城乡一体化"进程。凤鸣镇已建成"十里生态画廊""日月钓鱼潭""八卦花海"等旅游景点，俨然成为一个乡村俱乐部。

　　自然之美、和谐之美、生态之美在这里得到了淋漓尽致的展现，成为中国乡村文化的缩影。这种静美的境界，让家乡拥有了一种独特的韵味和美丽，更让我这个游子对家乡的发展感到由衷的惊喜。

　　小时候，爸妈在遥远的铁路工地，我跟着外婆生活了很多年。外婆曾经是大户人家的闺女，外公去世得早，她一个人硬是把五个子女抚养成人。她很注重饮食，经常做一些特别好吃的佳肴。如今，外婆早已离去，那个味道，今生我是再也没有机会吃到了。

　　梦回家乡，这是远方游子对故乡的回味和无尽的留恋。只要你心中有，家乡就会在。一个人哪怕走再远的路，但心中却是十分安定的。

　　因为，故乡在哪儿，家就在哪儿，灵魂就在哪儿，让我时刻梦回南充。

2021 年 5 月 20 日于河源和平

悠悠岭南雨

岭南的 4 月，人间春色满园。

那点点雨滴从头顶倾下，稍不注意就淋透全身；或婉约轻盈，一丝一缕飘逸轻柔地落在头发丝上，如颗颗粘在发尖上的珠子，润物无声，不一会儿就湿了那山的身，那江的眼，那花的心。

岭南的雨，美得纯粹自然。

在下雨的日子里，我经常一个人静静地坐在桌前，泡上一杯红茶，闭上眼眸听雨。这股湿漉漉的原生态气息，散发着几分妩媚，几分梦幻，这是一件多么美妙的事情。就是这场烟雨，让四周朦胧地蒙上了一层水帘。一趟从深圳方向开过来的高铁风驰电掣飞奔在雾气中，不一会儿就消失在山的尽头。

佗城，建于秦朝，雄踞岭南 2200 多载。这起伏的千山万壑，见证了赵佗征战南蛮"和辑百越"的恩怨情仇，记载着一段沧桑的故事和传说。

每年的 4 月至 9 月，是岭南一年中降水相对集中的季节。东江自东北向西南蜿蜒而行，载着岭南的倩影，穿越悠悠的岁月，吟唱一首千年的歌。清清的江水在南门码头涓涓流过，倒映在江面的正相塔、游走江面的渡轮、升腾在小镇上的袅袅炊烟、南山古寺的暮鼓晨钟，构成了一幅绝妙的山水画。

第四辑

悟
人
生

一个人，慢吞吞地走进佗城古街。油纸伞、花伞间杂从眼前飘过，老巷、祠堂都抹上了青苔，光滑闪亮的石阶上泛着水光。望望天空，在一阵急促嘀嗒的节拍中，雨声响彻四周。老宅凸起的屋檐，垂下的瓦当，让雨滴汇成一股清流从面前飘落。在雨水的滋润下，整个天地流溢出水乡的意蕴，散发出一种别样的魅力。

站在屋檐下躲雨，烟雨暗淡了整个天地，不少人家的窗口透出了光亮。没多久，雨小了起来，天上突然亮了。不知是雨的清冽，还是那石墙天然的明丽，让整个老城变得纯净，古今时空仿佛在此时相连。这风，这雨，还有这曾经的古韵，这一切意蕴缠绵，让人不忍心打扰。

来到河源修高铁已是第六个年头了。我经常一个人，在工棚透风的窗前，倚靠在能听到响声的铁床上，端着一本喜欢的书，静静地沉浸在书香里。轻柔的细雨，不急不缓地吟唱合奏，呈现出不同的节奏和韵律，给人以无限的想象。

雨，是情绪的催发器，将平时藏在心底的大大小小的不快或伤感尽情地渲染。所以说，不同的人听雨的心境是不一样的，或忧伤，或失落，或寂寞，当然也有由衷的喜悦与幸福。难怪，纵观古今，文人墨客都喜欢借雨抒发情怀，吟唱心灵之歌。

"梧桐更兼细雨，到黄昏，点点滴滴，这次第，怎一个愁字了得！"这是宋代女词人李清照的词句，可谓字字珠玑，泛着忧愁。读着此词句，我的心情也被感染。

我这一个过了不惑之年的中年人，20多年来在工地漂泊流浪，不能陪伴家人的无奈和痛苦，生命中的无助与失落，曾遭受的蔑视和重压，这生活中的苦难与悲喜，何尝不被这无边的雨声唤起？

这一刻，我在生命的时光里走行。一些原来储存在记忆仓库的人或者事，就像雨珠一样穿越时光，轻轻地落在心上，溅起层层涟漪。在这涟漪的波光里，我似乎又回到了毕业时的铁路工地，回到了亲自参建的武广高铁，走进了首都北京，受委派到非洲刚果（金）中国矿山工作，后又回到北京，最终来到赣深高铁工地。这一切的一切，仿佛发生在昨天一样生动起来，鲜活起来。

岭南的雨是多情的，挽留了东坡先生颠沛流离的脚步，温润了诗人浪漫的情怀，容纳了我这外来的客人，氤氲了无数传奇的故事。

我想，这其中蕴藏的不仅是回忆，还有或淡或浓的思念和离愁。生命，本身就是一个不停歇的过程，只愿远方的你：平安健康！

雨似相思，相思如雨。作为一个漂泊他乡的过客，在雨中徘徊、惆怅，那是思乡的情、思人的心，在夜色里无眠。

原来，流浪漂泊的人，在雨夜里更孤独，更寂寞。这一颗心，都被如雨的相思煎熬，不知漂泊在何方……

2022年4月13日发表于《河源晚报》

燕子筑新巢

　　"旧时王谢堂前燕，飞入寻常百姓家。"走在佗城有着 2200 多年历史的古城里，我深深地沉醉在河源这片客家的青山绿水之中，真真切切地体味着客家古邑别致的风情，感受着广东岭南文化蕴藏与形成的历史脉络。

　　"莺啼燕语报新年"，似乎是应了某种召唤，燕子们从遥远的地方，翻山越岭，经过长时间的飞行，终于赶回到它们离开了一个冬天的岭南。只见它们一会儿如一把长剑挥向空中，一会儿又横空刺去，俯冲而来；有的停歇在南越学宫、祠堂、城墙、庙宇之上，有的在印迹斑斑的老宅的上空飞翔；更多的则是早早地飞入百姓的家中，探寻着旧时的巢。

　　河源是岭南文化的发源地之一，也是东江流域客家人最大的聚集地，保留了丰富的客家文化遗迹，有"客家古邑，万绿河源"之称。

　　在岭南地区的春天里，河源呈现的总是一副最极端而又最热情的面孔。春天里，北方最寒冷的空气渗入后与岭南温暖的气息相互作用，使天气阴晴不定，怎么也琢磨不透她的变化。就像热情似火又坚毅如石的客家人性格一样，让人猜不透。

　　突然有一天，"轰隆"一声雷响，乌云密布，大雨倾盆，春光霎时间点染了大地，丛林中长出嫩草，枝头上冒出新芽，新绿漫山⋯⋯

　　春天，来得竟如此突然！

　　燕子，这些可爱的小精灵就像奔赴一场生命的盛宴，仿佛是与人约好了似的，一路把冬天的帷幕推开，把嫩绿的春天接回岭南客家大地。在它们的接引下，春日里阳光下的木棉花开了，枝条上绽放了朵朵大红花，像一支支燃烧的火炬，格外引人注目。朵朵棉絮飘浮空中，如飞雪一般，显得格外生机勃勃，自有一番特别的情趣。

　　"燕子归来寻旧垒，风华尽处是离人。"佗城的春天是最有魅力的。

第四辑

悟
人
生

在这个有"秦朝古邑、汉唐名城"之誉的古城中，散发着文化的芳华，流传着曾经远去的故事，上演着一幕幕历史大戏。

我在想，是否远古的燕子也在悠远的时空间里穿梭，从北至南迁徙，记录着岭南与中原文化的历史征程。

自秦朝设县以来，佗城就成为岭南有史料记载的最早的城邑之一，是岭南最早的客家移民地，在与外界文化的碰撞与融合中，形成了独特的赵佗文化。

当然，许多文史更是认为"广东是旧文化的保存所，又是新文化的策源地"。

几千年来，由于广东处于南方以南，距离战乱颇多的中原较远，再加上南岭的天然屏障，反而更好地保护并延续了中原上古汉文化。

客家人对燕子是有特殊情感的。身边的客家朋友说，他们在很小的时候就被家中的老人告诫"白手捉乌雕，唔死都病一跤"，意思是说不要去抓那些燕子、乌鸦回来养，会引来祸事！

在朋友的记忆里，从小就知道燕子能吃很多很多的害虫，不但不能抓捕和打它们，还要保护它们。或许是自小就受到教育的缘故，尽管它们每天都把很多粪便拉到地面，把地面弄得脏兮兮的，但家人们丝毫不在意。因为，客家人视燕子如神灵一般，从不会说燕子的坏话，更不用说去打燕子了。

佗城这座古城里，家家户户的屋檐下都是有燕子窝的，有的甚至有好几窝。自古以来，客家人同其他地方的人民一样，乐于让燕子在自己的房屋中筑巢，生儿育女，并引以为吉祥有福的事。

你瞧，燕子有的在房檩上搭巢，有的在屋檐下搭巢，还有的在室内，或在室外。室内的燕子是白肚皮的，比较常见的那种；室外的燕子肚皮和脖颈泛红，人们称之为麻燕子。室内的燕巢是半敞形没有封闭；在檐下的则不同，巢的上下封闭，留有进出口。

客家人是从很远的中原地区迁徙而来，"靠山吃山，靠水吃水"，依山而居，植物取之不尽，动物用之不竭。他们认为，自然界的动物和植物都是很有灵性的。

在人们的眼中，燕子对人类的意义比较重大。家燕的迁徙活动是绝佳的春夏物候象征，"燕子低飞要下雨"之类的行为特征，能对气象起到一定的指示作用。或许，这就是这些柔弱的小精灵能与人类和平相处到现在的原因。

禽畜是不能在祠堂生活的，但燕子却可以在祠堂任意地方做窝，而不会被干扰。对于客家人来说，最为亲近的三种动物就是燕子、狗和猫，只有它们能进入主人家生活。客家人家里虽然普遍养猪、鸡、鸭等，但这些动物与人是绝然分开生活的，彼此的生活区会有一定距离。春节的时候，家家都会贴上写有吉祥语的红对联和横幅，大厅里贴上大红的"福"字，猪牛圈里贴上"六畜兴旺"等红条幅，此外还会在许多用具上贴上红纸条，称之为"封岁""上红"。

从这里可以看出，客家人继承了王阳明"心即理""知行合一"和"致良知"的精髓，深受中国道家哲学崇尚自然的主旨和中国儒家、道家哲学"天人合一"的理念的影响，体现出人、民居、动物、自然环境的和谐一致，深切地流露出安居乐业、希冀和平的愿望。

我们的房东姓骆，早在2017年租房子给我们时，就专门叮嘱我们要善待这群小精灵。对于客家人来说，燕子在家里做窝，是吉祥的象征，特别是一些有小孩读书的家庭，有燕子做窝，会被视为家中会出人才，或金榜题名的吉兆。

燕子是候鸟，燕子北飞后，它做的窝一样会被保留，直至明年燕子重新光临。如果燕子连年在自己的家里筑窝，则预示这家人有诸多的喜事。客家的老人们会经常嘱咐孩子们，不要捅燕子窝，不要破坏它们的家园，要让燕子一直在自己家里住下去。我们这群从五湖四海来的高铁建设者也受到了这样的福荫，五年间竟然有四个燕巢筑于驻地的檐顶上，成为我们驻地里的一大景观。

第四辑

悟人生

宋代词人晏殊就有"似曾相识燕归来"之句。其实，我不肯定最先飞回来的是不是去年离开的那四户家庭中的一户，因为它们实在太相像了。房东老骆告诉我，如果能飞回来，肯定是去年在这里住的。因为，燕子是很讲友情很守信义的。喜欢老巢是燕子的习性，如果老巢没有燕子回来住了，多半是往年那对燕子迷失在路途回不来了。

家燕返回后头一件"大事"便是雌鸟和雄鸟共同建造自己的家园，有时补补旧巢，有时建一个新的巢穴。在旧巢完好，人在去年又没打扰它们的情况下，它们都会返回旧巢。但如果人在去年捅过燕子窝的话，它们就一定不会回来了。

对老骆的说法，我半信半疑。但没过多久，我们驻地的四个燕巢就住满了住户。看着它们双双"嗖"的一声冲向天空，一会儿便叼来一口泥，或衔来一根草，在修补忙碌的时候，我觉得老骆的话不假。

难怪宋朝葛天民就曾写道："咫尺春三月，寻常百姓家。为迎新燕入，不下旧帘遮。翅湿沾微雨，泥香带落花。巢成雏长大，相伴过年华。"这充分表现了主人对燕子的喜爱、人与燕子的和谐关系。

其实，我们生活中最常见最熟悉的莫过于家燕。家燕前胸黑褐相间，额和喉部呈棕色，整个上体蓝黑色，下体其余部分白色，尾基部有一行白点。家燕体态轻捷伶俐，速度极快，刮风下雨对它们也没有多大影响，反应十分敏捷，能在空中捕捉各种飞虫，并不时地发出几声短促、尖锐的鸣叫。蚊蝇以及其他各种昆虫都是它们喜欢捕食的对象。

早在几千年前，人们就知道燕子秋去春回的迁徙规律。相传春秋时代，吴王宫中的宫女为了探求燕子迁徙的规律，曾将一只燕子的脚爪剪去，看它是否在第二年仍旧飞回原地。无独有偶，晋代有个叫傅咸的，亦用此法观测，结果这只缺爪燕在次年春天又飞回来了。

燕子一般在夜里飞迁，尤其是在风清月朗时飞得很快很高，白天则在地面休息觅食。食物的匮乏，使燕子不得不每年都要来一次秋去春来的南北大迁徙，以得到更为广阔的生存空间。燕子在冬天来临之前的秋季，总要进行每年一度的长途旅行，赶去更加温暖和湿润的地方过冬。

家燕具有惊人的记忆力，无论迁飞多远，哪怕隔着千山万水，它们也能够靠着惊人的记忆力返回故乡。可以说，燕子是鸟类中的"游牧民族"。

据国外生物学家统计，老燕子回巢的比例接近 1/2，头年幼燕回旧巢的比例为 1/6。燕子能找到旧巢，与它具有较强的记忆力和超常的导航本领是分不开的。

燕子喜欢把巢筑在屋梁或屋椽下。选好地方后，燕子们不断地用嘴衔来泥土、草茎、羽毛等，再混上自己的唾液，用喙把泥和好，再一粒一粒衔回来，堆积成碟形的巢窝。筑巢是由下往上修筑的，每日里燕子衔来黄豆大小的泥团，一粒粒地垒放在下面的基础上，每层都往外移动一些，慢慢面积就大了起来。每粒小泥团的大小很均匀，一层层交错码放，看上去很整齐，是用口水黏合的，泥团融合后就很硬实，没有绝对大的外力作用，燕巢根本不会受到影响。

燕巢，似切开的半个榴梿悬在屋顶，出入口有鸡蛋大小。燕巢下面很小，往上逐渐大了起来，慢慢接近屋顶。燕子往往会留一个豁口，在这个豁口处又用泥块继续往前搭建出一个平台，好似我们的阳台，又如家里进门的玄关。这不，驻地里这两只燕子正站在修补完成的新巢上，"吱吱"地叫着，好似庆祝它们的幸福家园终于落成……

家燕一年繁殖两窝，每窝产卵3~6枚。雏燕出世后，雌燕在窝中抱雏，觅食的重任自然落在雄燕的身上。雄燕平均每天往返巢中约200次，捕捉数以千计的昆虫来喂养幼燕。待雏燕羽翼渐丰、食量大增时，雌燕才帮着雄燕一起外出觅食。据统计，一窝燕子在一个夏天吃掉的昆虫达100万只。

都说，燕子是吉祥的鸟，燕子到谁家筑巢，谁家就有好运，谁家以后就会兴旺。客家歌谣唱道"燕子含泥过九江，妹子送郎出外乡，九月九日种韭菜，两人交情久久长"。这表现了客家人对燕子的重视。

台湾歌手邱幸仪的客家语流行歌曲《燕子》："远方日头落山下，燕子归屋卡（回到家），唔（不）管归路有多弯曲，唔会添望忒（不会忘记了），记忆中有一本老相簿，记载等捱等个笑容（记载着我们的笑容），脚踏车个车轮仔转唔停，载捱（我）归故乡……"

纯净温柔的旋律，让人难忘的歌声，邱幸仪把这首客家流行歌曲《燕子》唱到了极致，扣人心弦，令人陶醉于其中。

我一直在思索客家人的精神是什么？我想，这与小燕子持之以恒和不怕困难的精神，是如出一辙的。小小燕子每年南北迁徙，不怕艰难，不怕挫折，努力奋斗，是一个持之以恒的过程，是日复一日的积累之功。

我们高铁建设者的人生过程不也是如此吗？

为实现交通强国，铁路先行之路，我们东奔西走，流浪筑路，四海为家，穿梭在高山峻岭之间，在工棚里枕着月亮入睡，在蛙鼓虫鸣的夜曲中，用一腔热血和激情，铸就老区人民脱贫致富的翅膀。这其中的酸甜苦辣，只有筑路人独自品尝、独自感受。

"独在异乡为异客，每逢佳节倍思亲。"见到回归的燕子，高铁建设者的胸中自然滋生乡愁，心早已义无反顾地回到故乡母亲身旁……

2022年2月28日于河源龙川

野猪嶂的童话

野猪嶂，云雾与大山的缠绵，似一首诗，一幅流动的画，让我在这美丽的傍晚，以雾为舟，黄酒为伴，醉在野猪嶂如梦似幻的童话世界……

——题记

闯进雾海中的野猪嶂，仿若闯进童话世界。

不到河源，你不知道河源的斑斓。而当你亲自走上野猪嶂，揭开她神秘面纱的时候，你就会看到一个令人神往的人间仙境。

野猪嶂，位于龙川县上坪镇与细坳镇之间，主峰海拔 1293 米，属于未开发的原始森林区。每当雾海翻滚、云涌苍崖，傲然排列于山脊的风力发电机组不停飞转，在雾中时隐时现，远远望去犹如在雾中舞蹈。

下午 4 点多钟，我们从龙川县上坪镇进入野猪嶂。6 月的野花竞相绽放，草坡郁郁葱葱，山峦叠翠，山脊连绵起伏。去往山顶的路上，视野开阔，一览无遗，能明显看到植被按海拔变化的不同分布。

山脚下，周围全是郁郁葱葱的翠竹，往上为森林区，山顶则为草甸。山顶上的草甸，浩瀚绵延。风力发电机耸立在山岭之巅，如同一个个正在挥舞兵器的武士，高大威猛。

风车每座高 70 米，叶片长 45 米。发电机柱直耸云天，立柱要四五个人才能合抱，人站在旁边，显得很渺小。三个巨大的叶片，转得虽然不快，但发出"呜呜"的有节奏的响声，好像要飞向天外，令人震撼。

山顶远眺，北面是江西的定南联络线、238 国道，南面是广龙高速、236 国道。脚下的野猪嶂与江西定南境内的金砂嶂、鸡笼嶂依次在山间排开。江西定南与广东河源东源、龙川等地景色均尽收眼底。

高山群峰上面，密密麻麻的风车好像一支队伍在风中大声合唱，无比壮观。浩大的风电场，群山怀抱，山脉连绵，逶迤起舞，如排山倒海一般，让人心潮澎湃，我真切地感受到了大自然力量的伟大。

野猪嶂山下，不远处的上坪镇金龙村，有一个地方叫仰天堂。仰天堂，地处粤赣两省交会处，古为粤赣两省交通要道和兵家必争之地，一个当地人认为抬头就可以看到天堂的美丽家园。

毛泽东同志来到龙川，夜宿仰天堂的故事更是广为传扬。1929年初，毛泽东同志把井冈山的革命烽火燃向赣南闽西粤东的辽阔大地。在那火热的岁月里，毛泽东几乎走遍了这里的山山水水，也在此留下了奋斗的足迹。

仰天堂在土地革命战争时期，曾是地下党的联络点，为粤赣苏区传达各种革命信息，接待过彭德怀、古柏、曾碧漪、罗屏汉等重要革命人物，并为中央苏区腹地输送了大量食盐、煤油、药品等军需物资。英勇的红军，在这块土地上，牺牲了生命，付出了血的代价。

此时夕阳西下，天空中下起了小雨。但没多长时间，却又放晴。太阳处在地平线上，云海与山风竟然同时出现。浓雾从山坡渐渐升腾，风吹着云群，顺坡而上，云涛爬山而行，很快就越过山顶，漫过风车，似过坝的洪水飞流直下。

突然，在天边的尽头，出现了<u>丝丝红色的霞光</u>。转眼红色的光线在浓雾中蔓延，慢慢笼罩四周。夕阳在地平线下发射出了最后的光影。远处，一道道美丽的金色光芒穿透浓雾，射向整个天空。光影、彩雾、草甸、风车，皆消融在朦朦胧胧的雾的空间里。飘浮起来的雾气，又缓缓流动升起，在空中翻滚。

红色雾海中的野猪嶂，此时显得隐约神秘。矗立于山岭间的一组组风力发电机在雾中自由地"舞动"，呈现出不同的景象：有的完全被雾气包裹，有的却露出了高大的身影；有的只见长长的叶片，有的却只剩下风车的立柱。

风车在转，云雾在动，彩色的雾弥漫在四周，我们置身在彩色的天地里，仿佛游弋于一个充满诗意的朦胧天地。行走在这个虚幻缥缈的童话世界，让人惊诧和享受。对面的盘山公路上，有几辆车像一只只甲壳虫，腾云驾雾般盘旋在山道上……

山崖豁口，山风伴着浓雾，贴着我们的肌肤，拂过脸颊，若美人凝脂般的纤指滑过，凉爽舒润，让人有着说不出的舒坦。野猪嶂，犹如浸泡在牛乳之中，呼吸之间，我们身心舒张，每个毛孔都透着水润清凉。手中的相机，陡峻的兀岩，脚下的草叶子，在雾气中显得湿漉漉的，抖闪着晶莹的雾珠。

山峦，在云中浮动；流云，在山间缥缈。山下的村庄在云雾缭绕中时隐时现，垄垄茶园，片片翠竹，郁郁葱葱的村镇，恍如桃源仙境。远处炊烟袅袅，笼罩着老屋青瓦，空灵悠远。

夕阳，慢慢地失去了热情和光彩。清凉的大风迎面吹来，身边的浓雾渐渐地消失，野猪嶂周边跃然于眼前。远处，蜿蜒起伏的山脊上还有雾气萦绕，似青龙腾舞，龙首直跃入海，飞溅起雪白浪花……

此时，我的心完全被大自然鬼斧神工的造化所感动，身上的疲倦霎时烟消云散。雾气弥漫的野猪嶂，静寂如一个沉睡的处女，恬然做着一个朦胧而又浪漫的梦。我们就像无意中踏进她的梦境，唯恐不经意间惊醒她。

夜深了，华灯初上，星星点点，夹杂着零星的鸡鸣犬吠。斗转星移、沧海桑田，红色的故事，美丽的风景，为野猪嶂披上了一层神秘面纱。天上的星河，与乡村零星的灯火交相辉映。

野猪嶂，云雾与大山的缠绵，似一首诗，一幅流动的画，让我在这美丽的傍晚，以雾为舟，黄酒为伴，醉在野猪嶂如梦似幻的童话世界……

2022 年 7 月 21 日于河源龙川

风声如泣

　　3月岭南，如一位怀抱着古筝的奏乐者。淅沥的春雨中，悠悠地响起《别亦难》这曲悠扬、忧伤的天籁之音。我的心中，荡起一圈又一圈细碎涟漪，人已沉醉在轻烟薄雾中……

　　倾听着这哀伤的音符，看着那远方的天空，泪眼蒙眬里，我喃喃地说："师娘，您在远方还好吗？"

　　人生，就是上天注定的一场缘分邂逅。经过多少年后，又重新相互交接，最后又远离而去。就如树上的每片叶子，最终都要回到生命的初始。也许，生命本来就是，生生死死不停地轮回。

　　只是我不知道，师娘是否也如这叶子，进入新的轮回，还是师娘本来就没有走，还在世界的另一端看着我们。

　　师娘离去的日子，也如今天一般，缕缕清风，丝丝凉意，春意在大地上蔓延。在温柔的细雨滋润下，禾苗在拔节，树叶绿得发亮，屋顶在滴滴答答中溅起轻柔的薄烟。佗城学宫前的檐角上细雨滴漏，小巷深处，撑着花伞的人来来往往，一切的一切，都沉浸在春天诗情画意的天地之间。

　　然而，在赣深高铁建设工地的我，却接到了至今也让我无法抑制痛苦的消息：师娘走了。师娘留下了对生活深深的眷恋，留下了对我们深切的关爱，留下了令我们挥之不去的音容笑貌，同样也留给了我们无尽的悲痛和伤心……

　　师娘如姐，这约 40 年刻骨铭心的时光，是一段挥之不去的历史岁月，更像是一首感人肺腑的歌谣，始终在心里回响。

　　这几日，师娘的音容笑貌总在我脑海里萦绕，她在世时的点点滴滴，总是历历呈现于我眼前，挥之不去。其实，我本来不想再掀开心中的这份痛楚，但心里有好多话想说，又不知从何说起。好多事想写，但拿起笔来，又不知写什么。每每提笔凝思，凄恻难言，眼泪随着手中的笔落下。

第四辑

悟
人
生

203

今夜，思绪如一段胶片出现在脑海里，心情难以平静。在春雨的洗礼中，在微风夜的寂静里，您坚强而微笑着的脸庞，总停留在我眼前。闭上眼，我还能感受到跟您在一起的温馨，这是一种阳光普照，没有什么烦恼和忧愁，给予我美好开心的幸福。

1993年，我从贵州一所铁路学校分配到南昆铁路威菁至红果的建设工地实习。我报到的单位是中铁五局的下属公司，师父是当时工程队的技术主管。根据学校的要求，所有去实习的学生都要签订师徒合同，我自然也不例外。

当时，我们这群师兄弟一般不叫师娘，而是叫王姐，主要是因为她年纪也不算太大。其实，我从小就认识我的师父和师娘。我父亲是一个"二老工人"，与师父师娘同在一个单位，自然早就熟识。

当时正在修建衡阳至广州的复线铁路，师娘和师父也经常到我家里做客，我从很小的时候就认识他们。后来，随着铁路工程的转移，他们调动到重庆中梁山隧道。再后来，我上了初中，又去了贵阳读书。

师父对我们很好，要求也很严格，对于我们来说当然是喜出望外，在工地有这样一位经验丰富、技术精湛的工程师做我们的老师，自然是幸事。师娘心地善良，乐于助人，对我们这群师兄弟总是给予无私帮助。当然，在单位上接受过她帮助的人更是不计其数。

她给予亲人的爱，是发自内心的深沉的爱。我清楚地知道，她这一辈子对丈夫关心呵护，两人互敬互爱，对孩子照顾有加，对自己的老母亲细心呵护。我们这群师兄弟跟随师父学习，经常半夜三更到工地搞测量。师娘叮嘱我们路上要小心，最好手中拿着一根棍子，避免被蛇咬；去隧道里要机灵点，不要被导坑上的石头砸头。

我记得，当时工地上的日子非常艰苦，为此，我们会经常去附近的村寨买鸡、买鸭打牙祭。当时，我来到工地才17岁，工地见习只有100块补贴。每次，师娘都会把钱给我，叫我跑路干活，自然我也不用出钱。那时候，下班后我们经常到师父家里聚会，我们闲聊打牌，而师娘忙上忙下，收拾招呼，从无怨言。

当时，师娘是工程队里的材料员，工作很忙，只要有人领材料就要马上去，经常没有时间休息。但是为了我们，师娘忙着准备吃的、喝的，无论多累，都不抱怨。虽然，这一切都过去了很长时间，可是我们依然记得很清楚，所有的事似乎就发生在昨天一般。

有一次，我到附近的工程队去看望同学。同学很热情，晚上请我喝酒吃肉。回单位的时候，黑夜里伸手不见五指，只有一颗颗星星在银河里闪烁。喝完酒的我，一个人晃晃悠悠走在山上，终于醉倒在公路便道边上。睡梦中，不知多久，耳边依稀听见师娘喊我的名字，几束手电筒光在天空里划过，就像流星划过天边，是那么的美，那么的温暖。

第二天醒来，才发现自己躺在工棚的床上。师兄告诉我，昨晚师娘发现我很晚都没有回来，打了电话给附近的工程队，对方说我早就回来了。看我很长时间没有到工棚，师娘就叫师父、师兄们和她沿着施工便道找了很长时间，终于看到我在便道一个转弯的地方睡着了，师兄们轮流把我背了回来。

那天酒醒后的我，被师娘狠狠地剋了一通。师娘如母亲一样，不仅时时刻刻在关心我们，更要求我们做人要诚实善良，做事要认真负责。师娘对我们这种母爱般的情感和教诲，令我至今无法忘怀。

2012年，我在非洲刚果（金）工作。虽然在地球的另一端，但我总把非洲森林深处的见闻和国外的趣闻讲给她听。师娘嘱咐我在国外要注意安全，多给家里打电话，回国后到成都来玩。师娘性格阳光率直，让我在异国他乡感到十分温馨和快乐。多少年来，每隔十多天，或是一个月两个月，我就会打电话给师娘。一根无形的电波，又似一根剪不断的线，让我与师娘在同一个频道上，让我无惧岁月的坎坷，始终勇敢前行。

2020年春节，本来想去成都看望生病住院的师娘，但是疫情暴发，到处封城封路，去往外省几乎不可能。大年初一的早晨，我还专门给师娘打了电话，送去了新春的祝福。师娘在电话里告诉我不要担心，但我能感觉到她的精神状态不是很好，这让我十分担心。

没曾想，春节期间师娘的病情有所加重，早就住进医院的师娘到后来每天都需要有人陪伴照料。即便这样，我依然认为凭着医院这么好的医疗技术和护理条件，应该不会有什么大碍。

谁知道，2月中旬师娘突发脑出血昏睡过去，住进了医院重症监护室。十多天的时间，医生多次下了病危通知书。虽然心中早已有了不好的想法，但每天都在祈盼师娘能尽快醒来，如从前一样，能离开医院，继续陪伴我们。可是，这一次，师娘还是在沉睡中走了，什么都没有给我们留下。

听到师父打来的电话，我当时就号啕大哭，眼泪将脸庞打湿。我的心绪，就像晴朗的天空里传来一声惊雷，瞬间将我打蒙在那里。我久久没有说话，坐在房间里很长时间，没有起身，我觉得就像一片枯叶在风中飘荡，忽然间生命中少了十分珍贵的东西。

那天，我在写给师娘的诗里写道：天空始终阴沉着 / 噩耗像一声炸雷 / 缅怀的心 / 都是泪水 / 直到傍晚 / 滴答淅沥的雨才落下 / 雨珠儿急促地飞溅 / 如我在无声地抽泣 /……您毅然决定远行 / 把一切世俗的羁绊都扔给了春天里的风 / 就如一只彩色的蝶儿 / 在澎湃无尽的花海和波涛中 / 寄寓着我们的思念 / 渐行渐远 / 您把您的优雅 / 留在了我们的心中 / 却稀释不了我们心中无限的痛楚 / 但我相信 / 有了您的天堂 / 会更温暖 / 因为 / 有那一个爱我们的人在远方。

这几日，师娘您的音容笑貌，总在我脑海里萦绕，在世时的点点滴滴，总是历历呈现于眼前。师娘，真的想您了，您把记忆里那些岁月，浓缩成了一首温馨的诗歌，永远地留在了我的心中。无论您走得多远，您的阳光、开朗、坚韧、勇敢，始终照亮我们的未来。

此时此刻，我无语凝噎，唯愿：师娘，您在天堂安好！

2022 年 3 月 24 日修改于河源龙川

心中的那一抹暖

每个人在内心深处，或多或少总有些难以忘怀的事情，在岁月的更迭中日渐清晰。在流逝的时光里，那一抹心中沉淀的情感，却成为永驻心中的温暖。

无论何时想起来，总有一丝感动或淡淡的芬芳，拨动内心深处最柔软的部分。

今天，我在讲述这个温暖的故事之前，先说说桥这个话题。正因为拍摄珠江上一座铁路特大桥，我认识了一群普通而不凡的人。他们平凡朴实，面对诱惑，拾金不昧，身上所蕴藏的精神和品德，常让我倍感温暖，让我总怀着一颗感恩的心面对生活。

今年年初，我来到了南沙区珠江上的南沙港铁路洪奇沥水道特大桥拍摄，用手中的无人机捡拾南沙自贸区大地上美丽的图案。700多年前，南宋名臣文天祥曾在这里，在《过零丁洋》中写下"人生自古谁无死，留取丹心照汗青"的诗句，谱写了可歌可泣的爱国情怀。

对于珠江，我的心中总有一种向往。珠江，是南方的母亲河，流经云、贵、桂、粤、湘、赣和香港、澳门特别行政区。南沙区，位于广州市的最南端，紧邻伶仃洋，波涛滚滚的珠江从这里奔流大海。

沙湾水道、洪奇沥水道、狮子洋、虎门水道、伶仃洋，南沙犹如被层层玫瑰花瓣包裹着一般，珠江到此与条条水道、河涌交织在一起。

"南沙柴、黄阁米，出门靠渡仔，无事莫进来。"这大概是南沙人最熟悉的俗谚了。多年前的南沙，离开了船寸步难行，坐船出行是南沙人最深刻的记忆。勤劳的南沙人在此耕沙筑堤、抛石砌围，变沧海为桑田。昼夜不歇的南沙港上，万吨巨轮从这里出发，将"中国制造"运往全世界。伶仃洋上吹来的海风，带着氤氲水汽，滋润了大地上的生灵，让这里生机勃勃，繁荣富饶。

如果说，奔腾不息的河流是一座城市的灵魂，那么沟通两岸的桥梁则浓缩了城市发展的历程，它延伸了脚下的路，将我们带往更广阔的远方。悬索桥、斜拉桥、钢桁拱桥、人行景观桥、高架桥、立交桥、公路桥、铁路桥……

桥梁，是一座城市的名片。所以桥梁的位置，往往会成为一个城市的聚焦点，自然也成为城市的地标。因此，现代桥梁设计更加注重结合区域文化特色，丰富桥梁形态，使其成为区域标志性景观，彰显整座城市的文化。

70年来，一座座形态各异、交相辉映的桥梁在南沙渐次耸立，印下了南沙交通飞速发展的足迹，也串联起南沙联通周边城市的交通轴带。

进入21世纪，南沙区驶入发展的快车道。凫洲大桥、新龙特大桥、凤凰桥、明珠湾大桥、万龙跨海工程……一座座跨江通道串起南沙交通轴带；虎门大桥、南沙大桥、南沙港铁路龙穴南水道特大桥、洪奇沥水道特大桥……一条条交通要道因"飞虹"相连。

当然，在南沙的天堑中穿行铺设的铁路，也在不断创造着历史，见证着历史，筑路人以英雄气概升华了开路精神。这些恢宏的奇迹、史诗般浩大的工程以及开天辟地的先锋精神，彻底打通了南沙海铁公联运的"最后一公里"，构建形成了港口、铁路、公路多式联运的立体运输网络。

如果说，一条铁路的组成部分主要是路基、桥梁、涵洞、隧道，这是一条铁路的"骨"，那么建设这条铁路的人就是铁路的"魂"。作为一个出身于普通铁路工人家庭的摄影家，我有责任去宣传它的美。多年来，我经常利用出差的机会，背着相机，携带无人机走进沸腾的一线工地，用镜头拍摄下建设者动人的瞬间，展现中国铁路人的开路先锋和工匠精神。

无人机在螺旋桨快速旋转下徐徐升空，如飞鸟一般直冲云霄。我目不转睛地盯着手里的显示屏。从小小的显示屏内，可以看到珠江两岸的全貌：阡陌交错的田野，弯弯曲曲的小河，翠绿的桑田，一幢幢村民自建的楼房……构成了一幅山水田园画卷。

在无人机的视角里，南沙这座小城有着娇美的容颜和纤柔的线条，尤其是在太阳光线的点缀下，更加显得金碧辉煌、活力四射。洪奇沥水道特大桥，是南沙港铁路驶过广州至中山之间时，必经的998米长的钢桁梁柔性拱结构铁路桥。你看，它就像一条蓝色的巨龙横卧在洪奇沥水道上。

大桥主桥跨径长达 360 米。1767 根钢桁杠杆、168 根连接吊杆、65 万套拼接螺栓，总重约 28000 吨的钢材才共同打造出了钢铁之躯。在这份"铁板钉钉"的稳固背后，是稳如泰山的主桥下部结构，238、239、240 号三个大直径深水主墩稳稳"托举"起桥体，屹立在水中。主墩采用了 10 根直径 3 米的钻孔灌注桩基础，平台下钻孔深度可达 80 米，使得桥梁下部结构深深"扎根"河床下，牢牢稳住"刚强底盘"。

面对台风潮汐影响大、安全风险大、技术难度高、施工工艺复杂等制约因素，建设者们在技术攻关、科技创新、优化施工方案上下足功夫。为确保施工安全，钢桁梁采用"利用临时支墩悬臂拼装、跨中合龙"的施工方案，柔性拱采用"梁上支架分段拼装、大节段垂直提升"的施工方案，施工全过程采用 BIM 管理。

建设者们在近海高风速区对双主跨高位钢箱柔性拱肋采用一次性大节段整体提升，拱肋提升高度 30 米，提升重量达 1833 吨。柔性拱提升到位后在高空实现焊接合龙，合龙口对接错边精度误差严格控制在 3 毫米以内。

其实，我不止一次来到大桥的建设工地，前前后后来了十多次。但是自开通运营后，还是第一次来到这里。驻足江面，久久仰望这座铁路大桥，只见波光浩渺的珠江上，色彩亮丽的钢梁在蓝天白云的映衬下，如同一条挺立不屈的巨龙，分明在昭示着建设者倔强坚韧、自强不息的精神。而随着桥上低鸣的汽笛和飞驰而过的列车，在轻微的震颤中，一种来自大地与天空的历久弥坚的力量，电流一般源源不断进驻身心。

第四辑

悟人生

突然，正在拍摄的无人机发出了报警信号，这是缺电的预警。看着美丽的画面，我想再拍摄一张 180° 大广角照片再返航，于是让无人机坚持拍摄。可是，无人机没过多久就进入了自动返航模式。凭着剩余 15% 的电量，我乐观地估计无人机应该可以正常返回出发点。

可是，此时珠江江面上风势猛烈，增加了无人机返航的难度。慢慢地，遥控器信号连接时断时续，无人机缺电报警的声音越来越急促。最后，无人机不听使唤地急速降落在珠江对岸一块刚翻新过的地面上。

"呀，信号中断了。"遥控器上的画面"嘀"的一下子全黑了，我失神地看着没有画面的遥控器。

"怎么办？一万多块的无人机！关键是无人机的卡上还有昨天拍摄的

重要数据。"我一下子就急了，用手抹去了额头上的汗水。

"张总，别着急，我们陪你一起找。"身边陪我来的同事安慰着我。

幸好，无人机最后降落时，已将定位完整地显示。顺着手机上的定位，我们迅速确定了无人机的大致降落点，降落的地方距离我们不过800米左右，但是在珠江对岸，附近也没有渡船。我们导航开车绕行到江对岸至少有70公里，大约一个小时才能到降落的位置。

此时，夜幕很快笼罩了大地。我们一行人焦急地开车往无人机的降落方向赶。上高速，走县道，驶入乡道、村道。随着手机上的定位一点点靠近，我的信心一点点地燃起——就快到了！

突然，一个"此路不通"的大牌子挡在了我们面前。我好像被打了当头一棒，心突然一绞。下车一看，前面的路面正在维修，水泥、砂石、机械等摆在前面。路，显然是过不去了，我几乎要绝望了……

突然，前面一道耀眼的光芒由远及近。一位沿着临时小道骑着摩托车的老人经过我们的车辆，他似乎看到了我们的窘迫。

"怎么了？你们没有看到前面的提示标志吗？这里的路面在养护……"我的心越发紧张起来了。

"年轻人，别紧张，我记得还有一条路。"老人看了一下我手机里的定位，似乎看出了我的紧张，拍拍我的肩，笑笑说。随即老人犹豫了一下，说："你们从这里倒出去，在村口还有一条路。路太黑了，你们估计不好找。这样吧，我带你们过去。"我想，这是最后一丝希望了。

车跟着老人的摩托车，绕过了村庄，又经过了一个大大的鱼塘。一路上，老人的摩托车快得像一阵风，我们在后面很难跟上，仿佛丢了无人机的是他，不是我。绕了很大的一圈，才找到老人所说的那个入口，最后跟着他来到江边一个建筑物的附近，这里就是无人机最后定位的地方。到了地方后，老人给我们打了个招呼，我们才知道他的小孙子生病，他急匆匆骑着车消失在黑夜里。

此时，天已经黑透了，月亮也不知躲在哪里。我们打开手机里的手电筒，在四周找了起来。定位就在这里，我们三个人反复寻找了约有半个小时，可是地面上却没有无人机的踪迹。

我的心彻底凉了，眼睛无力地看着那满天的星斗。

"喂，你们在干什么？"突然，附近那一排建筑物的门开了，走出来一群人。走在前面的一个男人一把打开了门前的路灯，看着我们这群在空地上的人。

"你好，我们是在找一台无人机。今天下午我们在江对岸用无人机拍摄铁路大桥，由于缺电，无人机迫降在这附近了。"我连忙迎上去，说明了在这里的原因。

"你说无人机飞到了这里，你有什么证明？"突然前面这个男人说道。

"你看，这是定位，无人机最后就降落在这里。"我把手机显示的定位拿给他看。

"那么，你的手中应该有一个遥控器吧。"男人原本一脸严肃，突然对我笑着说。

我连忙一阵小跑到越野车里，拎出无人机包，把遥控器取出来递到男人面前。这时，我心中的石头已经放下了一大半，猜测无人机应该是他们捡到了。

"老婆，把无人机拿过来！"男人笑了笑，对跟在后面的一个女人说道。女子转身回屋里，拿出无人机递到我的面前。我一看，无人机贴着二维码的图案上写着我的名字，这正是我丢失的无人机，完好无损。

我激动的心情无以言表，连忙掏出钱包，从中抽出了好几张100元钞票，想好好地感谢一下他们。

"谢谢了啊！"我和同事对他道谢，他却摆摆手，"没事，没事，举手之劳……"男人坚持不收递到面前的钞票，纯朴而灿烂的笑脸如一缕和煦的春风，拂过我躁动的心绪。

原来，这里是一个正在装修的农家乐。老板姓张，跟我一个姓，湖北人，与一群老乡承包了这个农家乐。前面的空地他们正好刚刚整理出来，准备修建房屋设施。傍晚的时候，大家正在地上忙碌，发现一台无人机从天而降，大家都很好奇。吃完饭后，他们坐在屋子里喝茶聊天，发现我们在找东西，所以就走了出来。

星光下，我们拿着失而复得的无人机走在回程的路上，心情特别愉悦，就连天上的星星也显得格外晃眼，他们的这份善举温暖着我们的心。

对于他们而言，这或许是一次小小的善意的无心之举，却如一缕阳光照亮了我们前行的道路，给人以无穷的动力。对于我们而言，这是人间最温暖最美好的真情。

直到现在，每每想起给予我帮助的那一群普通的人，心里就感觉好温暖。

2023 年 5 月 22 日于福建漳州

我的英语老师

谨以此文献给我的英语老师——黄家庆。时间可以磨灭很多东西，却抹不去我那段坎坷不平的求学之路，虽苦犹甜。记录黄老师，其实是因为很早以前就想对她说一句：对不起。

——题记

俗话说："滴水之恩，当涌泉相报。"可是黄老师给予我的，绝对不只一滴水，更是涌泉都报答不完的恩泽，是我永远无法忘记的内疚和失落。即使，30多年过去了，我的脑海里也总会浮现一个高挑的身影，一袭碎花长裙，齐整的短发，大大的眼睛凝视着我，好像直达了心底。黄老师，那时应该还不到30岁。在我的记忆里，她是一个温柔、美丽，而又十分简单的人。

黄老师是我初中的英语老师，也是我初中时代最不"待见"的老师。多少年来，跟随铁路工地的流浪生活，让我养成玩世不恭的性格，自然各科的成绩比别人差上一大截。而且，偏科也十分严重，文科尚可，英语及数理化就比别人反应慢很多。特别是英语单词，别人花很短的时间就记住了，可我却要用比别人多几倍的时间去记，还总是没有效果。每当看见同学们顺利完成了英语作业，获得黄老师表扬时，我便在心里叹息，自己怎么总是记不住啊，难道我真比别人笨吗？

记得初中一年级下学期的一次抽考，恰好就抽到了令我讨厌和害怕的英语。在抽考的那一天，黄老师叫我背诵句子，我有一半都没背上来。黄老师最后总结时当着全班同学说："这次抽考，看到了某些同学的差距，希望到时不要拖全班同学的后腿哈！"当黄老师说完时，全班同学的眼睛齐刷刷地盯着我，顿时教室里便闹哄哄的，同学们议论纷纷。我当时低着头，滚烫的泪水一滴滴滚涌在脸庞，落在手背上。这是自卑、悲伤，还有心中

第四辑

悟人生

213

的不服输……当然，心中涌现的更多是无助和愤怒，对黄老师有着一种莫名的怨恨。

在课外的时候，黄老师与同学们在操场的草地上围成一个大圈，她在中间同我们交流谈心。我现在还记得，黄老师当时用英语为我们朗诵了国外一位著名诗人的名句的情景。这名诗人叫泰戈尔。当时黄老师背诵的就是他的名句："如果你因为错过太阳而流泪，那么你还会错过流星。人生，就像有无数个十字路口的长路，我们只能选择一个方向，然后一往无前。"今天想来，这似乎就是黄老师想对我说的。

可惜，当时的我，并没有在意。那个时候，我们正处于偏执叛逆的年纪，心中经常有许多古怪的想法，对黄老师的说教和谈心，情绪自然不高。青春时代，孩子们的心中总是充满了探索、叛逆、不服输的因子。所以，我在她的面前从来没有什么好脸色，甚至经常与班上成绩不好的同学跟她对着干。看着她每每痛惜的面庞，当时的我有多么开心，今天的我就有多么失落和后悔。

当然，我不喜欢黄老师，并不意味着同学们不喜欢上她的课。黄老师的英语课生动有趣，使全班同学深深地爱上了英语。她打破常规的英语教学，用多元化的教学方式让同学们感受到了英语的乐趣。黄老师善于总结，她亲手把琐碎的英语知识点，制成了统一的大卡片，每个孩子都有一套，这样可以记得更加牢固。

前段时间，一位同学说起孩子学英语的事，就聊起了搬家时竟然找到了黄老师亲手印制的带着油墨香味的卡片。他说，30多年了，但初中英语那些知识点还清晰地印在脑海里，这些卡片成了生命中最大的一笔财富。我知道，同学在初中时英语就非常不错，毕业于国内知名的大学，现在是广州一家外贸公司的领导，经常代表单位出国谈判和考察。

黄老师不仅英语教得好，为人处世更是楷模。她言传身教，带领我们在知识的海洋中遨游，教导我们如何做人、处事。

今天想来，她对我们这群学生的人生，产生了多么重大而有益的影响。她爱唱歌，并且用英语和中文两种语言教我们唱。直到现在我还记得她唱《雪绒花》的情景："雪绒花，雪绒花，每天清晨迎接我。小而白，纯又美，总很高兴遇见我。雪似的花朵深情开放，愿永远鲜艳芬芳……"歌声响起时，我们不知不觉陶醉在恬静深情的旋律中。你说，像这样的老师我们怎么会

守望平行线

不喜欢她？怎么会不愿意和她亲近呢？

　　1991 年，由于家庭的原因，许多孩子当时的选择就是早点上中专早点参加工作。我也离开了韶关，进入了贵州一所铁路学校就读，从此与高中失之交臂。其实，初中有多位老师劝我进入高中学习，黄老师也是其中的一位。当时，我的文科成绩不错，初二时参加广东省中小学生科幻征文大赛，还获得了全省二等奖。据班主任刘老师说，作为当时韶关市唯一获奖的学生，韶关市教育局本来要召开表彰大会的。但是，我没有去。后来黄老师托人带话给我，她说："你不读书，将来会后悔的。"

　　"你不读书，将来会后悔的"这一句话，就像一根无形的鞭子，时时让我自省，增强了自信，得到了成长。30 多年来，我完成了从大专到研究生的学业，撰写了大量表现现实生活及铁路人的作品，在报纸杂志发表了80 多万字的文章；出版了散文集《大地飞歌》、诗集《云彩里的窗户》；先后加入了中国摄影家协会、广东省作家协会，实现了一个文艺爱好者正式向一个专业文艺工作者的转变。

　　我经常在想，什么时候，我能再见一见我的黄老师呢？2015 年 7 月，又是一个盛夏，我从铁路工地回到韶关探望父母。当时，中午比较热，我睡在席子上，旁边吹着电风扇，迷迷糊糊地往外就走。

　　母亲喊住我："你要去干什么？"

　　"看黄老师……"我模模糊糊地回答。

　　"学校不是早拆掉了？"

　　哦，是呵！我醒了，心里却十分的怅然。我是多么想念她啊！匆匆数十年，弹指一挥间，初中时代的青葱岁月，如今却是我记忆里最闪亮的星光。

第四辑

悟人生

　　我的初中母校由于规划的原因，多年前已拆除，在原地建成了商业高楼和住宅小区。初中生活承载着我们的青春回忆，有笑有泪，有苦有乐，成为单纯岁月里最好的见证，如今已彻底封存在我的记忆里。

　　往事，不是云烟，亦不是流水，往事里有师生的无价情谊，有人间最美的师生情。这种情感平凡而又纯真，朴实而又高贵，让人刻骨铭心，至今伴着我在人生路上前行。

2023 年 8 月 22 日于惠州水口

人到中年，生命静美如秋

人到中年，生命静美如秋。

10月13日下午，18号台风"圆规"将在海南省琼海市博鳌镇沿海登陆，登陆时最大风力12级。受"圆规"和冷空气的共同影响，广东河源地区将迎来大雨。

这一场粤东北早就盼望的大雨稍微冲淡了近期难耐的炎热，但高铁工地联调联试之前要完成的烦琐工作，依然令我的心情急迫和烦躁。想到在河源这块土地的拼搏和努力，将因工程建设结束而结束，心里的这份忧伤、这份落寞，随着高铁正式运营显得更加强烈，其中或许还夹杂着对未来不可知和前行方向的迷茫。

整晚没有睡好，一大早我的心情极其不好，状态更是不佳。这时电话铃响了，那头传来父亲的声音，他说"你妈要跟你讲话"。话筒里随即传来母亲爽朗的声音，她大声叫着我的乳名说："今天是你的生日，人到中年，生命如秋，要珍重。"

"噢！"母亲真是细心，我反而忘记今天是我的生日。母亲只有小学文化水平，竟然能说出"生命如秋"这个词语，足可见母亲打电话前是怎样的词斟句酌了。

我一时喉头发硬，紧握着电话哽咽着说："妈，知道了，你和爸在韶关要保重。"叮嘱了半天，母亲就说年纪大了，嘟哝着是不是自己的话没说清楚，便放下了听筒。父亲接过电话对我说："你妈昨晚就开始唠叨了。昨天还问了对面你李叔当教师的大小子，说生日祝福的事。你看今天一大早就要给你打电话。好了，没有别的事，别耽误工作，出门注意安全。"父亲挂断了电话。

我站在窗前，凝视雨雾中的远方久久无语。雨不停地敲打着窗前的芭蕉叶，水珠儿在宽大的叶上跳跃，随后分别从不同方向不断聚拢汇合，就似一曲广东音乐《雨打芭蕉》，悦耳动听。慢慢地，叶片儿承受不住，轻轻地弯下了腰，雨水顿时飞泻而下。

雨水倾拂在玻璃上，我的视线随着雨滴的流动渐渐地模糊，我的思绪也随之渐行渐远。是呵，不知什么时候，眼角的皱纹悄悄地爬上了脸，眼袋慢慢地在眼眶边上隆起，鬓角上的几根白发慢慢地繁衍，间杂其中与黑发平分秋色，身材逐渐发福，一切都打印上了岁月流逝的痕迹。

不容你分辩，不许你反驳，更不让你反对，就让你沾染了岁月的风霜。此刻，生命的溪水不再似少年时茫然无序地分流，没有方向；也不像热血青年那样在山峦间东碰西撞，宁愿飞溅如珠消散也不低头；更不似意气风发时，长驱顺势而下，急速前行没有退路。

人到中年，更像平静的湖面，又似一杯飘着热气的白开水，虽然没有诸多味道，但滤去了浮躁，多了几分沉静和风轻云淡。

作为一个铁路建设者，这20多年来，跟随铁路工程东奔西走，从来就没有一个永恒的终点。特别是来到赣深高铁工地后，由于工期、疫情、资金等诸多因素影响，回家探望父母的次数渐少。就算偶尔看望，亦无法长时间陪伴在二老身边尽孝。二老也从不曾说什么。在生日这天，接到父母打来的电话，这既让我心中感到愧疚，又让我的内心十分振奋和倍感温馨。

年迈的母亲，花白的头发，满脸的皱纹，走路时两腿膝盖已发软微颤。长期患病的她始终微笑面对，生气勃勃，从来没有半句埋怨和放弃。她老是在电话里宽慰我们："老毛病了，多养养就好了。"微笑的脸庞和坚强的话语，还有这句"人到中年，生命如秋"的寄语，让我获得了一种无穷的力量。

泰戈尔说："生如夏花之绚烂，死如秋叶之静美。"欲说秋风何时至，却是梧桐落叶时。人到中年，平添了许多不甘和无助，更多的是回忆和铭记。其中，既有对往昔孩童时依偎父母膝下的留恋，也有小时不愿听耳边唠叨的温馨，也有闯荡社会时的头破血流，更有感恩昔日诸多贵人的指点。

人到中年，才懂得孩童时的天真和纯洁的美好，青年时期热血沸腾的执着的难得；人到中年，就宛若喝下了一壶酒，谈笑醉醒之间，已是另外一个人生。此时，无论是自己拍摄的一张照片，欣赏过的一幅画，唱过的一首歌，曾经经历的一份情，还是走过的山山水水，在我的心中，都是美

第四辑

悟人生

217

妙而幸福的记忆。

难怪许多人说，人到中年，就喜欢回忆往事，总想再走走曾经走过的地方，吃吃曾经品尝过的美食，见见朋友和曾经熟悉的人，畅谈过去的经历和有趣的往事，心中盈满的是温柔和思恋。曾经的人世沧桑，繁华红尘，在酒水和茶色的转换之间，在静谧的秋色里，都随思绪流进心苑。在迷离间，品尝出来的不仅是生活淡淡的涩，还有人到中年时醇醇的馨香。

老孙，是我在从广州坐火车返回河源的车厢里认识的，铁路设计院的高级工程师，今年59岁。在这样的年纪，他早就该退居二线或作为单位的专家在机关待着。他却告诉我，在河源的高铁工地已工作四年了。原来，高铁刚上马时，单位希望有个老同志在一线驻守。他听说后，第一时间打了报告。当他知道我的年纪后，笑着对我说："人到中年，生命如秋，静美温暖。对于你来说，既是福气，又是责任和担当。"

老孙是20世纪80年代铁道学院的科班生，他与妻子因为要去单位报到，坐上去往同一个城市的火车，在车厢意外邂逅，从此开始了一生的情缘。老孙刚开始在铁路工地，后又调到设计院去了另一个城市。妻子是人民教师，一直在原单位所在城市工作。他们通过一封封家书互诉衷肠，特别是结婚前那封信里，女方只写了三个字：娶我吗？

从此，他们开始了一生的分离和牵挂。随着结婚生子，人生中有喜悦、幸福和恩爱，也有异地长期分离的艰辛与思念。特别是人到中年，老孙心静了，曾经想从现在的单位调回离家近的地方单位，但妻子没有同意，说工地才是他的福地。

30多年过去，儿子长大成人，结婚生子。小孙子都五岁了，奶声奶气对老孙说"爷爷，你真棒，高铁坐上去好威风。我说是爷爷修的，幼儿园的小朋友好羡慕我，纷纷跟我做朋友"。老孙最大的愿望，就是等这条高铁通车后就正式退休。之后，带着妻子进行一场说走就走的旅行。

人的生命，是一个很奇妙的过程。它给了我们绚丽多姿的爱和梦想，也给了我们艰难困苦中的痛与挣扎。所以，在我们逝去的青春里，充满了在现实中生存的挣扎和奋斗。

有人说，童年是梦，少年是歌，青年是诗，中年是一部小说。人到中年，此刻的心，就像河滩上那一个个千百年在急流中的石头，早已被岁月打磨得圆润、通透，显得无比的厚重、深邃和有内涵。

我们努力学习，努力工作，努力做好每一件喜欢或不喜欢的事儿，就是为了有更好的生存空间，为了家庭更加幸福，为了孩子能健康快乐地成长，为了能毫无后顾之忧地发展……

我曾在一线工地长长的隧道导坑里挖掘，在几十米高的桥墩上测量，欣赏着远处的绿水青山、皑皑白云；我曾捧着大学的课本，在深夜里驱打着蚊子，汗流浃背收听着远程教育的课程，努力缩短输在起跑线上的距离；我曾离开祖国，来到万里之遥的非洲刚果（金），面对埃博拉、疟疾、伤寒、霍乱等疾病的肆虐，在海外的森林里的矿山拼搏奋斗；我曾抓着相机，与时间赛跑，抢拍一个个美丽的镜头；当然，我也曾深入客家古邑的山水，修筑客家人盼望已久的高铁，续写中铁人"逢山开路，遇水架桥"的故事，接力打造"中国名片"王牌军的传奇。

这一切经历和收获，也许不如小说那么曲折传奇，但是在这平淡的生活和不平凡的时代里，却叙述着我整个含蓄深沉的人生。

人到中年，是生命路途中最辛苦的阶段。我们经常说，上有老，下有小，就是这个人生的风雨历程中，身上背负最重的时候。此时，上面有父母需要赡养，下面有孩子需要照顾，就像我母亲对我女儿说的："你爸正是拉纤的时候。"

人到中年，不仅承担着重要的社会职责，任务重，责任大，还有着沉重的家庭负担。所有这些，无一不在强烈地作用于我们的心理。

人到中年，承载了更多的责任和期待，孩子的平安，老人的健康，是我们心中永远的牵念。尤其对于孩子，我们几乎倾注了全部的希望与心血，孩子的一举一动都牵动着我们的目光和敏感的神经。

人到中年，心里面对的是青春逝去的落寞；在工作上，面对的是年轻人的挑战；在生活上，又需要背负起家庭的重担。频繁的应酬，单位的压力，郁闷的心情，不良的生活习惯，比如熬夜、喝酒或打游戏，或多或少都在我们这代中年人的身上有所体现。

世界卫生组织把 45 ～ 59 岁这个阶段称为"生命高危期"。心脑血管疾病和猝死作为头号杀手摆在中年人的面前。心脑血管疾病以前是老年人的"专利"，现在成了中年人的常见疾病。更可怕的是，几种恶习慢慢地积累，导致不幸的事情总在我们身边发生。

曾经有一个同事，与我共事三年，严格来说还没到中年，但是因脑出

血没有抢救过来。而在今年上半年，铁路工地另一个项目部的同事刚步入中年，第二天被发现倒在办公桌前离开了人世。回想着与他们在一起交往，那谈笑风生的样子，犹在耳畔熟悉的声音，朋友圈里永远定格的点赞，我的眼睛有些模糊了，心中真的不敢再触碰那一个个熟悉而又陌生的名字。留下的伤痛和思念，亲人们只能用时间来慢慢疗愈和抚慰。

人到中年，此时应是在事业上有所成就，最得意风光的时候。褪去了年轻时期的冲动和莽撞，稀释了曾经的坚持和固执，大都已经看透了功名利禄、红尘冷暖，不以一物喜，不以一事悲，平淡安然，日益成熟。

人到中年，累积了丰富的阅历和经验，拥有刚毅果敢的性格，工作事业游刃有余，待人接物挥洒自如，对答得体。面对家庭，勇于承担责任；走向社会，也是乐于助人。中年人凭借成熟的心理、丰富的经验、熟练的技能，以及充沛的精力，理所当然地成为社会的中坚，肩负着国家和民族赋予的重任。

人到中年，生命静美如秋，重要的是要拥抱秋的温暖，不管生命的归宿是何时、何处，还是何种形态。那都不重要，亦不要问，更不要关注明天是否在暮鼓晨钟里老去，或者如何走向远方。

林语堂说："不管我们走到生命的哪一个阶段，都应该喜欢那一段时光，完成那一阶段该完成的职责，不沉迷过去，不狂热地期待着未来，生命这样就好。"

在我们人生的路上，总有着无限的牵挂和眷恋。在斑斓的秋色里，我们只要安静地坐在岁月的肩头，享受秋天的温暖，品味秋天的静美。即便生命如秋之落叶，我们也要好好地体味人生承载着的春的欣喜、夏的热烈、秋的金黄，还有冬的消融。

人到中年，岁月静美如秋。感谢生活的风风雨雨，让我们经历了人生的沟沟坎坎；感谢秋的宽广和包容的胸怀，让我们品尝到成功的喜悦和甘甜。也许，淡去功名浮利，内敛宁静，过好自己的人生，这才是人到中年该有的丰盈与成熟吧！

2021 年 10 月 17 日于河源龙川

后

记

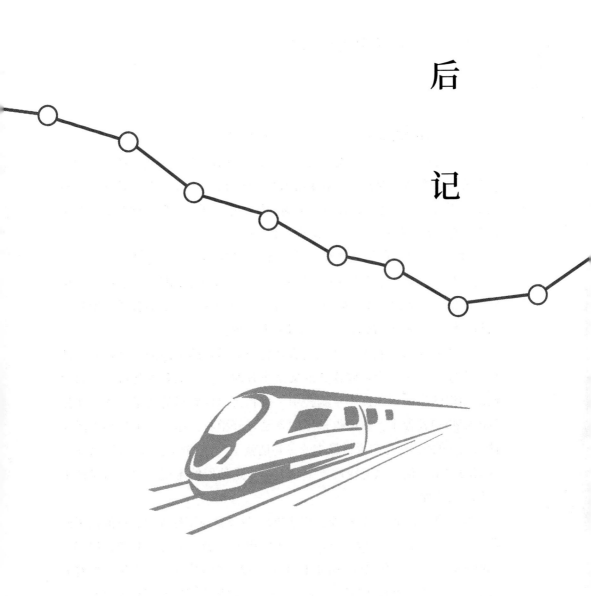

火车，穿越的筑路人生

火车，自我出生起，它就进入了我的生活。

天地之间，人生的时光如白驹过隙，悠悠数十年，弹指一挥间。作为一个普通的铁路建设者，行走在祖国的大江南北，生命的旅程仿佛就是在虚幻和现实之间的边缘，在潮起潮落的深刻记忆里，伴随着修筑的一条条铁路，在岁月的风雨里穿越了我的人生。

童年是一个人的情感源泉，只有落地生根扎到一块土壤里，才会枝繁叶茂，开花结果。打开尘封的记忆库，总会萌发太多的感慨。轻搅着那份曾经的记忆，就如一段生命的和弦，弹奏出不同的声响，荡涤着一路的尘垢和铅华，绘写着生命的芳华和人生的精彩瞬间。

1975 年 2 月，我出生在湖南省怀化市湘黔铁路工地的一个普通的铁路工人家庭，从小跟随修铁路的父亲东奔西走。感谢我的父母，因为他们对知识的崇尚。从读小学到初中，我和大多数农村的孩子一样，在父母的唠叨和教育中，被说得最多的就是好好学习。作为一个从小生活在铁路工地的孩子，母亲说得最多的一句话就是"万般皆下品，唯有读书高"。我们的父辈坚信，只有我们读书念大学才是他们的希望，才是当时孩子的唯一的出路。

我的童年就是在筑路工地上度过的。我经常与工地周边农村的孩子们玩耍在一起，整天不着家。幸亏，当时的铁路工地虽然生活艰苦，但每个单位都有图书室。我只要一钻进图书室，就会老老实实待在那里，能看上大半天，直到母亲到处叫我吃饭。就这样，我从小就得到了与当地农村的孩子不同的待遇。我时常待在图书室里读书，在书中获得了常与智者对话的机会，也得到了人生的启示和感悟，使自己的心灵得到滋养，让我学会从不同的角度审视问题。

这些阅读，让我对世界有了更深刻的认识，更成为今后我写作的灵感和源泉。1990年，我在广东省韶关市曲江县上初二时，参加了广东人民广播电台中小学生科幻征文比赛。我的习作《神奇的台风号》被评选为全省的二等奖，并得到了150元奖金。听着广播里朗读我自己写的作品，当时我心里像喝了蜜一样甜，很是骄傲了一把，对写作也因此更有兴趣。因此，成为一个作家，也就在那时种在我的心中，成了一个美丽的"梦"。

直到上初中的时候，父亲修筑衡（阳）广（州）铁路复线，我们全家才搬进了广东省韶关市曲江县（如今曲江区）铁路大桥边的家属基地。我现在还记得，家毗邻京广铁路，与马坝火车站直线距离不到两公里。马坝站，一个因马坝古猿人诞生于此而得名的小车站。那个时候，人们穿越铁路时都喜欢沿着枕木走，看到有火车来了再赶紧下来，我上学的时候亦不例外。

铁路，如无限延伸的平行的梯子，任由我们踩着钢轨、肋骨般的枕木、脚下饱满的道碴，还有数不清、看不够的道岔，牵引着列车前行。小站，将人们的梦想，经由铁轨的"哐当"声送往远方，将简单而纯真的希冀留给了回忆。

当时，全家第一次住进铁路家属小区的时候，最让我心悸的是只要有火车通过，家属大院的几栋大楼都在摇晃，就连放在桌子上的玻璃杯里的水都略有晃动。蒸汽机车牵引着几十个车厢，行进起来"噗兹——噗兹——"地响着，就像喘着粗气负重前行，几个巨大的刷着红油漆的车轮有节奏地转动着，醒目而奇妙。车头上的烟囱不断喷出乳白色的蒸汽。"喔——"不时拉响的汽笛震天动地，如划破天空的号角一样，从远至近慢慢地钻入我们的耳膜。

后来，衡广复线建成通车后，京广线上十分繁忙。机车头已经换成了内燃机车头，甚至还有更先进的电力机车头。随着"轰隆隆"的声响，或在一声粗犷而高亢的汽笛后，就会看见火车在进出车站的铁路线上奔驰，拉着十多节绿皮车厢的旅客列车飞快地驶过大桥。我们这些铁路上的孩子常在大桥下，看着火车车厢上的标牌，广州至北京、上海、成都……或贵阳到广州、沈阳到深圳等。有时客车刚过去，就会有牵引着几十个几种不同形状箱子的货物列车，像一条长龙呼啸而去。

那时候，小小的我就知道火车的作用和重要性，特别是火车威风凛凛飞驰的样子，总是让我十分羡慕。而铁路，像一条敏感的触角，让我们感

知了外面的世界，从而在心里埋下了一颗期望的种子，憧憬着未来的梦幻人生，并在心里蕴藏了一种力量。

那时，铁路线两边不像今天都有混凝土栅栏和铁丝网。去学校的路上，总有一段路途与京广铁路并行，我上学时常与火车一路同行，滚滚的车轮，一次又一次把我少时的心带向了远方。那时上学路上，我就经常想，火车什么时候可以带我走向外面的世界。无疑，少时的我的脑海早就涌满了火车的影像，除了带给我无限的奇妙幻想外，主要还是心中十分好奇，渴望尽早看到外面的世界。

15岁的秋天，火车终于载着我离开了家，远离父母来到了一所铁路学校，走上了独自求学的旅程。后来，我从铁路学校毕业，自此我被放逐在了铁路的尽头，与铁路结下了一生的情缘。30年来，我长年累月在工地上奔波，从家到单位，从单位到工地，从一个工地到另一个工地……每一个环节都离不开乘火车。乘火车似乎已经成了"家常便饭"。耳旁响起的汽笛声已经穿透我的灵魂，让我对火车有了一份深深的依恋。我与数以百万计的铁路人一样，在铁道线上，在新线建设工地，在崇山峻岭奔波劳碌，共同托起了中国高铁这一闪亮名片。或许，每一次的经历，都是心灵的蜕变与涅槃重生。那些年乘坐火车和筑路生活里的故事，都深深地烙在心里。当然，我的人生也因为铁路的不断发展，变得更加舒适和精彩了。

春节期间，我又回到了韶关马坝的铁路家属大院，突然发现后窗外京广铁路列车经过时，玻璃杯里的茶水竟然静止不动，楼房也不晃动了。于是询问母亲，母亲被我的话问笑了。她说："晃动了几十年，地基早夯实了。对了，什么时候我们一起去坐趟绿皮车呢？"母亲认真说道。

应该说，我是幸运的，正好亲身经历改革开放的伟大时代，目睹了火车不断穿越发展的艰难历程，见证了一个国家的强大、科技创新的力量。好时代，就是有情怀有故事，还有写故事听故事的人。改革开放40多年，铁路作为"国民经济命脉"实现了史无前例的跨越式发展。

2009年12月26日，穿越南国大地的武广高速铁路正式开通运营，中国铁路展现了新的景象，不仅改变了中国铁路的模式，也改变了"中国的时空"。2017年6月26日，随着我国自主研发生产的具有完全自主知识产权的中国标准动车组——"复兴号"动车组列车上线运营，每小时350公里的速度，以及更加舒适的乘坐条件，不仅标志着中国动车组列车达到了世界先进的水平，也进一步提升了中国高铁的魅力。从时速为 100 公里的东风型内燃机车到时速 350 公里的"复兴号"，见证了一个民族砥砺前行的步伐。如今，铁道线上奔驰着红白色相间和蓝白色相间的全列空调车组，红色醒目的双层列车组、新颖而漂亮的银白色动车组，还有全列软卧配置的直达车，在铁路线上驶出一道道亮丽的风景。

今天，中国高铁早已成为"中国名片"蜚声海内外，中老铁路、中泰铁路、雅万高铁等铁路让世界看到了真正的"基建狂魔"。从"洋基因"到"纯中血统"，从绿皮车到"蓝海豚"与"金凤凰"，从"和谐号"到"复兴号"，中国在复兴，中国铁路也在复兴。高铁动车组驰骋在祖国广袤的绿色大地上，驶进"五颜六色"的高质量发展时代，用色彩全面诠释高铁的颜值之美，成为一张让 14 亿国人骄傲的"中国名片"。

2017 年 10 月，我从北京总部党委宣传部调入中铁六局集团赣深高速铁路指挥部工作。为了筑梦，建设者从祖国各地转战江西和广东。面对工期紧、任务重、资金紧张，以及台风暴雨、炎热潮湿等恶劣的自然环境，他们不抱怨，不退缩，一股精神的力量始终指引着建设者。为了建好革命老区人民盼望的通往入海口的"绿色走廊"和致富大通道，筑路人继承了老京九的铁路精神。黑黑脸上的"高原红"，成为工地上建设者最美丽的印记；浑身上下被尘土包裹的身影，却是工地上最帅的模样。不管是在技术室通宵达旦工作的工程师们，还是奋战在烈日下汗流浃背的农民工，他们都是工地上的"工匠"，用自己的专业和敬业，在繁华与荒凉间架起金色的桥梁，用青春和汗水实现着明天和未来的希望。

后 记

第一根桩基的灌注、第一座隧道的贯通、第一座桥梁的奠基、第一孔箱梁的架设、第一座大桥的合龙……这种欣喜、幸福始终在我们梦中萦绕。经过四年的拼搏，2021 年 12 月 10 日上午，赣深高铁首趟 G4640 次从深圳北站驶出，开往南昌西站。那天，是我终生难忘的日子，也是作为一名坚守在赣深铁路的建设者，心中无比喜悦最为激动的日子。赣深高铁，这条连通赣粤革命老区与深圳经济特区的京港大通道正式开通运营。作为国家"八纵八横"高速铁路网中京港高铁的重要组成部分，赣深高铁的开通，结束了赣粤地区没有直达广东高速铁路的历史。

铁路人的世界，裹挟着劳动号子和心中如烟的乡愁，远观为钢铁般的严肃诗意，近距离接触则是烟火气氤氲的美好人间。我身边这群可爱的工友，他们用自己的双手打磨钢轨，在铁道线发出耀眼的火星，打造出人世间最精美的作品。工地上，无数个质朴的灵魂在这里坚守，在隧道、桥梁和长长的路基上编织着大地上最美的景致。而我通过素描一样的铁路工地写实和原汁原味的倾诉，从而让散文既见血肉，又显筋骨，这是我创作的初衷。

铁路工地，是一块厚重的土地，需浓墨重彩地书写。在绿水青山之间，除了与其并行的铁路风光，更有旖旎无限的青春风采。建设者的梦想、劳动者的风采需要展示，展示不是浮躁的夸饰，应是身在其间的真挚告白。在铁路工地，我从普通铁路建设者身上、经历的故事里，汲取到更多精神财富和力量源泉。

《守望平行线》这部散文集，正是执着于对铁路工程人的表现，同时以极简的叙事，把诗意的吟唱献给铁路沿线的客家大地，让读者更加直观地、视觉化地感受客家文化的魅力。这本散文集，大部分作品展现的不仅仅是在山水中行走，更多的是在山水、田野、城镇及铁路人的故事中，以文化为线，更深刻地领略粤东山水的特殊之处，串起客家大地满地的绚丽珍珠。通过不断端详客家人的生命经历和文化体验，铺陈交通强国下乡村振兴所带来的巨大变化，从而探寻一路的文化芳香。这是我想要表达的一种思考，更是一种对生活的礼赞。

其实，《守望平行线》这本散文集里的风景、故事与生活的感悟，原本就是我的青春。我始终坚持用原始思维观察身边的铁路工地，坚持与一线的工友们同心共情，用自己的文字满心满眼涌动关于铁路中国、中国铁路的体验与感悟。如今，出版这部散文集，主要还是希望用一幅幅激情的画面描绘工地热火朝天的日常劳动景象，让建设者的生活、生命形式跃然纸上，并永远留在我的心底。

我不想说筑路人的崇高与伟大，更不想谈建设者的奉献与寂寞，作为一名铁路作家，写自己身边的人和事，这是我的本分和追求。我只想不带一点感情地记录，用自己手中的笔搭起这个特殊的群体与世界无缝衔接的高速铁路。因为，我们见证了我国铁路交通发展的巨大飞跃，并为之默默付出，为推动交通强国建设贡献了自己的一份力。中国高铁作为一张闪亮的"中国名片"，是一个博大精深的文学创作富矿，拥有丰厚无比的文学创作源泉，值得我们大书特书。中国铁路人坚守的普通而又重要的工作岗位，在什么时候都能激发出每一个平凡劳动者的伟大力量。

海德格尔说："作为人在天地之间、生死之间、苦乐之间、劳作与话语之间的驻留，作为居的基痕，漫游无处不在……"火车、钢轨、和我一起奔跑在铁道线上的兄弟姐妹们，他们都是我作品里的主角。有人说，生活的纷繁与复杂时常令作家笔下的文字显得苍白和无力，但是它确实给文学创作带来了重要的灵感和不同的启示。铁路的巨大变化给了我创作的沃土，供给我在文学创作上源源不断的素材和营养。正因为有了深厚的家国情怀，我才能从生活和事业中汲取营养，创作出更加接地气的好作品，让文艺作品的光芒照耀我们的美好未来。

岁月不居，时节如流。2023 年，是我投身铁路建设事业的第 30 个年头。筑路的人生，就像天空中的云，遥远却清晰。盘点往事，我把《守望平行线》当作人生的一次思索和总结。作品中可能还有这样或者那样的疏漏，但我心中始终是冲卷而出的真挚情感，渴望用不可小觑的文字魅力，抒发铁路建设者内心中最厚重的生命力量。身处伟大的新时代中，我有责任去讴歌这一盛世伟业，追寻更加美丽的诗和远方。

2023 年 11 月 30 日于福州仓山

后 记